KB199746

가족과 아이들과 물소리 그리고 시와 사랑을 나누는 우리 이야기

시평(詩評, *SIPYUNG*) 56호

《물소리 포엠 주스》 제2호

속초 · 아시아

가족과 아이들과 물소리 그리고 시와 사랑을 나누는 우리 이야기

모아엮은이 **고형렬**

Editorial Planning by Ko Hyeong ryeol

우리들의 마음은 지금 누구와 함께 있는가

2025년 올해는 김소월(1902~1934) 시인이 시집 『진달래꽃』(1925년)을 출간한 지 백 년이 되는 해이다. 우리나라 사람으로서 김소월 시를 마음속에 간직하지 않은 사람은 없을 것이다. 김소월이란 이름 자체에 모든 시대와 세대를 건너온 희망과 아픔, 그리움이 있다. 하지만 김소월 시인의 자료를 평생에 걸쳐 모아온 구자룡 선생의 인터뷰를 살펴보면 우리의 한계는 분명하고 부끄럽다.

또 『진달래꽃』이 출간되고 56년이 지난 지금부터 44년 전인 1981년에 '물소리시낭송회'가 속초에서 창립되었다. 제1회 물소리시낭송회를 개최되면서 지역 문학의 미풍(美風)이 불었다. 이성선과 최명길 두 시인이 주도해온 그 '물소리'는 생명의 소리였다. 속초를 떠올리면 늘 시를 낭송하는 시인들의 새된 목소리가 들려오곤 했다. 166회를 넘긴 기록적인 시 낭송은 우리 시단은 물론 아시아에서도 찾아보기 어려운 성취이다.

'시평(詩評) / 〈물소리 포엠 주스〉 제2호『가족과 아이들과 물소리 그리고 시와 사랑을 나누는 우리 이야기』를 출간한다. 물소리와 다르지 않은 모든 꿈과 시는 작은 저 골목 안에서 세상으로 나왔다. 김향숙, 방순미, 박대성, 신민걸, 지영희, 채재순, 최월순, 한상호 시인 등 물소리시낭송회 회원 시인과 함께 김명기, 김명수, 김창균, 박봉준, 주수자 등 영북 거주 시인 그리고 강성애, 고형렬, 신은숙 등 영북의 출향 시인이 참여했다.

가족사진은 내력을 지니고 있다. 일정한 자료가 없어 앤솔러지에 참여하지 못한 시인도 있지만 시인의 어머니 사진을 접하는 순간, 어떤 아픔이 전해졌다. 영북(嶺北)의 설레는 샛바람, 날카로운 설악의 햇살이 그 얼굴에 스쳐 지나갔을 세월은 다 헤아릴 수가 없다. 어머니가 시에서 사라진 시대 속에서 그 아들딸들은 지금 어디서 살고 있을까만 설악과 동해를 사랑하는 영북 시인들의 마음은 참으로 한결같다.

21년 만에 재회한 안치(安琪) 시인을 중심으로 세 분의 중국 시인을 만났다. 인식 체계가 명료해진 기술관료주의사회가 된 우리와는 달리 중국 시인들의 내면의 역사적 심층과 문학적 서사는 풍부하다. 독특한 사적 서사를 가지고 있는 궝쉐민(龔學敏), 수차이(樹才), 하이난(海南) 시인들의 시와 말을 큰 거울처럼 비춘다.

또 72년 동안 간직해온 시바타 산키치(柴田三吉) 시인의 태반(胎盤) 공개와 가미테 오사무(上手宰) 시인이 유년에 겪은 고백, 응웬 히우홍밍(Nguyễn Hữu Hồng Minh) 시인의 「비둘기 눈」의 사건 등은 주옥(珠玉)같은 기억들이며 인도네시아의 까테리나 아흐맛(Katherina Achmad) 시인과 센니 수잔나 알와실라(Senny Suzanna Alwasilah) 시인이 소개한 대가족은 경이롭다. 더욱이 편자가 바라는 우문에 최선을 다해 은밀한 영역의 내용과 가족을 즐거이 한국 독자에게 제공해준 아시아 시인들에게 감사한 마음이다. 인류의 영속을 말하지 않더라도 한 인간의 영속성은 바로 가족 속에서 시작된다.

저출산 세계 1위의 우리는 소년을 보기 어려운 나라가 되었다. 마을에서 소년의 이름을 부르는 젊은 어머니의 목소리를 들을 수가 없다. 이것이 우리가 지난 백 년 동안 꿈꾸어온 모습은 아닐 것이다. 출산의 거부는 사회와 가족에 대한 간접 저항이자 자기 생의 불안에 대한 반발이자 포기이다. 한국은 40분마다 한 사람씩 자살하는 자살률 세계 1위의 나라이다. 화답하지 않은 점은 아쉬웠지만 응웬히우홍민 시인의 사진과 화답은 진실하게 전해졌다.

가지 못한 길, 잘못 들어온 난처에서 방황하는 언어를 발견하고 알 길 없는 마음만 괴로워하는 것 같다. 더 작아질 수 없는 촛불처럼 문득 문청(文靑) 시절의 어둑한 저녁으로 돌아온 시간이 느껴진다. 모든 것이 희망이었지만 절망이었다. 그래도 우리는 그 사이에서 살아간다. 우리는 동시대의 아시아와 영북에서 생존하며 서로 이 작은 책에서 겨우 만났을 뿐이다.

우리 시대와 마음을 관통하고 위로하는 글을 찾기 어려운 시절에 두 사람의 글을 소개한다. 김진형 씨의 「침묵으로부터 나오는 '흰', 고향으로 돌아가는 말」은 정지용과 김지하를 잇고자 하는 매우 의미 있는 사유의 글로서 모든 것이 훼손되고 파편화된 시대 한쪽에서 인간이 지닌 본디의 흰 성품에 대한 그리움과 성찰을 담았다. 이춘희 씨의 「홍시」는 우리와 함께 고난의 한 시대를 보낸 동북 삼성의 한 가족사를 공개하는 에세이이다. 모녀 사이에 남은 끈질긴 꿈에 대한 화해를 선사하는 단편소설 못지않은 당찬 기억과 필력을 보여주고 있다. 이 두 작품은 대설이 내린 지난해 11월에 집필되었다.

우리들의 마음은 지금 누구와 함께 있는가. 또 나의 삶은 누구와 멀리 떨어져 있는가. 생각하면 아득하고 쓸쓸한 시대 속을 우리는 가고 있다. 편자의 오랜 꿈과 함께해준 영북 시인들과 소중한 사진과 시담(詩談)을 전해준 아시아 시인들 그리고 번역자들에게 감사드리며 이 두 번째의 '시평(詩評) / 〈물소리 포엠 주스〉' 제2호가 담 위로 날리다 허공에서 가볍게 녹기도 할 우리들이 함께 지닐 작은 소음의 눈송이이길 바란다.

2025년 4월 속초에서
모아엮은이 고형렬

차례

속초(束草), 물소리시낭송회 시인 8인 시선(詩選)

영북(嶺北) 거주 및 출향 시인 8인 시선(詩選)

비평 에세이

초대 에세이

부천 구자룡 시인 인터뷰

김소월 레거시

다시 읽는 김소월 5편 시

<물소리 포엠 주스>가 한국 시인들에게 던진 여덟 가지 질문

■ 지난해 봄에 출간한 <아시아 포엠 주스> 1호 『몇 개의 문답과 서른여섯 명의 시인과 서른여섯 편의 시』에 이어 <물소리 포엠 주스> 2호 『가족과 아이들과 물소리 그리고 시와 사랑을 나누는 우리 이야기』를 기획했다.

자식이 없는 사람은 있어도 어머니가 없는 사람은 없다. <물소리 포엠 주스> 2호는 시인의 어머니를 이 작은 책에 모시고자 한다. 본래의 가족은 해체되고 우리는 인연 있는 사람을 만나 가정을 꾸리고 살아가고 또 그 가족은 해체하고 분가를 계속해 갈 것이다.

1. 시인의 어머니와 시인은 바다와 산을 함께 보는 것과 같습니다. 이 책에 시인의 어머니 사진을 실어 남기고 싶습니다. 어머니의 독사진이 없으면 어머니와 함께 찍은 가족사진을 보내주십시오.

2. 어머니가 시인에게 잘해주시던 맛있는 음식은 어떤 것이었습니까?

3. 어머니는 어디를 가고 싶어 하셨습니까? 가고 싶은 곳이 없으셨다면 어머니의 평소 꿈은 무엇이었습니까? 기억나는 대로 이야기해주시면 감사하겠습니다.

4. 사람은 떠나도 그가 살았던 '장소'는 그곳에 남고 기억은 '그곳'에 서 있습니다. 시인이 태어난 고향의 외진 길, 자주 찾던 산과 바닷가를 담은 사진을 보내주십시오. 그곳이 어떤 '기억'의 '장소'인지 전해주십시오.

5. 시인은 왜 영북(嶺北: 고성, 속초, 양양)이 좋다고 생각하십니까? 남쪽에선

가장 북쪽에 치우쳐 올라간 지역(개성보다 훨씬 북쪽)인데 분단된 접경지역에서 사는 것이 혹시 불안하진 않습니까?

6. 이번에 이 앤솔러지에 실은 시인의 작품에서 가장 좋아하는 한두 구절을 뽑아 보세요. 그 구절이 좋은 까닭이 어떤 것인지 말씀해주실 수 있습니까?

7. 2025년은 김소월 시집 『진달래꽃』이 출간된 지 백 년이 되는 해입니다. 시인이 가장 좋아하는 소월 시는 어떤 시편입니까? 그 시의 한두 행을 뽑아주시고 소월에 대해 한 말씀해주실 수 있습니까?

▲ 우리 사회는 압축성장에 의한 혹독한 후유증을 앓고 있습니다. 저출산 문제가 시간이 지나면 해결되리라 보십니까, 잘 해결되지 않을 것이라 보십니까? 그 까닭을 간단히 말해주실 수 있습니까?

<물소리 포엠 주스>가 아시아 시인들에게 던진 아홉 가지 질문

■ 제사가 없는 집안이 없고 어머니가 없는 사람은 없다. 우리는 모두 자기 가족의 한 구성원이다. 두 남녀가 이룬 일가(一家)는 인류가 존속해 가는 기본 단위로서 소중한 혈연의 공간이다.

가족은 우리를 키워낸 곳이기도 하지만 자아의 슬픔을 잉태시킨 곳이기도 하다. 우리는 매일 사회에 나가서 하루를 마치면 다시 자기 공간과 가족의 품으로 돌아간다. 문득 어머니를 기억하고 가족을 돌아보며 잃어버린 자신의 이름을 불러본다.

1. 이 책에 시인의 어머니 사진을 싣고 싶습니다. 어머니의 독사진이 없으면 어머니와 함께 찍은 사진을 보내주십시오. 그 사진이 없으면 부모 형제와 같이 찍은 가족사진을 보고 싶습니다.

2. 어머니가 시인에게 해주신 이야기 중에서 가장 기억에 남는 것은 어떤 것입니까? 언제 어디서 해주신 이야기인지 재미있게 기억해주시기 바랍니다.

3. 시인이 어머니에게 가장 미안했던 일은 무엇이며 모친에게 오늘이라도 당장 해드리고 싶은 것은 무엇입니까?

4. 시인의 아끼고 가까이 두고 있는 작은 애장품 하나를 사진으로 보여주시고 사연을 간단하게 설명해주십시오.

5. 한국의 도시와 시골의 골목에서는 아이들을 보기가 어렵습니다. 한국은 압축 성장의 여파로 세계 최고의 저출산 국가와 최고의 자살 국가가 되었습니다.

시인이 사는 아파트나 학교, 골목에서 아이들이 놀고 있는 모습이나 시인이 가까이 지내는 동네 아이들의 사진 한 장을 보내주실 수 있겠습니까.

6. 한 시인은 어린 시절에 (애를 쓰며 간신히) 파란 풀잎에 붙어 있는 이슬을 보고 시를 쓰고 싶은 마음이 생겼다고 합니다. 지금도 그 이슬은 그 시인의 이마에 앉아 있을 것입니다. 시인은 언제 어떤 계기로 시를 쓰게 되었습니까?

7. 시인이 보내준 시는 한국에 발표한 적이 없는 작품입니다. 어떻게 해서 쓰게 된 작품인지 그 계기를 들려주십시오. 이 시 중에서 가장 마음에 드는 한 구절을 뽑아주시고 그 구절이 왜 중요한지 독자들에게 간단하게 설명해주실 수 있습니까.

8. 시인의 부부와 아들딸이 있는 직계가족 사진을 이 책에 남기고 싶습니다. 언제 어디서 찍은 것인지 그리고 가족의 이름도 기록해주실 수 있겠습니까.

9. 시인이 부모가 된 입장에서 또 어린 시절의 부모를 생각할 때 가족은 무엇이라고 생각합니까. 솔직하게 말씀해주실 수 있습니까.

시평(詩評)
〈물소리 포엠 주스〉

가족과 아이들과 물소리
그리고 시와 사랑을 나누는
우리 이야기

중국 4인시편

번역
이춘희(한중 번역 프리랜서, 콘다 크리에이터)

레오파드(金錢豹)

궁쉐민(龔學敏)

– 1970년대, 읍 소재 공급판매협동조합(供銷社)¹의 벽에는 농민으로부터
  구매한 레오파드 가죽이 내내 걸려 있었다.

— 에피그라피

오너라

전생의 산탄총알을 나는 만신(滿身)의 꽃으로 피어나게 하였다

쇠붙이가 바람을 가르며 달린다, 마을이 내 뒤에서 조금씩 길을 잃
는다

푸른 언덕 나무 우듬지 부후(腐朽)의 냄새가

쇠붙이의 속도로 퍼져간다

여명과 황혼을 기워 붙이니

인적(人迹)은 틈새가 되고

내 유산(遺産) 중 무기력한 빨강의 절망이 된다

나는 쇠붙이를 땅에 심는다, 싹이 튼다, 자란다

---

1) 供銷社. 1954년 7월에 도입된 사회주의 공급 · 판매 체계를 구성하는 단위이다.

마을은 나무그늘 속에 창백해지고, 오로지 유감(遺憾)뿐

쇠붙이를 나는 피모(皮毛)의 주먹으로 꼭 쥐고 달린다
달려간 거리(距離)가, 쇠붙이의 지름을 가름한다
내가 빠를수록, 쇠붙이는 더디다
마을이 자신에게 남긴 부후(腐朽)의 시간도 늘어난다

나는 쇠붙이의 빠름이 그려낸 선으로, 낚시를 한다
숲속의 식탁은 하얀색 하늘 천에 둘러싸이고
배고픈 새 울음소리. 내 혼신(渾身)의 돈은
마을 비상(飛翔)에 미끼가 되었다

오너라
산탄총알의 꽃송이여,
마지막 한 폭의 깃발로 나를 뽐내게 한, 벽에 못 박힌
동사(動詞)

궁쉐민(Gong Xuemin, 龔学敏)

1965년 스촨성 쥬자이거우(九寨溝)에서 태어났다. 1987년 「초지(草地)」라는 잡지에 처음으로 「고원(高原)」이라는 제목의 시 세 편을 발표했다. 중학교 수학교사, 경찰, 공무원, 신문사 편집장 등 직업을 가졌다. 현재 중국에서 가장 오래된 시가(詩歌) 간행물인 《별(星星)》 잡지사의 발행인 겸 편집장이다. 1965년 봄. 중국 공농홍군장정² 노선을 따라 장시(江西)성 루이진(瑞金)에서 산시(陝西)성 옌안(延安)까지 현지 탐사를 진행했고 장시 「장정(長征)」을 창작했다. 시집으로 「장정(長征)」, 「임박하다(瀕臨)」가 있다. 스촨(四川)문학상을 2회 수상했다.

---

2) 중국 공농홍군장정(工農紅軍長征)은 1934년 10월부터 1936년 10월까지 모택동이 통솔하는 공산당의 주력군인 홍군(紅軍)이 국민당 국군의 포위망을 뚫고 중앙 근거지에서 변두리로 전략 자산을 이동하는 과정을 일컫는다. 이 과정에서 적군과 600여 차례의 전투가 있었다. 황무지와 설산이 포함된 전체 노선의 길이는 2만 5천리에 달한다. 1936년 10월, 홍군 3개 사(師)의 주력군이 만나면서 장정이 승리로 끝난다.

궁쉐민 시인의 어머니

궁쉐민 제가 태어날 때, 중국 농촌은 합작화[3] 인민공사[4] 시대였습니다. 어머니는 농부였고 아침 일찍 일하러 나갔으며 생산대[5]의 집단 노

---

3) 합작화(合作化)는 1954~1956년 중국에서 농촌을 대상으로 생산, 공급과 판매, 신용 등 분야에 대해 사회주의 개조를 실시하고자 추진한 경제개혁이다.

4) 인민공사(人民公社)는 1958년 중국 대약진(大躍進)의 산물로서 사회주의 사회조직의 기층 단위이다. 인민공사는 평균주의와 공산주의 색채를 띤 사회조직인 동시에 정권조직으로서 무전취식 및 식량 공급제를 실시하였고 대중의 공동체 의식(조직의 군사화, 행동의 전투화, 생활의 집단화)을 고취하였다. 이때 공산풍이 불면서 생산력이 현저하게 억제되는 현상이 일어났고 농촌경제의 후퇴를 초래하였다.

5) 생산대(生産隊)는 중국의 농촌 경제 조직체계를 구성한 최소 단위의 정치·사회 조직으로 1958년부터 1984년까지 명맥을 이어오다가 등소평의 개혁개방 정책에 따라 가정을 단위로 한 농촌토지도급제 실시 후 지금은 소조(小組) 형식으로 명칭이 변경되었다.

동에 참가하였습니다. 어릴 때, 아침잠을 자고 있을 시간에 바깥에서 어머니 이름을 부르는 생산대장(生産隊長)의 큰 목소리에 늘 잠에서 깨야 했습니다. 보통 어머니한테 어떤 도구를 갖고 나와라, 빨리 어디에 가서 일하라는 지시였습니다. 점심이 되면 어머니는 급히 집으로 돌아오셔서 식사를 하셨고 저녁은 날이 어둑해서야 일을 마치고 귀가하셨습니다.

할머니가 수선하는 일에 젬병이셔서 어머니는 밤이 깊도록 기름등잔 아래서 식구들의 옷 수선을 하셨습니다. 저는 어릴 때 할머니 곁에서 잤습니다. 어머니가 저한테 어떤 이야기를 해주셨는지는 전혀 기억나지 않습니다. 그런데 1971년 즈음에 발생한 작은 일 하나는 또렷하게 기억에 남아 있습니다. 그때 합작사[6]에서 각 가구에 배급한 것은 수확 후 말린 옥수수와 얼마 안 되는 밀이었습니다. 가가호호 강가에 위치한 방앗간에 가서 곡식을 빻아 밀가루나 옥수수 가루로 만들어야 했습니다. 집집마다 방앗간에 가서 순서대로 줄을 서서 기다렸다가 차례가 되면 먹을 양식을 빻았습니다. 방앗간의 맷돌은 이렇게 한 번도 멈춘 적이 없습니다. 새벽 다섯 시, 날이 채 밝기도 전에 나는 옥수수를 짊어진 어머니와 함께 방앗간에 가서 방아를 찧었습니다. 작은 읍내는 사방이 어두컴컴했고 교차로의 가로등만 밝았습니다.

한 사람이 길거리 중앙에 우뚝 서서 미동의 자세로 서 있었습니다. 우리는 가까이 다가가서야 비로소 안면 있는 사람임을 알았고 그는 등에 산탄총 한 자루를 매고 있었습니다. 양식을 짊어진 어머니가 걸어오자 그 사람은 기뻐하며 "이제 되었소, 집을 나선 후 만난 첫 번째 사람이 등짐을 지고 있으니 오늘은 사냥하러 나가도 되겠군." 하고 말

---

6) 합작사(合作社)는 인민공사 시대, 생산·유통·신용·서비스 분야의 경제협동조합을 가리킨다.

했습니다. 그리고 나서 어머니와 몇 마디 인사를 주고받은 뒤 읍내 변두리에 있는 산을 향해 걸어갔습니다. 이 사람의 말을 나는 알아듣지 못했습니다. 어머니께서는 사냥하러 떠나는 그날 아침 맨 처음 만난 사람이 빈손일 경우를 제일 기피한다고 알려주셨습니다.

이 경우에는 그가 오늘 산에서 사냥물을 만나지 못하거나 사냥물을 만났다 하더라도 헛물을 켤 가능성이 높다는 것입니다. 집을 나섰는데 우리처럼 양식을 짊어진 사람을 만나면 좋은 기운이 붙어 사냥에 실패해 빈손으로 귀가하는 일이 생기지 않는다는 것이지요. 이건 어머니가 저에게 해준 이야기로 볼 수는 없지만 제 기억에는 아주 또렷하게 남아 있습니다. 세상 만물은 보이지 않음 속에서 다양한 루트로 서로 연결되어 있습니다. 이 이야기는 시적 형상과 일치합니다.

궁쉐민 어머님께 제가 제일 후회하는 것은 집을 떠난 지 너무 오래되어 함께하는 시간이 너무 짧았다는 것입니다. 2002년, 저는 일 때문에 고향인 쥬자이거우(九寨溝)[7]를 떠나게 되었지만 어머니는 계속 쥬자이거우에 거주하고 계십니다.

어머니는 청두(成都)는 두 번 다녀가셨습니다. 병원에 가고 건강검진을 받기 위해서였죠. 어머니한테는 청두에 오셔서 함께 살자고 몇 번 말씀드렸지만 당신은 여러 가지 이유를 대면서 거절하셨습니다. 어머니는 불교 신자이시고 오랜 세월 채식을 하십니다. 한 번은 설을 쇠러 고향에 내려갔는데 어머니는 고기붙이를 넣지 않은 두부 요리를 하셨습니다.

동생은 그 요리가 지금까지 먹어본 두부 요리 중 최고였다고 말합

---

7) 중국 서남부, 청두 북쪽에 있는, 1992년 유네스코 세계문화유산으로 지정된 유명한 자연풍경구이다.

니다. 제가 먼저 해야 할 일은, 당신에게 두부 요리를 해드리는 것, 맛있게 해드리기 위해 노력하는 것이지 싶습니다.

궁쉐민 저는 이 질문에 흠칫 놀랐습니다. 어릴 때 읽었던 그림책, 예를 들면 『백골 요정[8]을 세 번 치다(三打白骨精)』는 내가 매우 진시(珍視)하는 물건으로 볼 수 있습니다. 나이가 들어가면서 지금 제 신변의 물건 중에는 매우 소중하게 다뤄질 만한 수준의 물건이 하나도 없습니다. 신변 물건에 대한 저의 무덤덤함은 제가 이상해졌다는 것을 의미하는지도 모르겠습니다.

요 며칠, 시 쓰는 친구 몇 명과 이야기를 나누면서 지금은 일하고, 책 읽고, 글 쓰는 일 외에 그 어떤 취미나 애호도 없다고 말했습니다. 제가 살고 있는 도시 청두는 전 시민이 마작(麻雀)[9]을 하는 도시로 유명합니다. 청두 시민들은 대체로 마작을 배우면 끊지 못한다고 합니다. 저는 마작을 끊은 지가 아마 10여 년 된 것 같습니다.

궁쉐민 시적 영감을 불러일으키는 사물은 매우 많습니다. 저는 지금 유주(遊走)[10]를 가장 좋아합니다. 공부해야 할 것들을 챙겨 갖고 여행합니다. 어떤 곳에 가기 전에 먼저 그곳의 역사와 문화를 파악합니다. 한 지역, 심지어 중국 전체, 유구한 역사와 산업화 현실, 유주하는 가운데 영감의 불꽃이 일어납니다.

---

8) 중국 서유기(西遊記)에 나오는 음험하고 악랄한 백골의 요정을 가리킨다.

9) 4인이 함께하는 중국의 전통 골패놀이로 마장(麻將) 또는 마작(麻雀)이라고 하며 도박에 잘 이용된다. 작은 직육면체의 골패에는 그림이 새겨져 있다. 마장은 뼈나 나무, 플라스틱으로 만들어졌다. 마작의 표준 개수는 144개로 알려져 있으나 스촨 마작의 골패 개수는 108개이다.

10) 유주(遊走)는 여러 함의가 내포된 낱말이다. 유주는 여행, 여기저기 자유롭게 돌아다님, 흘러감, 짧게 머물다 떠남 등의 의미가 어우러진, 시인에게 너무 잘 어울리는 낱말이다.

궁쒜민 시인의 외손자 궁따이훠이(龔代暉).

저의 외손자 궁따이훠이입니다. 2024년 8월 27일 스촨(四川)성 청두(成都)시 진뉴(金牛)구 잉캉(營康)서로 689호, 일품천하(一品天下) 단지에서 촬영했습니다.

궁쒜민 저는 칭장고원(青藏高原)[11] 변두리 일대인 쥬자이거우에서 태어났습니다. 1970년대, 저는 늘 읍내에 소재한 공급판매협동조합[12]에 가서 폐품(廢品)을 팔았습니다. 돈이 생기면 서점에서 그림책을 살 수 있었습니다. 에피그라피에 쓴 "1970년대, 읍 소재 공급판매협동조합(供銷社)의 벽에는 농민으로부터 구매한 레오파드 가죽이 내내 걸

---

11) 아시아 내륙에 속한다. 히말리야 산맥의 남단에서 시작되며 세계에서 해발이 가장 높은 고원으로 '세계의 지붕', '제3극'이라고도 한다.

12) 각주 1) 참고

려 있었다." 이 이미지는 진실한 기억입니다. 지금까지 생생하게 뇌리에 남아 있습니다.

이 시는 생명존재, 생태환경, 자연과 인간의 공존에 대한 시입니다. 그러나 현실은 참혹합니다. 생태환경은 취약하고 인간 내면의 욕망은 끝이 보이지 않습니다. 지금은 예전보다 생태보호에 대한 담론이 많아졌고 또한 진지해졌습니다. 그러나 인간이 중심이라는 생각을 벗어나지 못한 일체의 생태보호는 철저하지 못하며 심지어는 가짜입니다.

이 시의 모든 구절이 마음에 듭니다. 또한 매 구절이 중요한 포인트입니다.

궁쉐민 시인의 가족사진

궁쉐민 2022년 섣달 그믐날, 쥬쟈이거우 부모님이 계시는 고향집 정원에서 찍은 나의 가족사진입니다. 뒷줄 왼쪽에서 두 번째가 나입니다.

궁쉐민 부모가 계신 곳이 곧 집입니다. 저의 부모님은 줄곧 제가 태어난 쥬쟈이거우에서 거주하셨습니다. 그러니 저의 집은 아직도 그곳에 있습니다. 저는 청두의 집에서 살고 있지만 그 집은 고향집에서 분가한 작은 집일 뿐입니다.

화이트 와인은 왜 얼굴을 빨개지게 하는 거야
안치(安琪)

레드 와인은 얼굴을 빨개지게 하지
화이트 와인은 왜, 얼굴을 빨개지게 하는 거야

그날 너는 내 몸에다 술을 부었지, 레드 와인
화이트 와인으로 피워낸

빨간 얼굴의 나
계속 얼굴이 빨개지는 나.

나는 빨개진 얼굴로 너의 찬사를 들었어
그리고 빨개진 얼굴로 너를 찬미했지

비평하는 말은 얼굴을 빨개지게 해
찬미하는 말은 왜, 얼굴을 빨개지게 하는 거야?

— 2014년 1월 30일 베이징

안치(Angie, 安琪)

시인의 본명은 황쟝빈(黃江嬪)이다. 1969년 2월 출생. 1994년 3월 처음으로 안치라는 필명으로 『시가보월간(詩歌報月刊)』에 「양무(養霧)」라는 짧은 시 한 편을 발표했다. 교직과 문화관에서 직장생활을 하다가 2002년 사직하고 베이징에서 생계를 위해 여러 회사를 전전하였다. 주로 편집 업무를 담당했다.

1992년 2월, 고향에서 시인 도훠이(道輝)를 만났고 그의 영향을 받아 현대시 창작을 시작했다. 2000년 4월 『시간(詩刊)』 제16회 "청춘시회(靑春詩會)"에 참가하였다. 이는 나에게 비교적 중요한 두 가지 문학 사건이다. 1995년 제4회 유강시가(柔剛詩歌)상을 받았고, 2006년 문예지 『시간(詩刊)』으로부터 10대 청년 여류시인에 선정되었다. 이는 비교적 중요한 두 개의 문학상이다.

출판한 시집으로는 『미완성』(장시), 『극지지경(極地之境)』(2003~2012, 베이징, 단시), 『너는 나의 생활을 모방할 수 없어』(1990~2021, 쟝저우-베이징, 단시)가 있다.

안치 2024년 6월 25일, 푸젠(福建) 장저우(漳州) 샹청구(薌城區). 이날, 저는 76세의 어머니를 모시고 어머니가 살고 계시는 아파트 부근의 둥웨(東悅) 더우화 가게에서 당신이 좋아하는 더우화[13](豆花)를 먹었습니다. 어머니는 매우 기뻐하시며 살아서 더우화를 먹을 수 있구나, 하고 말씀하셨어요.

2024년 2월 2일, 어머니가 갑작스레 쓰러지셨고 혼수상태에 빠졌으며 우리는 어머니를 병원 응급실로 모셔갔습니다. 검사 결과 어머니의 대장에서 악성종양을 발견했습니다. 장저우와 샤먼(廈門) 등 두 곳의 병원에서 치료에 최선을 다한 결과, 세 번이나 중환자실로 모셔갔던 어머니가 사경에서 살아 돌아오셨습니다.

3월 22일, 어머님이 퇴원하셨습니다. 어머니는 빠른 속도로 건강을 되찾으셨고 자녀로서 우리는 정말 기뻤습니다. 제가 어머니한테 사진 한 장 찍어요, 하고 말했습니다. 그때 찍은 사진입니다.

안치 어머니가 말씀하시기를 제가 아직 글자를 익히지 못했을 때였는데 하교하고 집으로 돌아온 작은이모한테 교과서와 노트를 달라고 한 후, 큰 의자 하나와 작은 의자 하나를 옮겨 와서는 작은 의자에 앉아서 큰 의자를 책상 삼아 교과서 내용을 노트에 베껴 쓰기—교과서 내용을 전부 다 노트에 필사했다고 하는데 백 퍼센트 정확했다—를 했다고 해요.

온 가족이 제가 공부하기 좋아하는 아이라고 말했지만 아이가 어떻게 배우지도 않은 글자를 똑같이 필사할 수 있는지에 대해서는 깊이 생각해보지 않았던 것 같아요. 지금에 와서 알게 되었지만 그게 최초의 모

---

13) 두부 푸딩에 간장 등 소스와 고수 등 고명을 얹은 음식.

사(摹寫)인 셈이죠.

사실 저는 그림에 타고난 소질이 있어요. 요 몇 년간 저는 스승 없이 스스로 그림을 그리기 시작했어요. 옛날의 그 천부적 소질과 관계가 있는 거죠. 어머니의 이야기는 원하면 언제든지 할 수 있어요, 당신이 그녀한테 질문을 던지기만 한다면요.

안치 2002년 연말 고향인 푸젠 장저우를 떠나 '베이징 떠돌이(北漂)' 생활을 하게 되었고 그때 제 나이는 서른세 살이었습니다. 그땐 어머니도 오십사 세의 나이로 젊었죠. 베이징에 거주한 지 20여 년이 되었습니다. 이 20여 년 동안 저는 어머니 신변에서 효도를 한 적이 거의 없습니다. 어머니는 만성변비가 있으셔서 기후가 건조한 북부 지방에서 거주하는 걸 꺼려하셨어요. 따라서 베이징에는 오신 적이 없습니다. 올해 어머니가 갑작스레 아프셨고 치료 후 회복되어 몸조리를 하면서 잘 지내고 있습니다.

이번에 저는 어머니 곁에서 두 달간 간병을 해드렸어요. 효도를 조금이나마 한 것 같아 마음속으로 위안을 느낍니다. 어머니는 자신의 오래된 친구들한테 두 딸이 건져준 목숨이라고 하셨어요(여동생이 한 명 있거든요). 이 말을 듣고 저는 정말 기뻤어요. 어머니를 설득하여 베이징에서 한동안 함께 지내면서 베이징을 보고 느끼게 하고 싶어요.

안치 지금까지 제 인생에선 시가 최고였고 제일 소중히 여기는 것도 당연히 시입니다. 출간한 시집 두 권을 보여드립니다. 한 권은 장시(長詩)이고 다른 한 권은 단시(短詩)입니다.

안치 시인의 첫 번째 시집 『미완성』
(1994~2019, 장저우-베이징, 장시),
단결출판사, 2021

안치 시인의 두 번째 시집
『너는 나의 생활을 모방할 수 없어』
(1990~2021, 장저우-베이징, 단시)
북악문예출판사, 2022

안치 2000년 여름 즈음 딸애가 세 살 때 장저우 샹청구 집에서 찍은 사진입니다. 억지로 웃는 표정을 지어서 어색하지만 귀엽습니다.

귀여운 미소를 짓는 안치 시인의 딸

안치 시에 따라서 영감도 다른 것 같습니다. 매 한 편의 시마다 그 시의 연유(緣由)와 감동 코드가 있기에 한마디로 표현하기는 어렵습니다.

안치 이번에 제출한 작품 화이트 화인은 왜 얼굴을 빨개지게 하는 거야는 실생활에서 영감을 얻은 시입니다. 그해 구정이었어요. "우리 명절이니 술 한잔합시다, 화이트 와인으로 할까요, 레드 와인으로 할까요?" 하고 남편이 말했어요.

이 말 한마디에 영감이 발동했고 저는 곧바로 컴퓨터 앞에 앉아 이 시를 썼습니다. 과학상식, 술. 화이트 와인이든 레드 와인이든 마시면 얼굴이 빨개집니다. 그러나 시적 '난센스의 묘(妙)'라는 각도에서, 레드 와인이 얼굴을 빨개지게 한다면 화이트 와인은 얼굴을 하얘지게 해야 하지 않나, 왜 화이트 와인까지 얼굴을 빨개지게 하는 거야?

안치 시인 부부

이 얼토당토않은 문제가 회심의 미소를 짓게 했어요. 비평하는 말이 얼굴을 빨개지게 하는 것은 이해할 수 있으나 찬미는 기분을 좋게 하는 말이잖아요, 그럼에도 불구하고 왜 비평을 받을 때처럼 얼굴이 빨개지는가, 하는 연상을 했습니다. 아아, 이 시는 제목의 이 구절이 매우 중요합니다. 참신한 발견을 제기했고 대답할 수 없는 문제에 질문을 던졌습니다.

안치 2024년 1월, 저와 남편은 모교인 민난(南)사범대학 교우회 모임에 참가했고 모교 문학원 대문 앞에서 함께 사진을 찍었습니다. 저와 남편은 교우(校友)이며 둘 다 민남사범대학 문학원을 졸업했습니다. 우리 둘의 만남과 인연은 교우였기에 가능했던 일입니다. 모교에 감사드려요!

그림 그리는 안치 시인

안치 2013년 가을의 어느 날입니다. 제가 베이징 자택에서 그림을 그리고 있는데 마침 시인 장쇼우윈(張小雲)이 저희 집에 와서 휴대폰으로 스냅 사진을 한 장 찍어주었습니다. 몰입 중인 고요한 모습입니다. 저는 이 사진이 아주 마음에 듭니다.

개회사 하는 안치 시인

이 사진은 2023년 7월, 베이징 미윈(密雲)에서 개최된 "명월과 창해의 초연한 발걸음(明月滄海的高蹈脚步)[14]: 1980년대에 시를 쓰다" 개회

---

14) 리소우쥔(李少君), 푸리(符力)가 모아 엮은 2023년 6월에 출판된 시집의 표제이다. 이 시집은 광활한 천지와 자연만물, 반세기 근대 사회의 발전과 세계변화에 대한 관조, 개체 생존에 대한 관심, 영혼과 육체에 대한 위무, 운명에 대한 응시와 사고, 은밀한 정신세계에 대한 탐구와 이해 등 당대 중국 시가(詩歌)의 다양한 인지와 추구, '이상주의' 낙인이 선명한 한 세대의 생활상을 펼쳐 보여줌과 동시에 당대 중국 문인들의 감동적인 정신적 아우라가 담겨있다. 고도(高蹈)는 중국의 고서 〈좌전·애공21년〉에 나오는 어휘로 은거(隱居) 또는 먼 곳으로의 여행, 문학과 예술 분야의 성취를 의미한다. 근래에 와서는 세속에서 벗어난 인간의 행위, 태도를 의미하는 등 문화 코드와 상징성을 내포한다.

사 발표 시 시인 푸리(符力)가 찍어준 스냅 사진입니다. 저는 이 사진을 좋아합니다.

　　안치 제가 태어난 가정은 즐겁지 않았다고 하는 편이 맞겠네요. 철이 들면서부터 부모님이 다투는 모습을 자주 목격했습니다. 아버지는 술을 좋아하시고 집안일에 전혀 신경을 쓰지 않으셨어요. 어머니는 집안일을 돌보고 부지런하셨지만 성격이 좋지 않았고요. 부모님은 한평생 다투시다가 2011년 8월 아버지가 병환으로 돌아가신 후 비로소 평온해졌습니다.

　　자녀 교육만큼은 두 분의 생각이 비교적 일치했어요. 오로지 지식만이 운명을 바꿀 수 있다고 생각하셨죠. 그들은 우리가 공부를 잘해서 대학에 가야지만 좋은 직업을 가질 수 있다고 격려해주셨어요. 저와 여동생은 부모님의 기대에 부응하여 공부하고 대학시험을 치르고 좋은 직업을 얻게 되었습니다. 다만 저는 그 후에 사직하고 홀로 상경하면서 험난한 인생의 길을 헤쳐가야 했지만 자신이 선택한 길이라 결코 후회하지 않습니다.

어머니

수차이(樹才)

오늘밤, 하늘(天空)에 한 쌍의 눈이 보여요,
선하고, 질박(質朴)한 두 눈에, 슬픔 가득한!
오늘밤, 그 눈이 내게 이르기를 "얘야,
소리 내어 울어라, 울기 위해 강해져야 한다!"

나는 오랫동안 그 눈을 바라봅니다.
그 눈은 하늘(天空) 같습니다.
그 눈은 이슬이나, 포도 같지 아니하고,
아니, 그 눈은 하늘(天空) 같습니다.

멈추지 않는 눈물이 나를 반짝반짝 빛나게 하죠.
이 5월의 밤이 나를 반짝반짝 빛나게 하죠.
모든 것이 너무나 멀고 아득한데,
멀고 아득한 그것이, 일생의 난망(難忘).

어디에 있든 이 한 쌍의 눈은,
어디에 있든, 언제나 하늘(天空) 같습니다.
매일, 하늘(天空) 아래 서 있기만 하면,
어머니로부터 달려온 빛을 느끼기 때문이에요.

—1990년 5월 31일 베이징

수차이(shu cai, 樹才)

시인은 1965년 3월 26일에 태어났다. 1900~1994년 외교관으로 근무했다. 1997년 첫 시집 『홀로 걷는 자(獨行者)』를 출간했다. 이 시집에「어머니」라는 제목의 시를 발표했다. 1999년 시인 모페이(莫非), 처첸즈(車前子)와 함께 "제3의 길 글쓰기(第3條道路寫作)" 운동을 시작했다.

2000년 중국사회과학원 해외문학연구소로 전근하여 "프랑스 시학과 20세기의 시"를 연구했다. 2006년 "제1회 쉬즈모(徐志摩)시가상"을 수상했다. 2023년 프랑스 정부로부터 "문학과 예술 기사훈장"을 받았다. 2024년 40년간의 시모음집 『하늘이 굽어살피네(天空俯下身來)』를 출간했다.

수차이 정말 죄송한데 저는 어머니의 사진이 없습니다, 한 장도 없습니다. 한 장은 찾을 수 있을 줄 알았습니다. 왜냐면 제가 사진을 본 적 있기 때문입니다. 제가 본 어머니의 사진은, 흑백사진에, 표준 사진 사이즈였는데 변두리는 톱니처럼 되어 있었습니다. 두 갈래의 검고 굵은 머리를 땋은 처녀, 튼실하고, 건강하고, 두 눈은 삶에 대한 갈망의 빛으로 초롱초롱했습니다……. 그녀가 바로 저의 어머니입니다! 저는 이 사진으로만 그녀를 본 적 있습니다. 이 사진은 저의 아버지가 저한테 보여준 것입니다.

그때 저는 어렸습니다, 10살 전후였을 겁니다. 저는 아직 집을 떠나지 않았습니다. 처음 이 사진을 봤을 때, 저는 아무 말도 하지 않았습니다. 아버지 역시 한마디도 하지 않으셨습니다. 이 사진을 찾고 싶었습니다. 부친에게 전화를 걸어 말씀드렸습니다. 부친은 올해 86세입니다. 당신은 저의 말을 잘 알아듣지 못했을 수도 있습니다. 저는 분명히 말씀드린 것 같습니다. 여하튼 마지막에 못 찾았다 하셨습니다!

그것을 찾을 방법이 없습니다. 그 사진을 잃어버렸을까 봐 정말 걱정됩니다. 하지만 그럴 리가 없을 것 같습니다. 당신은 마을을 한 번도 떠난 적이 없기 때문입니다. 그런데 이사는 했습니다. 추측하건대, 당신은 틀림없이 사진을 어느 서랍에다 보관하고 계실 테지요. 어쩌면 어머니의 사진은 이 한 장밖에 없을 겁니다.

사진 속의 처녀는 당신의 아내, 저의 어머니입니다. 마찬가지로 저 역시 어머니와 함께 찍은 사진이 없습니다. 그때 농촌은 너무나 가난했습니다. 비록 저장(浙江)[15]의 한 시골 마을이었고, 아버지가 이 마

---

15) 당시 저장(浙江)은 중국에서 그나마 부유한 지방이었다.

을의 지부서기[16]로 계셨지만 말입니다. 아이고, 저의 어머니는 너무 일찍 돌아가셨습니다. 어머니가 세상을 떠날 때, 당신의 나이는 겨우 27살, 저는 겨우 5살이었습니다. 집에서 저는 둘째입니다. 27살의 어머니는 아들을 네 명이나 낳았습니다. 젖먹이 막내동생은 어쩔 수 없어 입양 보냈다고 합니다! 그래서, 저는 다만 저와 아버지, 형과 동생이 함께 찍은 사진만 보내드립니다.

수차이 시인의 부친과 형제 사진

2024년 구정 펑화(奉化) 샤천촌(下陳村)에서 아버지와 형 그리고 아우와 함께 찍었는데, 왼쪽 끝이 필자입니다.

---

16)　지부서기(支部書記), 농촌 기층 조직의 공산당 간부, 리더이다.

수차이 어머니는 분명 저한테 이야기를 해주셨을 겁니다. 하지만 저는 다 잊어버렸습니다. 조금도 기억나지 않습니다. 유년의 기억은 굴욕적인 기억 빼고는 거의 기억에서 사라졌습니다. 제가 생각건대 "선택적 기억"일 것 같습니다. 상처를 건드리면 아플까 봐, 어떤 기억은 어쩌면 일부러 회피하는 것 같습니다. 아마 잠재의식에서 이뤄졌을 겁니다.

성장 과정을 돌아보면, 어머니에 대한 몇 개의 꿈을 꾸었던 것 같습니다. 꿈의 얼개는 대개 비슷합니다. 어떤 여성이 저를 따뜻하게 대해주거나 아껴주거나 온유한 말투, 관심 어린 시선을 보일 때면…… 이러한 일들이 있고 나면 그날 밤 꿈을 꾸고 꿈에서 어머니를 만납니다. 어머니의 모습은 그날 저를 따뜻하게 대해주었던 그 여인의 모습으로 변해 있었습니다. 저는 늘 이런 꿈을 기대하지만, 이러한 꿈은 별로 많지 않았습니다. 왜냐면 삶에서 저를 진정으로 따뜻하게 맞아준 여인도 별로 많지 않았기 때문입니다. 꿈에 어머니의 얼굴로 변한 여인들은 마음속 깊이 기억하고 있습니다. 비록 아무런 연락이 없더라도 마음에 깊이 아로새기고 있습니다. 제가 만약 꿈에 그 여인들을 만나지 않았더라면 저는 목석간장(木石肝腸)의 냉혹한 인간이 되었을 것 같다는 생각이 들 때도 있습니다!

사실상 저는 마음이 매우 여립니다. 따스하고 부드럽습니다. 시를 읽고 시를 쓰는 일 역시 마음을 여리게 만듭니다. 남성 시인들은 대부분 여린 심성의 소유자일 겁니다. 이것이 바로 제가 꿈으로 엮어낸 저와 어머니의 이야기입니다.

수차이 제가 가장 후회되는 것은, 당신의 얼굴을 기억하지 못했다는 것입니다. 오늘 어머니가 저와 함께 계신다면, 저는 먼저 어머니를 와

락 품에 안을 것이며, 다시는 그녀를 놓아주지 않을 겁니다. 하지만 그건 불가능한 일입니다.

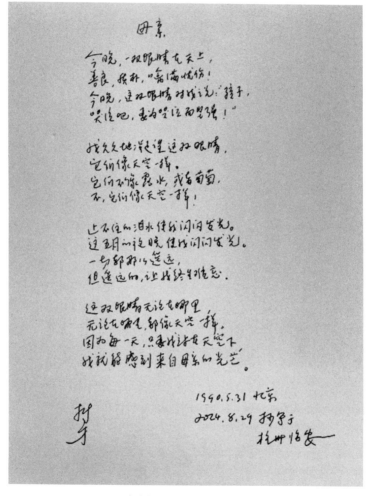

수차이 시인이 2024년 8월 29일, 시인이 손으로 쓴 시 「어머니」

대불법어(大佛法語)[17].
종정만리주풍사[18](從征萬里走風沙) 남북동서총시가(南北東西總是家)
낙득흉중공삭삭(落得胸中空索索) 응연심시백연화(凝然心是白蓮花)

---

17) 이 시는 몽골제국 원나라 개국공신이자 문인인 야율초재(耶律楚材, 1190~1244)의 시 "과천산화
상인운이절(過天山和上人韻二絕)"의 일부분이다. 시 제목의 화상인운(和上人韻)은 다른 시인의 시에
답시를 짓는 것을 의미하며, 이절(二絕)은 4구로 이루어진 시를 말한다. 천산산맥을 넘는 여정을 통해
얻은 감회를 시로 표현한 것이다. 저자가 본문에 옮겨온 부분은 각주17)과 같이 해석할 수 있다.

18) 머나먼 정벌의 풍진 여정/ 온 천지를 거처로 삼으니/ 외로울 땐 텅 빈 가슴은/ 하얀 연꽃 같은 이.
순수한 여인을 그리워하는 듯한 시이다.

수차이 이것은 한 장의 작은 종이, 시이기도 하고, 특히 저의 운명입니다. 다시 말하자면 이 종이에, 이 시에, 한 사람의 운명이, 저의 운명이 포함되어 있습니다. 저는 한 사찰에서 이 종이를 얻었습니다.

저와 연령대가 비슷한 시인 몇 명이 함께 대만 가우슝(高雄)의 불광산(佛光山)을 방문했을 때의 일입니다. 성운(星雲) 대사께서 저희를 맞아주셨습니다. 우리는 사찰의 법사들과 함께 "선심(禪心)과 시적 정취(詩情)"라는 명제의 좌담회를 진행했습니다. 관련하여 대만 여류시인 옌아이린(顔艾琳)을 통해 알게 된 수운 법사(水雲法師)라는 비구니 한 분을 언급해야 하는데, 저는 베이징에서 이분을 뵙고서야 수운 법사님이 비구니신 줄 알게 되었습니다. 쑹린(宋琳) 시인과 함께 그녀를 만날 걸로 기억합니다.

그녀는 성운 대사님의 좌하(座下)[19] 제자입니다. 우리가 대만에 간 목적은 우리처럼 1960년대에 태어난 대만 시인을 만나기 위함이었는데 이를 계기로 불광산(佛光山)과 연줄이 닿았던 것입니다. 불광산을 다녀오는 것이 저의 주목적이었습니다. 저는 선불 지혜를 오래토록 갈망해왔습니다!

성운 대사님이 주창한 '인문불교(人文佛敎)'에 관해서도 그분의 의도를 이해할 수 있었습니다. 그는 문화를 통해, 문화인들을 깨달음의 장으로 이끌고 싶었던 것입니다. 우리는 불광산에서 이틀을 묵었습니다. 다음 날이었을 겁니다. 이유는 모르겠으나 저와 영운(永芸) 법사님이 함께 걷게 되었고 선당(禪堂)을 지나게 되었습니다. 안에는 부처님과 보살이 모셔져 있었고 원통형 꽂이에는 대나무 표찰(竹籤)[20]이

---

19) 제자의 존칭

20) 대나무로 만든 점을 칠 때 쓰는 물건이다.

꽂혀 있었습니다. 영운 법사님께서는 이 괘가 정말 영험하다고 말씀하시면서 뽑는 방법도 알려주셨습니다.

저는 점을 보거나 괘 뽑는 걸 좋아하지 않습니다. 그런데 이번은 그냥 받아들였습니다. 그래서 이 쪽지를 얻게 되었습니다. 이 시는 저의 운명을 어느 정도 예언하고 있었습니다. 저는 이 쪽지를 가죽지갑 안쪽의 깊숙한 곳에 넣어두었고 비물(秘物)로 간주해 언제나 몸에 지니고 있습니다.

지금은 현금을 거의 쓰지 않지만 지갑 안에는 이 쪽지가 있고, 이시가 있으며, 보일 듯 말 듯한 운명, 저의 운명이 들어 있기에 저는 이지갑을 항상 갖고 다닙니다. 안 믿겨도 믿어야 합니다. 맞거든요. '점'이라서가 아니라 한 편의 시이기 때문입니다!

수차이 제 삶 속의 '결핍'이 시를 쓰게 된 계기인 것 같습니다. 대자연의 만사(萬事) 만물(萬物), 개개의 산천초목은 단지 촉매(觸媒)일 뿐 진정한 영감이 아닙니다. 농촌에서 살면 흙과 접촉하게 됩니다. 저는 어릴 때부터 농사일을 했습니다. 저는 벼 베기, 모 심기, 곡식 말리기, 볏짚 묶기 등 농사일을 모두 해봤습니다. 농사일은 물론 여름방학 때 했습니다. 만약 노동의 수고스러움을 체험하지 않았더라면 대학에 붙고자 몇 번이나 재수하는 일도 없었을 것입니다!

저는 대학에서 비로소 진지하게 시 쓰기를 시작했습니다. 어머니를 잃은 사건이 저에게는 거대한 '결핍'입니다. 이는 활동적이면서도 조용한 성향의 저를 만들었습니다. 움직임을 좋아하니 많은 일들을 겪게 되면서 경력을 쌓을 수 있었고, 고요한 것을 좋아하여 고독을 알게 되었으며 내면을 성찰할 줄 압니다. 시를 쓴다는 것은 궁극적으로 격정(激情)을 글로 표현하는 일입니다. 누구나 시적 언어 재능을 갖고 있지만 "격정을 표현하고자 하는 욕구"와 결합했을 때 비로소 시를 씁니다. 중학 시절, 저는 옛 시인의 시를 많이 읽었습니다. 고시(古詩)를 모방하여 오언(伍言), 칠율(七律) 시를 모두 써보았습니다.

제 삶은 각종 '결핍'이 따라다녔으며 매우 불행하다고 할 수 있습니다. 저는 아마 '시 쓰기'로 이러한 '결핍'의 빈자리를 채우고자 했을 겁니다. 그러나 이러한 '결핍'은 타고난 상처처럼 그냥 거기 있었으며 제가 아무리 시를 써도 근원적인 '결핍'은 채워지지 않았습니다. 그리하여 저는 날마다 시를 씁니다. 시를 쓸 때 특별한 '영감'은 필요치 않는 것 같습니다. 만약 영감이 있다면, 저의 몸에, 마음에 있을 것입니다. 그건 바로 저에게 내재한, 표현 욕구를 자극하는 어머니, 유년, 여러 꿈들, 삶에 대한 다양한 상상…… 이와 같은 각종 '결핍'입니다.

수차이 저는 아주 어릴 때 어머님을 여의었습니다. 하지만 그리워하지 않았습니다. 어머니에 대한 기억을 잃어버려, 그녀의 생김새조차 기억할 수 없었기에 그리워할 수 없었습니다.

엄마가 없는 아이는 커다란 자유를 얻었고 주변에 챙겨주는 사람이 없었으므로 마음껏 놀았습니다. 아버지는 촌 간부여서 마을의 대소사로 바삐 보내셨습니다(저와 아버지는 친구 같았습니다). 엄마 없는 아이, 잡초처럼 제멋대로 자라는 아이, 라는 사실을 깨달았을 때, 대학에 다니려고 굳게 마음먹었습니다.

대학시험을 다섯 번이나 치렀고, 재수 5년 만에 대학에 붙었습니다. 저는 운 좋게 저를 포함한 모두의 예상을 깨고 베이징외국어대학교(北京外國語學院) 프랑스학부에 입학했습니다. 대학에서 처음으로 프랑스어를 접했습니다. 농촌에서 도시로, 남부지역에서 북부지역으로, 지방 사투리에서 표준어로…… 저의 삶은 엄청난 변화를 일으켰습니다! 대학에서 비로소 어머니에 대한 그리움을 느꼈습니다. 몇 년 간 홀로 비밀스럽게 그리움을 이어나갔습니다.

1990년, 25세의 저는 아프리카 세네갈 외교관 발령을 앞두고 있었 습니다. 어느 날 하늘이 어머니로 보였습니다. 전설의 하늘에서 하나 의 별이 된 것 같았지만, 허무처럼 어디에도 찾을 수 없는 어머니……그해는 깊은 좌절을 겪은 한해, 절망에 휩싸인 한해, 그러나 유난히 깨어 있던 한해, 용감하게 결혼의 첫발을 내디딘 한해였습니다. 1990 년 어린이절 전날, 저는 이 시를 단숨에 써내려갔습니다. 오랜 세월이 흐른 뒤, 저는 이 시의 중요성을 새삼 깨닫습니다. 제가 제일 좋아하 는 부분은 마지막 한 소절입니다.

어디에 있든 이 한 쌍의 눈은,

어디에 있든, 언제나 하늘(天空) 같습니다.

매일, 하늘(天空) 아래 서 있기만 하면,

어머니로부터 달려온 빛을 느끼기 때문이에요.

2023년 파리 룩셈부르크 공원에서 수차이 시인

거대 인파의 뒤쪽

하이난(海南)

거대 인파의 뒤쪽에는 고요함이 있다

그곳은 불빛 고요한 기다란 통로이다

한 여인이 조밀(稠密)한 비의 계절 따라

걸어서 시골 또는 바닷가에 가려고 한다

모든 몸짓이 여행길(旅途)에 올인할 때면

온라인으로 예약한 돌집(石房)만을 생각한다

본의(本意)는 롱스커트 입은 여인을 걸어 들어가게 하는 것

서스펜스 책(册)의 한 장면이다

내가 바로 책 쓰는 그 여인이다

나 역시 롱스커트를 입은 여인이다 걸어 들어간다

나는 오늘 밤 산정(山頂) 여인숙에 묵을 것이다

그다음 투숙객은 누구일까

거대 인파의 뒤쪽

해양(海洋)과 매우 가까운 곳에

산정 여인숙이 있다, 만약 그대가 방 한 칸을

예약한다면, 그대는 곧

내 이야기 중 다른 한 인물이 될 것

우리는 손에 열쇠를 움켜쥐고

안개 뒤쫓아 오는 겹겹의 대문(大門)을 열게 될 것

하이난(hai nan, 海南)

시인은 1962년에 태어났다. 전 직장은 윈난(雲南)인민출판사이고 지금은
윈난사범대학에서 특훈교수로 재직 중이다.
윈남성 훙허저우(紅河州)에는 두 개의 서화원이 있는데 그곳을 오가며
글을 쓰고 그림을 그린다. 이것이 그의 문학 사건인 것 같다. 두 권의 시
집을 출간했다. 『슬픔의 흑사슴(忧傷的黑麋鹿』은 중국 제6회 루쉰(魯
迅)문학상을, 『광활한 세상에 녹아들다(在遼闊的世界中融化)』는 제1회
양승암(楊升庵)시가상을 받았다.

하이난 시인의 어머니

하이난 시인의 어머니와 형제

하이난 어머니가 제게 해주신 가장 잊을 수 없는 이야기는 당신이 젊었을 때 윈난(雲南) 멍쯔초우빠(蒙自草壩) 실크 공장에서 일하면서 한자를 공부했던 이야기입니다. 그때 공장에는 주말마다 한자 공부반이 있었습니다. 그 시절에는 전화가 없었고, 기름등잔 밑에서 글자를 배웠습니다. 제2차 세계대전 때였던지라 어머니의 나이는 겨우 16세 정도였습니다. 어머니는 짧은 단발머리에 글공부를 좋아하셨습니다.

한 주에 2시간씩 한자를 배웠는데 반년이 지나자 어머니는 신문을 읽을 수 있었고 외할머니한테 편지도 쓸 수 있게 되었습니다. 어머니는 편지 쓰는 이야기를 할 때면 기쁨에 겨워하시며 말씀하셨습니다. 다 쓴 편지는 진월(滇越) 철로의 작은 열차를 타고 멍쯔(蒙自)에 가서 부쳐야 했습니다. 작은 열차는 시끌벅적 들끓었습니다. 이 철로는 프랑스 사람들이 윈난(雲南)에 건설한 중국 최초의 해외로 뻗은 철로였습니다.

어머니는 기차를 타고 멍쯔에 가서 편지를 부치는 일이 가장 즐거웠습니다. 편지를 쓰실 수 있게 되면서부터 어머니의 외출은 훨씬 편리해졌습니다. 가게의 문패를 읽을 수 있었고 그 후에는 사랑에 빠졌지요. 몇 년간 오로지 편지에 의존해 사랑을 나눴습니다. 어머니는 공부를 열심히 해야 많은 글자를 배우고, 열심히 공부해서 글자를 많이 알아야 자유를 얻을 수 있다는 것을 당신의 이야기로 알려주셨습니다.

하이난 어머니에 대해 제가 가장 후회되는 일은 당신과 함께 보냈던 시간이 부족했다는 것입니다. 많은 것을 내려놓는다면 사실 어머니와 함께할 시간도 만들 수 있었겠죠. 현재 어머니는 94세의 고령이시고 재활병원에서 치료 중이십니다. 저는 당신이 하루빨리 건강을 되찾아

집으로 돌아오셨으면 하고 매일 기도합니다.

하이난 저는 사춘기 때부터 책을 소장하기 시작했습니다. 지금 종이 책은 제 삶에서 가장 소중한 물건이 되었습니다.

하이난 시인 동네 아이들

하이난 가운데 제일 작은 이 남자애는 두 살 때 조무래기 친구들과 시내(市內) 계단에서 놀이를 했습니다.

하이난 저는 16세부터 시를 쓰기 시작했습니다. 윈난성(雲南省)의 작은 읍에서 몰래 조용히 썼습니다. 쓴 시들을 서랍에 숨겨두었고 이 비밀을 감히 공개하지 못했습니다. 글쓰기가 제 생명에서 가장 중요한 생활임은 그 후에 비로소 알게 되었습니다.

하이난 시집
『광활한 세상에 녹아들다(在遼闊的世界中融化)』

하이난 시집
『슬픔의 흑사슴(忧傷的黑麋鹿)』

하이난 이 시는 한 편의 독립된 시이고, 어떤 에피소드의 단편이며, 드라마의 OST 같은 것이고, 여행에서 느낀 어떤 정서입니다. 시인의 정서는 시로 승화되어야 예술의 단편이 될 수 있다고 생각합니다.

하이난 젊었을 때, 인솔자를 만날 수 있다면, 방향감각을 잃었을 때 타는 입술과 불덩이처럼 뜨거운 어깨의 한 인간을 느낄 수 있다면, 당신은 장차 고독과 외로움에 직면하는 개인적인 훈련을 하게 될 것입니다. 이러한 인솔자는 바로 그대의 신(神)입니다.

흘러간 세월을 생각하면서 홀연 철부지인 저를 이끌어주신 분이 어머니라는 것을 떠올렸습니다. 당신은 마음속에 밀밭의 파도와 흐르는 강물을 품은 여인이었습니다. 당신은 타인의 말을 경청하기, 바늘실 꿰기, 세안 깨끗이 하기, 몸과 마음을 정결하게 유지하기를 요구하고 가르쳤습니다. 가령 손에 두 개의 사과가 있다면 반드시 크고 좋은 것을 곁에 있는 사람한테 주어야 한다고 하셨습니다. 군중들 속에서는 아웃사이드가 될 것과, 가운데는 보살의 방이므로 중심으로 비집고 들어가지 않는 것이 좋다 하셨습니다.

저는 저의 가정을 사랑합니다. 비록 (부친은) 일찍 세상을 떠나셨지만 부모님은 금슬이 좋았습니다. 어머니는 홀로 가정을 떠안고 용감하게 자녀들을 양육했습니다. 저의 가정도 안정적입니다. 글 쓰는 사람인지라 많은 시간이 필요합니다. 저는 늘 윈난(雲南)의 산과 하천, 땅 위를 걷습니다. 매우 충실하게 지내고 있습니다.

차 안에서 아들과 함께한 하이난 시인

시평(詩評)
〈물소리 포엠 주스〉

가족과 아이들과 물소리
그리고 시와 사랑을 나누는
우리 이야기

인도네시아
3인 시편

번역

김영수(시인·비교문학박사)

마우라에서 온 별 과자

까테리나 아흐맛(Katherina Achmad)

그 별 과자 모습은 아직 엉성했지만
내게는
목욕 전, 아침 식사 때 만나는
아름다운 친구

마우라[21]에서 온 별 과자는
초콜릿 가루가 뿌려졌고
옅은 황갈색을 띤 녹색과
그을린 황색
무지개처럼 아름답지는 않았지만
하나의 꿈을 만들고 있지요

맛에 대해서는 말할 필요가 없어요
처음 깨물고 나면
정말 맛이 있어요
그러나 두 번째 과자는
잠깐 생각을 해봐야 해요

---

21 마우라(Maura) : 시인의 조카 이름

그 별 과자는
동쪽 하늘 금성(金星)같이 분장을 해서
오븐에 들어가지요
다음 날 아침까지
입꼬리가 올라간 완전한 웃음을
만들기 위해

— 빠시르깔릴끼-반둥(Pasirkalilki-Bandung), 2021

까테리나 아흐맛(Katherina Achmad)

시인은 1964년 인도네시아 바뚜라자(Baturaja)에서 태어났다. 1986년 인도네시아 일간지 삐끼란 라크얏(Pikiran Rakyat)에 「독백과 그림자 9」(Monolog dan Shadow 9)를 발표했다.
일간지 빠꾸안(Pakuan) 기자와 보고르 식물원(LIPI) 블레틴 편집장을 역임했으며 현재는 한 기업체 임원으로 근무하고 있다.
두 개 언어로 출간된 시집 「갈대의 춤」(Tarian Ilalang, 2022)이 있다. 2009년 여성종합지(Femina)에서 주최한 '그림이 있는 이야기' 공모전에서 3등상을 수상했고 「시문예지」가 공모한 시와 수필 분야에서 우수상을 수상했다.

까테리나 시인의 어머니,
누르리아(Nurliah)

까테리나 아흐맛 어머니가 해주신 이야기 중에 가장 기억에 남는 것은 다음과 같습니다.

어머니는 매우 민주적이셨습니다. 내가 항공기술고등학교 엔진 설계학과에 입학할 때 어머니께서는 주저 없이 허락을 해주셨습니다. 1992년경에 내가 대학에서 언론 홍보학과를 택했을 때에도 그 선택을 지지해주셨습니다.

교육에 있어 내가 선택한 그 어떤 것이라도 어머니는 적극적으로 지지하고 돕겠다고 하셨는데 그 배경에는 결국 학과 선택은 내 몫임을 어머니께서는 잘 알고 계셨기 때문이었습니다. 어머니는 내가 선택한 학과를 통해 내 앞날의 성공을 기도할 뿐이라고 하셨습니다.

까테리나 아흐맛 오늘 어머니에게 해드리고 싶은 것은 기도를 통해 천국에서 어머니의 영생을 바라는 것과 어머니와 함께 2인 회화 작품

전시회를 갖고 싶다는 희망을 어머니에게 전하는 일입니다.

까테리나 아흐맛 대리석으로 만든 과일 배 모양의 문진(文鎭)입니다. 나의 8촌인 R. 이스깐다르 위리아수간다(R. Iskandar Wiriasuganda)가 1932년경 빠다라랑(Padalarang)에서 장학사로 있을 때 만든 것인데, 애장하고 있는 문진입니다. 오래전, 할머니께서 바느질을 하기 위해 옷감을 자를 때 종종 이 문진을 옷감 위에 놓고 사용하셨습니다.

1920년에 생산된 그로마(Groma) 상표의 수동 타자기도 있습니다. 내 할아버지인 R. 아바스 루끄마나(R. Abas Rukmana)로부터 받은 것입니다. 내가 처음 타자를 배운 타자기이며 내 첫 번째 시를 이 타자기를 이용하여 썼기 때문에 애착이 가는 애장품입니다.

까테리아 시인의 애장품

까테리나 아흐맛 내가 처음 시를 쓰기 시작한 것은 중학교 1학년 때부터였습니다. 당시 내 친구들은 일기 쓰는 것에 모두 빠져 있었습니다.

어느 날, 아버지께서 겉표지에 멋진 꽃 그림이 있는 일기장을 사다 주셨습니다. 그런데 내 감정과 느낌을 일기장에 어떻게 풀어내어 써야 하는지 그 방법을 알 수 없었습니다. 더구나 형제들은 내 일기장을 몰래 훔쳐 읽기도 했기 때문에 결국 나는 일기를 시 형태로 쓰기 시작했습니다. 그때부터 형제들은 내 일기장 내용을 이해할 수 없었습니다. 왜냐면 나만이 아는 시어로 썼기 때문입니다.

당시 나는 시작법 학습을 별도로 받기 시작했습니다. 그때 우리를 가르쳐주셨던 분은 Drs. 압둘라 암바리(Abdullah Ambary) 선생님이었는데 인도네시아어를 가르치셨고 인도네시아 문학 개론을 집필하신 분이셨습니다. 언제부턴가 내 시가 종종 학교 게시판에 걸리기 시작했습니다.

나는 책 읽기를 좋아했고 인도네시아와 세계적인 작가들의 작품에 매료되었습니다. 중학교 때 나는 그들처럼 유명한 작가가 되어 많은 사람에게 읽히는 작품을 쓰겠다는 열의를 가지고 있었습니다.

까테리나 아흐맛 「마우라에서 온 별 과자」는 조카가 만든 과자에서 영감을 얻어 즉시 쓴 시입니다. 내가 좋아하는 구절은 "맛에 대해서는 말할 필요가 없어요/ 처음 깨물고 나면/ 정말 맛이 있어요/ 그러나 두 번째 과자는/ 잠깐 생각을 해봐야 해요"입니다.

그 이유는 이 구절에 유머 감각이 있고 조카가 만든 과자를 자랑하고픈 마음이 내포되어 있기 때문입니다.

까테리나 아흐맛 시인의 가족사진(1987년 촬영)

　까테리나 아흐맛 왼쪽에서 오른쪽으로 샤흐리알(Syahrial), 리프키 나
와위(Rifky Nawawi), 까테리나 아흐맛(Katherina Achmad) 시
인, 파라 리따(Farah Rita), 까롤리나(Karolina), 페리(Ferry), 리잘
(Rizal)이며 앉은 사람은 아버지 아흐마드 나와위 아부코심(Achmad
Nawawi Abucosim), 어머니 누르리아(Nurliah)입니다.

　까테리나 아흐맛 가족의 의미는 돈이나 그 어떤 재화와도 바꿀 수 없는
소중한 가치라고 보고 있습니다.

어머니의 기록

넨덴 릴리스 아이샤(Nenden Lilis Aisyah)

내 손금에서 어떤 기록이나 운명의 흔적을
발견하지 못하지만
어머니,
당신 눈에
켜켜이 쌓여 있는 인고의 세월을
나는 보았지요
그것은
흔들리거나 미소 지었던 추억을 까맣게 잊은
허물어진 기념비가 되어 있었지요
집 정원에 핀 난초 이파리 사이에 바람은
우리 삶을 둘러싸고 있는 언덕과 산에
그것을 파묻어 놓았지요
당신의 목소리가 시들어가고
당신의 육신이 점점 쇠락해져
끝내 화덕 앞에서 움직이지 못할지라도
나는 다가올 그 앞날을 바라볼 수가 없어요

넨덴 릴리스 아이샤(Nenden Lilis Aisyah)

시인은 1971년 인도네시아 서부 자바(Java), 가룻(Garut)에서 태어났다. 1991년 처음 일간지 삐끼란 라크얏(Pikiran Rakyat)에 시 「외로움도 흔들리는」을 발표하면서 작품활동을 시작했으며 단편소설 「종이 달」 등을 발표했다.

1997년, 2012년 동남아문학협회 단편 페스티벌, 1999년 네덜란드 헤이그에서 진행된 Festival de Winternachten, 2023년 한국 만해축전 등에 참가했다. 프리랜서 작가로 활동하다가 현재는 인도네시아 교육대학교(UPI) 강사로 학생들을 가르치고 있다.

넨뎬 릴리스 아이샤 매일 일상생활 속에서 어머니의 모든 움직임을 어렸을 때부터 지금 성인이 될 때까지 (어머니가 별세할 때까지) 나는 직접 눈으로 보았습니다. 그것은 내게 있어 인상적인 이야기로 아직 남아 있습니다.

내 눈에 비친 어머니는 결단력이 있고 대담한 여성으로 기억되고 있습니다. 열두 명의 아이를 출산해서 키워내셨습니다. 어머니는 아버지와 함께 열두 명의 자식들을 양육하기 위해 서로 힘을 합쳐, 숨 가쁘게 생활하셨습니다. 어머니는 집안일을 보면서, 시장에서 밤늦도록 바나나에 싼 주먹밥을 파셨습니다. 아니면 주전부리 감을 만들어 길가 밥집에 맡겨 파시기도 했습니다. 심지어는 논에서 일하는 노동

자들의 도시락을 만들어 파신 적도 있습니다. 분명 당신께서는 피곤하고 잠이 모자라 지쳐 있음에도 불구하고 몸놀림만은 늘 민첩하셨습니다.

나는 당신께서 한숨을 내쉬는 것을 한 번도 본 적이 없습니다. 얼굴에는 언제나 어머니만의 독특한 미소가 있었고 항상 환히 빛이 났습니다. 어머니는 인심이 좋으셨습니다. 가게로 손님이 찾아왔을 때 집안 손님을 맞이하듯이 종종 이런저런 과자 종류를 대가 없이 대접하셨습니다. 모든 것이 모자라는 삶의 질곡 속에서도 아이들에게만은 늘 최고의 것을 주기를 원하셨습니다. 경제적으로 최악의 상황에 처했을 때도 어머니는 자식들에게만은 좋은 음식을 먹이려고 애를 쓰셨습니다. 어머니가 만드신 음식은 늘 맛이 있었습니다.

그것은 어머니의 사랑과 자식을 생각하는 마음이 깃들어 있었기 때문이라고 생각합니다. 자식뿐만 아니라 집을 방문한 손님들도 어머니 음식 맛을 보면 언제나 최고의 맛이라고 칭찬이 잇따랐습니다. 아, 어머니에 대한 장점을 말하기 시작하면 끝이 없을 것 같습니다. 어머니의 그러한 성격과 내면의 세계가 종종 내게 있어 단편이나 시를 쓰는 데 영감으로 떠오르곤 합니다. 예를 들면 내가 쓴 단편소설 「장날」, 「주사위」 그리고 시 「어머니를 위한 시」는 그 영감을 작품화한 것입니다.

넨덴 릴리스 아이샤 어머니에게 가장 미안했던 일은 어머니로부터 받은 은혜를 아직 갚지 못했다는 것입니다. 나는 단지 어머니를 힘들게만 한 자식이 아닌가 생각하고 있습니다. 예를 들면 어머니가 병환에 계실 때 바쁘다는 핑계와 서로 다른 도시에 살고 있다는 구실로 어머니를 간호해드리지 못한 점이 아직도 가슴 깊은 곳에 남아 있습니다.

부모와 함께 찍은 넨덴 릴리스 아이샤 시인

넨덴 릴리스 아이샤 내가 가장 아끼는 소장품은 어머니가 사용하시던 금빛 베일로 만든 어깨걸이입니다. 그런데 안타까운 것은 지금까지 몇 차례 집을 옮기는 과정에서 그 어깨걸이가 지금 어디에 있는지 찾을 수 없게 되었다는 사실입니다. 더 아쉬운 것은 그것을 사진 찍어놓지 못했다는 것입니다.

넨덴 릴리스 아이샤 내게 있어 종종 시적 감흥이 일어나는 경우는 다음과 같은 경우를 들 수 있습니다. 비정상적이고 역설적인 상황을 마주했을 경우입니다. 예를 들면, 밤에 낡고 스산한 기차 객실 안에서 몸을 비틀며 춤을 추는 여장 걸인과 마주쳤을 때, 퇴락한 도시 중심에 전깃줄이 뒤엉켜 무겁게 내려앉은 모습, 아니면 특별한 경험이라 내 기억에서 떠날 수 없는 흔적들, 내 가슴 깊이 그 상처를 남긴 사건들 등입니다.

반둥(Bandung)에 있는 한 유치원에서 학예 활동을 끝낸 아이들 모습

　그러나 가장 중요하게 여기는 것은 한 명의 작가로서 일상생활에서 늘 인식에 눈을 뜨고, 감각을 키우고, 주의력을 집중하는 것입니다. 더 나아가서는 생명을 가지고 있는 모든 대상, 내 주위에 있는 피사체에 대한 인지, 마루에 먼지를 비질할 때 그 어떤 영감을 받곤 합니다. 이러한 모티브들을 종종 사회 현상과 결부를 시켜봅니다. 따라서 내 작품 중 많은 수가 사회 비평으로 이어지고 있는 것은 놀랄 일이 아닙니다.

　그렇지만 사회 비평을 중점으로 하는 시를 쓰고 싶지는 않습니다. 그 이유는 시는 예술 세계에 있고 모호성이 시의 특징 중 하나이기 때문입니다. 그러한 이유 때문에 나는 시 작업에 있어 상징과 은유를 많이 사용하고 있습니다. 그 결과 나의 시는 다중적 의미를 내포하고 있습니다. 나는 '시란 여러 방향을 환하게 비추는 불빛과 같은 존재다' 라는 견해에 동의합니다.

넨덴 릴리스 아이샤 시 「어머니 기록」은 내 어머니의 모습, 내 어렸을 때 집안 분위기, 큰바람이 자주 불던 산으로 둘러싸인 내 고향이 배경입니다. 그러나 그러한 분위기를 어머니와 고향에 빗대어 풀어 이야기하면서 사회 관습과 인습에 얽매인 여성들의 삶을 바라보고 싶었습니다.

부엌에서 많은 시간을 보내는 여성들이 사실 능력으로 보면 남성들과 대등하게 일을 할 수 있고 사회 발전을 위해서도 여성들이 그 능력을 보여줄 필요가 있음을 강조하고 싶었습니다. 부엌을 아궁이로 상징화했고 여성의 한 맺힌 운명을 "집 정원에 핀 난초 이파리 사이에 바람은/ 우리 삶을 둘러싸고 있는 언덕과 산에/ 그것을 파묻어 놓았지요"라고 표현했습니다.

사실, 우리집에서 어머니의 위상은 아버지와 대등한 관계를 유지했고 서로 돕고 생활을 하셨습니다. 아버지도 종종 부엌에서 음식을 만드셨고 집안일도 종종 도우셨습니다. 그 배경에는 아버지 역시 이슬람, 마호메트의 가르침에 충실했기 때문입니다. 즉, 부인의 일을 도우라는 가르침이 그것입니다. 그러한 관점은 아이들에게도 마찬가지라고 봅니다. 남자아이와 여자아이는 서로 균형 있게 동등하게 대하여야 한다는 점입니다.

이 시에서 가장 마음에 드는 구절을 꼽으라면 내 대답은 '매우 어렵다'입니다. 왜냐하면 시어 하나하나가 내게 있어 매우 의미가 있고 소중하기 때문입니다. 그러나 꼭 한 구절을 선택하라고 한다면 다음 구절을 꼽고 싶습니다. "바람은/ 우리 삶을 둘러싸고 있는 언덕과 산에/ 그것을 파묻어 놓았지요" 그것은 이미지를 사용한 것입니다. 바람이 거세게 부는 삶의 분위기를 표현하고 싶었기 때문입니다. 흡사 바람에 손톱이 있어 언덕과 산을 할퀴는 것 같은 모습. 산의 이미지는 사회 안에 산처럼 뿌리 깊게 박힌 그 어떤 체제를 상징화하고 싶었습니다.

넨덴 릴리스 아이샤 나는 두 명의 자식이 있습니다. 첫째 이름은 디와나 피끄리 아그니야(Diwana Fikri Aghniya), 둘째 아이 이름은 기라 마다니(Ghirah Madani)이며 둘째 아이 대학교 졸업식 때 찍은 사진입니다.

두 아들과 함께한 넨덴 릴리스 아이샤 시인

넨덴 릴리스 아이샤 시는 언제나 언어로만 나타내는 것이 아니라고 생각합니다. 가족은 내게 있어 시 위의 시라고 생각합니다.

석양이 스러질 때 그리움

센니 수잔나 알와실라(Senny Suzanna Alwasilah)

쇠락해 가는 날
나는 그리움을 더한다
그을림 가득한 시침(時針)은 느리게 지나가지만
서둘러 도착한 나의 밤은
바람에 스치며 흔들리는
나뭇잎 그림자 사이로 뜬
달의 공허함을 알려주고

해질녘 내 마음이
당신 향한 그리움을
한 장, 한 장
써 내려가면
밤의 수선스러움은
외로운 별빛 안에서 어느새 멈추게 된다

이제 내 마음 밭으로 운명은 도착했고
아무 잘못 없는 달빛이
그림자로 반쯤 희미해져 갈 때
마음을 숨긴 하늘에 그리움을 묻는다

아! 꽃의 향기를 맛본
이 그리움이
다시 떠나지 말기를
그래도 당신이 먼 유랑을 떠나려 한다면
내 마음 안에서만 떠돌기를.

센니 수잔나 알와실라(Senny Suzanna Alwasilah)
시인은 1962년 인도네시아 서부 자바(Java) 반둥(Bandung)에서 태어났다. 2020년에 첫 시집 『ZIARAH RINDU』(그리움의 순례)를 출간했으며, 두 번째 시집으로는 『IRAMA AIR MATA』(눈물의 리듬)이 있다. 인도네시아 Pasundan(빠순단) 대학교 영문학과 과장을 역임했고 현재는 동대학교 예술-문학대학 학장과 'Asian Women Writers Association'(AWWA) 의장을 맡고 있다.

센니 수잔나 알와실라 시인의 아버지 H. 모함마드 나시르(H. Mohammad Nashir)와
어머니 Hj. 뚜띠 우띠야마(Hj. Tuti Utiyamah)

센니 수잔나 알와실라 시인의 어머니
Hj. 뚜띠 우띠야마(Hj. Tuti Utiyamah)

센니 수잔나 알와실라 내가 어렸을 적, 아마 다섯 살 때쯤부터 어머니는 항상 내가 잠들기 전에 여러 이야기책을 읽어주셨습니다. 그 이야기책은 거의 대부분 네덜란드어로 쓰여 있었는데 어머니는 재미있게 읽어주셨습니다.

어머니는 네덜란드어를 유창하게 잘하셨는데 당신께서 어렸을 적에 당시 인도네시아를 식민지로 통치하던 네덜란드인이 운영하는 학교에 다니셨기 때문입니다.

외할아버지는 서부 자바(Java), 치차렝까(Cicalengka)시 열차 사무소장을 역임하셨는데 자녀 교육에 열심이셨다고 합니다. 당시에는 드물게 내 어머니를 포함하여 자녀들 모두 네덜란드인이 운영하는 학교에 입학을 시켰다고 합니다.

센니 수잔나 알와실라 어머니께서 의식불명일 정도로 몸이 안 좋으셨을 때가 있었는데 그때 마침, 나는 중부 자바(Java), 욕야카르타(Yogyakarta)에 있었기 때문에 어머니를 돌봐 드리지 못한 것이 지금도 가장 미안한 일로 가슴에 남아 있습니다.

오늘이라도 당장 해드리고 싶은 것은 어머니를 꼭 한번 안아드리는 것입니다.

센니 수잔나 알와실라 내가 가장 소중하게 생각하는 애장품은 당시 미국에 체류하고 있을 때 이제 고인이 된 남편으로부터 생일 선물로 받은, 내 이름이 새겨진 1991년도 미국 자동차 번호판입니다.

한국의 전통 부채 역시 내 애장품 중 하나입니다. 내가 소중하게 생각하는 사람으로부터 받은 선물입니다.

센니 수잔나 알와실라 시인의
자동차 번호판

한국의 전통 부채

센니 수잔나 알와실라 왼쪽은 끼사 럼불란 알와실라(Kisah Rembulan Alwasilah)이고 오른쪽은 삽다 랑잇 알와실라(Sabda Langit Alwasilah)입니다.

센니 수잔나 알와실라 시인의 귀여운 손녀   센니 수잔나 알와실라 시인의 귀여운 손자

센니 수잔나 알와실라 하나의 시는 소소한 일이나 사건, 아니면 전혀 예상치 못한 상황에서 얻을 수 있다고 봅니다. 예를 들면 구름을 쳐다 볼 때나 낙엽이 지는 것을 볼 때 또는 어린아이나 늙은 부모님을 바라보았을 때, 혹은 잠들기 전 아니면 보랏빛 석양이 비칠 때 시를 쓰고 싶은 마음과 영감이 떠오르곤 합니다.

센니 수잔나 알와실라 이 시는 오래전 그리움(연인)을 다시 만난 어느 노인에 대한 시입니다. 다음이 가장 마음에 드는 구절입니다.

아! 꽃의 향기를 맛본
이 그리움이
다시 떠나지 말기를
그래도 당신이 먼 유랑을 떠나려 한다면
내 마음 안에서만 떠돌기를,

시의 이 구절을 나는 애송하고 있습니다. 그 이유는 그리워하는 사람이 항상 나와 함께 하기를 바라며 더는 아픈 이별이 없기를 바라고 있기 때문입니다.

어느 날 서울에서, 센니 수잔나 알와실라 시인

센니 수잔나 알와실라 이 사진은 내 직계 가족 전체 사진이며 가장 좋아하는 사진입니다. 나는 다섯 명의 아이와 세 명의 사위와 한 명의 며느리 그리고 아홉 명의 손자가 있습니다.

센니 수잔나 알와실라 시인의 가족사진

센니 수잔나 알와실라 내게 있어 가족은 내 모든 것이라고 말하고 싶습니다. 만약 가족이 없다면 이 삶 자체가 아무 의미가 없을 것입니다. 가족은 내게 있어, 삶에 있어 행복을 가져다주는 원천입니다.

속초(束草),
물소리시낭송회 시인
8인 시선(詩選)

그래, 나 안 갈게
김향숙

개울을 바라보는 집들의 창문은 밝고 따뜻했다.

해가 뉘엿하면 아버지는 돌아와 마루 끝에 앉아 엄마가 길어온 우물물에 발을 씻으셨다.

말갛게 씻은 아이들이 아버지의 목에 다리에 매달리며 따라 들어와 두레상 앞에 앉으면

아버지 앞에는 늘 맛있는 음식들이 가까이 있고 그것들은 다시 젓가락을 따라 엄마와 우리에게로 옮겨왔다.

노란 등잔 불빛 하나둘 꺼져가는 낮은 초가마을

별들만 툭툭 불거져 윙윙거리던 그믐밤

예닐곱 살쯤이었던 나는 신문지를 말아서 불을 옮겨 붙이며 기다렸다.

문을 열어둔 채 변소에 앉아서 불빛을 보고도 자꾸만

'언니야 거기 있어? 언니야 거기 있지?' 하면

'그래, 나 안 갈게. 그래, 같이 갈게.'

계속 말을 주고받으며 나도 무서워 사방을 둘러보았다.

다정하시던 키다리 아버지도 떠나시고 나도 나이가 들어간다.

'언니야 잘 있지?' 핸드폰 목소리가 '언니야 아직 거기 있지?' 소리로 들릴 때가 있다.

자꾸만 신문지 말아서 불을 붙인다.
그래, 나 안 갈게. 나 아직 여기 있어.

김향숙(金鄕淑, Kim hyang sook)

시인은 1953년 경상남도 함양군 서상면에서 아버지 김인준과 어머니 박복
선 사이에서 4녀 2남 중 1녀로 태어났다.
2003년에 계간 『시현실』 등단으로 작품활동을 시작했으며 시집 『따뜻한
간격』, 『숲으로 가는 나무의자』를 출간했다. 지금은 고성 토성면 아야진에
서 시를 쓰고 정원을 가꾸며 살고 있다.

김향숙 시인의 어머니(박복선)

김향숙 수정과와 단팥죽도 잊을 수 없지만 백김치입니다. 김장철이 되면 어머니는 김치보다 백김치 만드는 일에 더 열중하셨습니다. 커다란 자배기에다 반으로 자르고 절여서 물을 뺀 배추를 담고 찹쌀풀을 연하게 쑤어서 멸치액젓을 조금 넣고 버무린 다음 사이사이에 갖가지 양념을 넣으시는데 참 독특했습니다.

배와 당근, 쪽파와 마늘, 생강 등을 채로 치고 호두, 잣, 붉은 실고추, 검은깨까지 넣은 뒤 겹겹이 단단하게 여미어서 동그랗게 만들어 독에다 차곡차곡 담으시는데 내내 정성을 다하셨습니다. 그 백김치가 익으면 자박하게 잠긴 국물과 함께 얼마나 맛있었는지……. 나는 여러 번 시도했으나 지금도 그 백김치 맛을 재현해내지 못했습니다.

빨갛게 고춧가루를 넣은 김치는 초봄에 이미 동네 사람들에게 다 퍼 가라고 하실 만큼 우리 가족은 맵고 신 김치를 좋아하지 않았습니다.

김향숙 어머니는 체구는 작으셨으나 배포가 크셨고 전국적으로 다니시면서 큰 사업을 하시는 게 꿈이셨습니다. 그러나 아버지와 함께 가게를 하시면서 여섯 남매를 키우시느라고 가게에서는 늘 작업복 차림이셨고 교회에 가실 때는 아버지는 양복 정장, 어머니는 늘 한복을 입으셨습니다.

자녀들을 위한 교육열이 강하셔서 나는 어릴 때부터 과외공부를 거의 쉬지 않았고 내가 결혼할 때는 사위가 성이 차지 않는다고 참석도 하지 않으셨습니다. 그런 어머니를 우리 남편이 모시고 와서 8년여 동안 모시고 살다가 93세가 되신 최근에 막내 남동생네가 모시고 갔습니다.

김향숙 시인의 부모 중심의 가족사진.
뒷줄 오른쪽 끝에 서 있는 김향숙 시인(※여러 사진 중에서 8명이 있는 큰 흑백 가족사진)

김향숙 시인의 가족사진

김향숙 어머니가 만들어주신 한복을 입고 학교를 다녔는데 학교에서 돌아오는 길에 마침 동네 사진사 아저씨를 만났습니다. 거북이 그림이 있는 메는 가죽가방을 벗기고선 서보라고 하시더니 사진을 찍어주셨습니다.

어느 날인가 함께 놀던 친구들이 학교를 간다고 했습니다. 여섯 살인 나는 아이들을 따라 학교로 가보았는데 함양군 서상국민학교 운동장에 아이들이 줄지어 서서 입학식을 하고 있었습니다. 선생님이 이름을 다 부르셨는데 내 이름을 부르지 않아서 나는 "김향숙 여기 있어요" 하고 손을 들고 큰 소리로 말했는데 선생님과 다른 어머니들이 여덟 살이 되어야 학교에 올 수가 있다고 하셨습니다.

나는 울면서 학교에 들어올 거라고 계속 떼를 쓰는 바람에 어머니가 불려오고 교장 선생님은 할 수 없이 학교에 청강생으로 들여보내주셨습니다. 두 살 때 말을 배우면서 학교 국어책을 외우게 하셨던 어머니의 열정으로 첫 수업 시간에 국어책 첫 페이지만 들고 일어서서 계속 끝도 없이 외워 읽었던 기억이 납니다.

일학년을 마쳤는데도 나는 다시 일학년을 더 다녀야 했고 공부가 시시해진 나는 자주 언니들 반에 가서 놀았던 기억이 납니다. 결국 일곱 살이 되던 여름 우리는 대구로 이사를 하게 되었고 대구에서도 여덟 살이 되어서야 학교 입학을 할 수 있었습니다.

6살,
시장 뒷길에 서 있는
김향숙 시인의 어린 시절

아버지는 산판을 하셨습니다. 산 위에서 인부들을 데리고 벌목작업을 하고 잘라놓은 나무들을 트럭으로 실어 나르는 일이라고 했습니다. 이 다리는 우리집과 큰길을 연결하는 물길 위에 있었는데 며칠만에 한 번씩 집에 오시는 아버지의 먼 산길 트럭 불빛을 미리 보기 위해 한밤중 오랫동안 서 있기도 했었습니다.

대청소하는 마을 사람들, 단기 4286년(1953년) 12월(?)

김향숙 시인의
어린 시절의
집 앞 외나무다리

김향숙 초등학교 6학년 10월, 대구 시청 앞에서 대서소를 하시던 아버지를 따라 강원도 고성 거진으로 이사를 왔습니다. 휴전선과 바다와 큰 산맥으로 막힌 해안마을은 너무 좁고 답답했으나 한편 조용하고 풍광이 아름다우니 여전히 정겨운 제2의 고향이 된 셈입니다.

전쟁은 모든 국민의 잠재적 불안 요소이므로 접경지역이라고 특별하지 않다고 봅니다.

김향숙 아버지는 십여 년 전 돌아가셨고 어머니는 너무 연로하십니다. 나이가 들어갈수록 옛적 생각이 많이 납니다. 세상에서 가장 오래된 바로 아래 동생과는 마음이 늘 닿아 있어 언제까지나 우리가 함께할 수 있을지 알 수 없으나 이만한 고맙고 따뜻한 길동무가 또 어디 있으랴 싶습니다.

다음이 좋아하는 구절입니다.

"다정하시던 키다리 아버지도 떠나시고 나도 나이가 들어간다./ '언니야 잘 있지?' 핸드폰 목소리가 '언니야 아직 거기 있지?' 소리로 들릴 때가 있다./ 자꾸만 신문지 말아서 불을 붙인다./ 그래, 나 안 갈게. 나 아직 여기 있어."

김향숙 우리 인간들도 세상의 꽃들처럼 피어나 갈 봄 여름 없이 모두 하나둘 사라져가는 것이 아닌가요. 모여 피는 꽃들도 '저만치 혼자서 피어' 있는 외로운 꽃도. 그 아름다운 순리를 시인은 멀찍이 높은 나뭇가지 위에서 새의 시선으로 노래하고 있습니다.

"산에서 우는 작은 새요/ 꽃이 좋아/ 산에서/ 사노라네"

김향숙 수준 높은 국민성과 문화가 경제회복의 급성장을 미처 따라가지 못했습니다. 우리 다음 세대들은 삶의 목표가 안타깝게도 '돈'이라는 통계를 1위로 가지고 있고 심지어 결혼과 출산까지도 영향을 받다 보니 일인가족, 저출산의 문제는 이러한 이기적인 현실에서는 한동안 불가피한 현상이라고 봅니다.

그러나 초고령화 시대와 함께하는 젊은이들이 가족의 중요성을 인식하고 국가적 차원에서 결혼과 출산, 육아의 원활한 기회를 지혜롭게 지속, 장려하다 보면 분명히 해결될 문제라고 봅니다.

아버지 액자는 따스한가요
박대성

집이 좁았다.

삼 형제가 여섯이 되고 여섯이 다시 불어 열둘이 되는 건 행복한 인구론이다.

명절이 되면 집이 부었다. 막걸리를 받은 증편이 불 듯 집이 부어올랐다.

아버지도 부어올랐다.

세상의 포화에 당당히 맞서던 아버지

아버지는 부어오른 참호였다.

집이 좁았다.

부어오른 아버지가 서둘러 액자로 들어가셨다.

창 하나로 지은 아버지의 집이 경중 허공에 걸렸다.

그 공중의 망루가 마음에 드시는지 연신 웃으신다.

아버지가 비운 자리는 고스톱판이 윷판이 서고 둥근 술상이 놓이기도 한다.

망루에서 내려온 아버지가 다시 도리도리 곤지곤지를 배우는 사이 애기똥풀이 피었다 진다.

참 넓고 깊은 아버지의 자리

아버지, 액자는 따스한가요

박대성(朴大成, Park Dae sung)
시인은 1960년 속초시 중앙동에서 아버지 박만희와 어머니 홍순애 사이에
서 3남 중 장남으로 태어났다.
2001년에 강원일보 신춘문예로 작품활동을 시작했으며 시집 『아버지 액
자는 따스한가요 』, 『파도 딿는 아바이』, 『아사달로 가는 갯배』, 『눈부신 것
은 눈으로 보는 것이 아니어서』 등을 출간했으며 지금은 속초시 조양동에
서 살고 있다.

박대성 아버님이 돌아가시면서 모든 사진과 앨범을 불태우신 바람에 남아 있는 어머니의 옛 사진과 가족사진은 없습니다.

두 손 모으신
박대성 시인의 어머니(홍순애)

자정이 되어 사이렌이 울리면
속초는 쥐 죽은 듯 고요해졌다
(2023년 5월 15일)

박대성 잔치국수입니다. 특히 잔치국수의 양념간장을 맛있게 만들어 주셨습니다. 집에서 손수 담근 간장으로 만든 양념간장은 지금 간장 중독에 이르게 한 원인이기도 합니다. 간장에서는 어머니 냄새가 납니다.

박대성 어머니는 주문진(양양 아래쪽)을 가고 싶어 하셨습니다. 어머니의 고향이기도 하고, 소꿉친구들과 동생들이 살고 있기 때문이었을 것입니다.

평소의 꿈은 삼 형제의 돈독한 우의와 화목이었습니다. 어머니의 소원대로 우리 삼 형제는 너무나 행복하게 서로 의지하면서 지내고 있습니다.

박대성 속초시 중앙동 산 99번지는 나의 출생지입니다. 초등학교 시절까지 중앙시장 근처에 살며 친구들과 추억을 쌓았습니다. 유년의 애환과 추억이 고스란히 남아 있는 곳입니다.

박대성 시인이 살던 집

제가 살던 집은 일본식 옛 가옥입니다. 다다미방이 있었습니다. 한국전쟁 때 군 장교가 살다가 속초시장이 살다가 중앙동장이 살다가 어협 전무가 살던 집이었습니다. 우물이 있던 집 사랑채에 우리가 세

들어 살았습니다.

　중앙시장에서는 불이 자주 났습니다. 여름마다 물난리도 났구요. 불 구경, 물 구경, 쌈 구경, 사람 구경을 하며 유년을 보냈습니다. 그런데 중앙시장통에 살던, 그 부유하던 동창생들의 대부분은 부모의 가업을 잇지 못하고 한량으로 지내다가 생계보호대상자로 전락하고 말았습니다. 그 까닭은 부모가 돈만 벌었지 자식 교육은 등한히 한 결과였습니다. 지금 중앙시장에 속초 토박이 상인들은 손꼽을 정도입니다. 안타깝습니다.

　제가 살던 동네에서는 속초 중앙시장이 잘 내려다보였습니다. 지금은 아파트 건립 예정 부지로 확정되어 마치 폐허가 된 느낌입니다.

　뒤로는 속초시청이 있었고 때때마다 울리던 사이렌 탑이 있었습니다. 여기 올라서 내려다보면 속초 시내가 한눈에 들어옵니다.

　바다로 나간 배들이 들고나는 것을 볼 수 있었습니다.

1951년 8월 군정(軍政)이 천공하고 착정한 우물, 박대성 시인이 두레박으로 물을 길러 마시고 자란 우물터와 적산가옥(다다미 집)은 속초시 중앙동사무소 뒤편에 아직도 남아 있다. 94쪽 사진 에 '우물'이라는 두 글자가 보인다(2024년 9월 7일)

박대성 고성군 명파초등학교에 발령을 받아 간 선생님들은 대남방송으로 '명파리 발령을 축하한다'는 대남방송을 듣고 기겁했습니다. 북에서 어떻게 알았을까. 속초는 실향민들이 많이 모여 사는 동네입니다. 고향을 떠나온 사람들이 통일을 염원하며 사는 세월이 70년이 지나갑니다.

영북이 좋은 까닭은, 특히 속초는 '스펀지'라는 생각에서입니다. 예전 가진 것 없이 혈혈단신 속초를 찾아온 사람들, 명태와 오징어는 그들을 안아주고 먹이고 입혀주었습니다. 전국 각처에서 병들고 아픈 사람들이 속초와 영북을 찾아왔습니다. 그들이 한 해 겨울 고생하면 목돈을 쥘 수도 있었습니다. 마치 태백 탄광의 막장 같은 곳이었지만 어렵고 힘든 사람들을 영북 바다는 가슴을 열어 품어주었습니다. 그들의 눈물을 닦아준 곳이 여기 속초이며 그들이 엉덩방아 찧으며 쓰러져도 다시 일으켜 세워준 곳이 여기 영북입니다.

그래서 '스펀지'이죠. 그 흔적이 고스란한 속초는 제 마음의 고향이며 제 안식처입니다.

2005년 봄, 아야진 초등학교 교사 시절에 설악산을 찾은 애기미(고성 군 토성면 아야진) 오륙 학년 꿈나무들. 박대성 시인은 오른쪽 끝에 플래카드를 잡고 앉아 있다. 대청봉은 양양과 속초, 고성, 인제에 우뚝 선 태백산맥의 주봉이다.

박대성「아버지 액자는 따스한가요」는 나의 대표시이며 가장 아끼는 시입니다. 이 시에서 좋아하는 구절은 "아버지는 부어오른 참호였다" 와 "그 공중의 망루가 마음에 드시는지 연신 웃으신다"입니다. 좋아하는 까닭은 그리운 아버지를 표현하는 나름 적절히 맘에 드는 구절이라서 그렇습니다.

박대성 소월의 시 중에서「초혼」을 좋아합니다. "부르다가 내가 죽을 이름이여"의 소월은 두말할 나위 없이 우리 민족의 혼백 자욱한 서정 시인입니다. 소월의 언급 없이 어떻게 한국의 시를, 한국의 문학을 논할 수 있겠습니까.

박대성 저출산 문제는 쉽게 풀리지 않는 수수께끼 같습니다. 답을 알면서도 답을 말하지 못하는 상황입니다. 세대 간의 이해 차는 세상을 굴곡지게 합니다. 그 굴곡이 늪이 되어 허우적거리고 있습니다. 요즘 젊은이들의 사고는 매우 주관적이며 자기중심적입니다. 공익과 공영보다는 당장의 풍요와 기꺼움이 더 중요한 듯 보입니다.

이제까지 저출산 문제를 해결하기 위해 쏟아부은 돈이 어마어마합니다. 차라리 젊은이들에게 1억 원씩 나누어 주는 것이 더 낫지 않을까요. 그리고 결혼하지 않은 연예인, 정치인들의 방송 출연을 막을 필요가 있습니다. 막지 못한다면 자녀를 키우고 있는 연예인들이나 여러 공인들을 우대해주는 방법이 조속히 마련되어야 합니다.

물꽃

방순미

짙푸른 여름 산
나뭇잎마다 맺힌
영롱한 빗방울

물방울 하나
고요히 들여다보니
하늘이 보이고
비구름 지나간다

물꽃 한 송이 안
설악산까지 들어앉아
계곡 물소리 넘쳐나는데

햇살에 부서진
물꽃 천만 송이
찰라,
소리도 흔적도 없다

방순미(方順美, Bang Sun mi)

시인은 1962년 당진군 대호지면에서 아버지 방선복과 어머니 임종문 사이에서 3남 2녀 중 2녀로 태어났다.

2010년에 『心象』으로 작품활동을 시작했으며 시집 『매화꽃 펴야 오것다』, 『가슴으로 사는 나무』와 산문집 『백두대간, 네가 있어 황홀하다』 등을 출간했다. 지금은 양양읍에서 살고 있다. 현재 두 살 터울인 손녀 둘을 키우며 유치원에 보낸 낮 동안에는 요양보호사로 치매 노인과 3등급 노인 두 분을 보살피고 있다.

방순미 시인의 어머니(임종문)

방순미 당진 대호지면 송전리 341-5번지 자택 방안에서 찍은 나의 어머니 사진입니다. 2023년 봄 어머니는 백수를 며칠 앞두고 세상을 떠나셨습니다.

일생을 아침부터 저녁까지 광목 치마에 하얀 수건을 두르고 늘 재바르게 움직이시던 모습이 선연합니다. 내가 친정에 갔을 때 목에 스카프를 하고 갔는데 그것이 이뻐 보였는지 한참을 바라보며 빙긋이 웃으셨습니다. 난 얼른 알아차리고 어머니 머리에 두건으로 씌워드렸습니다.

환하게 웃으시는 모습을 방에서 찍어둔 사진입니다.

어쩌면 엄마와 나는 삶이 닮은 데가 너무 많았습니다. 젊었을 때 여행 한 번 못 하면서 사시는 엄마처럼 살지 않기로 했는데 돌이켜보면 엄마가 나보다 훨씬 행복한 삶을 살다 가신 분이었다는 것을 늦게 깨닫게 되었습니다.

 왼쪽이 남편(김근섭)이고 그 사이에 딸(김별)과 아들(김빛)입니다. 1남 1녀를 두고 있습니다.

 1995년도 12월 25일, 당시 살고 있던 집 문밖에서 짝은 사진입니다. 크리스마스 전날 밤에 산타할아버지 이벤트 행사를 신청했습니다. 딸과 아들의 소원을 담아 선물을 미리 준비하여 보내면 산타가 자루에 담아 아이에게 직접 전달하는 행사입니다. 딸은 인형을 아들은 로봇 장난감을 원했습니다.

 산타할아버지로부터 잠결에 일어나 원했던 선물을 받으니 어린 두 아이는 정말 산타인 줄 알고 몹시 기뻐했습니다.

 "건강하고 착하게 잘 자라"라는 덕담을 남기고 그날 산타는 어둠 속으로 사라졌습니다.

방순미 시인의 어머니(임종문)

　관심을 두지 못했던 요양보호사 자격을 취득하게 된 동기는 생전에 친정어머니를 돌보시던 요양보호사 선생님 덕분입니다. 작년에 취득하여 아침 일찍 손녀 둘을 유치원에 보내놓고 저녁에 데려오면서 낮에는 요양보호사 일을 하고 있습니다.

　1년 6개월 동안 수급자 중에는 치매 인지장애 1등급 3등급 등 다양한 분들을 만났습니다. 하루에 세 분을 돌보다 힘이 들어 지금은 보행이 어려운 어르신 한 분만 돌보고 있습니다. 정오부터 3시간을 청소와 세탁, 식사 관계를 돌봐드리고 나면 마주 앉아 이야기 상대가 되어줍니다.

　보호자들이 버거워 거의 요양보호사나 요양원을 택하는 홀로 사는 노인이 점점 많아지는 추세입니다. 고통에서 힘들게 견디고 버티는 어르신들을 보면 바로 닥칠 미래의 내 모습이라는 생각에 쓸쓸할 때가 많습니다. 어르신이 자주 뱉으시는 "살 만하니 데려가네."라는 푸념은 삶이 덧없고 덧없다는 말씀인 듯합니다.

방순미 호박고명수제비입니다. 여름 긴 장마에 텃밭 애호박을 따다가 고명을 듬뿍 넣은 수제비를 만들어 주시면 정말 맛났었습니다. 먹다 남은 수제비는 양푼째 시렁에 올려놓으면 퉁퉁 불어 터졌어도 출출할 때 먹으면 그 또한 잊을 수 없는 맛입니다. 어머니의 손맛을 아무리 흉내 내도 그 맛을 지금껏 찾지 못하고 있습니다.

방순미 바다였습니다. 특별히 가고 싶은 곳이라면 고향에서 가까운 백화도 생길포 장고항 등 어머니가 중장년기 생계로 드나들던 바다를 그리워하셨습니다.

어머니는 글을 배우지 못했습니다. "내가 책을 엮어도 다 읽지 못할 거라" 하시며 한글 깨치시길 무척 갈망하셨지요.

방순미 어머니와 갯벌에서 바지락을 캐고 굴을 따던 곳이지요. 백화도에 가려면 장고항에서 물때를 맞춰 배를 타고 들어가야 합니다. 사리때에 가면 썰물이 길게 빠져 갯벌이 드러나면 바지락을 캐고 굴을 많이 땄습니다. 고향 말로는 일곱 매에서 여덟아홉 매를 말합니다. 방금 캐온 바지락은 큰 냄비에 가득 삶아 온 가족이 둘러앉아 먹습니다. 밥상에 놓인 그릇이 보이지 않을 정도로 껍데기로 수북하지요.

냉장고가 없는 시절이니, 굴과 바지락은 젓갈을 담가 두고두고 밑반찬으로 먹었습니다. 사진은 밀물이 들어오는 장면인데 바닥에 희끗희끗 보이는 것이 굴껍데기들입니다. 멀리 뚝 같이 흰 띠를 이룬 것은 파도가 굴껍데기만 골라 쌓아 올려 섬과 섬 사이를 이어 길을 만들어놓았지요. 썰물이 되면 그곳까지 걸어 들어가 바지락을 캡니다. 밀물과 썰물이 검은 갯벌에서 굴껍데기를 골라 이뤄낸 자연의 신비지요.

방순미 시인이 늘 생각하는
백화도

방순미 설악산 때문입니다. 청년 시절은 서울에서 살았는데 어려서부터 산과 바다를 끼고 살아서 그랬는지 설악산 자락을 무척 선망했습니다. 불모지 같은 양양으로 간다고 했을 때 어머니가 반대했습니다. 간첩도 많고 화전민들이 포대에 담아 여자들을 보쌈도 해가는 무서운 곳이라 했습니다. 시집가던 날 몹시 섧게 우셨답니다.

지금은 철조망이 많이 없어졌지만, 해변으로 길게 철조망이 쳐져 분단의 아픔을 늘 겪으며 일상을 지냈습니다. 양양에 살면서 동호리에서 오산 방향으로 가는 해변은 지금도 군부대의 동의를 얻어야 걸을 수 있는 바닷가입니다. 현재도 철조망이 쳐져 있는 곳이지요.

잔교리 마을 어떤 집은 화장실은 북한이고 안방은 남한이었다는 슬픈 이야기를 쉽게 듣습니다. 요즘 팔레스타인과 이스라엘 그리고 러시아와 우크라이나 전쟁을 보면 소름 돋습니다. 인간의 생명이 보장되지 못하는 지구, 우리가 처해 있는 휴전! 정말 무섭습니다.

방순미 시인이 백두대간을 종주할 때 설악산 대청봉에서.

　산을 좋아해 청년 시절 서울에서 지내다가 아무 연고도 없는 설악산 배경을 보고 무작정 결혼해 양양 살이를 시작했는데, 올해로 37년째입니다.

　설악산을 자주 오르내리며 언젠가는 우리 국토의 등뼈인 백두대간 종주를 해야겠다고 생각했습니다. 2002년 최명길 시인 외 세 명이 함께 6월 17일부터 7월 26일까지 40일간 백두대간을 일시 종주하면서 초인적인 정신으로 버티며 단 하루도 쉬지 않고 걸었습니다. 39일째 되는 날 대청봉에 올라 맞는 일출은 감회의 눈물로 천 개의 해가 떠올랐습니다. 서녘으로는 어젯밤 나와 함께 걸었던 달이 빛바랜 모습으로 바라보았고 공룡능선은 산파도처럼 일렁였습니다. 그때는 황홀하여 바람만 불어도 가슴이 부서졌습니다.

방순미 시인의 두 손녀가 하나유치원으로 등원하는 모습

나의 손녀 최유빈(4살), 최유정(2살), 둘을 갓난아이 때부터 키우고 있습니다. 사위와 딸은 서울에서 형사와 간호사로 24시간 교대 근무하는 고된 직업으로 감당하기 어려워 육아를 떠맡게 되었습니다.

잘 먹고 잘 자고 잘 자라면 좋겠지만 잦은 병치레와 밤마다 보채는 일들이 정말 버겁습니다. 막내 유정이가 요즘 말문이 터 옷을 입히는 대로 입지 않고 주문이 복잡해졌습니다. 유아원 가는 아침 시간에는 정신이 없습니다. 둘 다 스스로 옷을 입을 만한 나이가 아니어서 세수부터 옷을 입혀 가는 일로 분주합니다.

4층에 사는데 계단밖에 없어 포대기로 막내는 업고 큰애는 손잡고 걸어 나와 하나유치원까지는 자동차로 직접 등하원시키고 있습니다. 기특하게도 언니가 동생을 끔찍하게 돌봐주고 있어 큰애 유빈이 덕을 크게 보고 있습니다.

방순미 「물꽃」 시의 마지막 연인데 빗방울이 잎끝에 맺혀 있다가 햇살이나 바람에 사라지듯 쓸쓸하고 외롭게 살아가는 나의 삶도 한순간일 거라는 생각을 했습니다.

"햇살에 부서진 / 물꽃 천만 송이 / 찰라, /소리도 흔적도 없다"

방순미 몇 달 전에 어머니를 떠나보내고 김소월의 시 「진달래꽃」을 읊조리며 사랑하는 사람과의 이별을 이토록 담담히 받아들일 수 있을까 싶네요. 고요한 슬픔과 아픔이 아름다움으로 가슴에 사무칩니다.

"나 보기가 역겨워 / 가실 때에는 / 죽어도 아니 눈물 흘리오리다"

방순미 잘 해결되지 않을 거라는 생각이 듭니다.

제가 딸과 아들 둘을 시집과 장가를 보냈습니다. 주택 마련에 많은 부담을 안고 있습니다. 30년 장기 주택자금 대출을 받아 마련하니 월급에서 공제되어 일상이 어렵더군요. 결혼하려고 집 장만하다 보면 평생 빚 갚다 늙어버리는 신세겠지요.

결국은 맞벌이 부부가 되다 보니 손녀 둘을 제가 맡아서 키우고 있습니다. 저뿐만 아니라 노년에 자식들의 육아 문제를 안고 가는 분들이 주변에 많습니다.

현재 요양보호사를 하면서 느낀 점인데 65세 노인들한테 쏟아붓는 재정을 줄이고 결혼하는 젊은이들에게 무상으로 주택을 제공하고 아이를 낳으면 국가가 책임질 수 있는 기틀을 마련해줘야 한다고 봅니다.

그런데 어린아이는 참정권이 없고 65세 노인의 표심을 의식하여 개혁되지 않는 정치가들이 개탄스럽습니다.

참꽃

신민걸

나 죽으면 세상도 따라 함몰하는가

저 꽃처럼 오므리며 폭삭 망하는가

곧 죽어도 배시시 보조개 꽃피는가

죽기 전에야 참말로 알 수 없지만

죽어도 참꽃으로 네게는 가고 싶다

신민걸(申旼杰, Sin Min geol)
시인은 1970년 삼척군 황지읍(현 태백시 황지동)에서 아버지 신영철과 어머니 정갑식 사이에서 2남 중 맏이로 태어났다.
초중고교 학생 시절을 태백에서 보냈으며, 춘천교육대학교에 입학하여 강원도 특히 속초 지역에서 초등학교 교사 생활을 했다.
2016년에 계간 『문학청춘』 신인상으로 등단하여 작품활동을 시작했고, 2024년 첫 시집 『울산바위의궤』를 출간했으며, 지금은 교직에서 나와서 속초시 조양동에서 살며 오로지 시작에 매진하고 있습니다.

영랑호 부교에 서 계신 신민걸 시인의 어머니

신민걸 건강을 유지하기 위하여 춘천에서도 늘 공지천변을 걸어 다니시는 어머니는 속초에 오시면 꼭 영랑호에 갑니다. 영랑호 둘레는 약 스무 리인데, 부교를 설치하는 바람에 호수 한가운데 생긴 풍경을 놓고 찍었습니다. 이 부교가 철거되어도 저 설악산 울산바위도, 스무 리 영랑호도, 더 먼 공지천까지도 어머니처럼 늘 걸어 다니겠지요.

누가 봐도 주인공은 어머니, 처음으로 학부모가 되신 어머니, 아버지는 사진기 뒤에 늘 서 계셨지요. '나는 공산당이 싫어요'가 강조되던 1970년대 후반, 태백의 삼

1977년 황지초등학교 입학하던 날
어머니와 함께

월은 그때도 저렇게 꽁꽁 얼어 있었습니다. 외투를 벗으면 차렷한 아들의 왼 가슴에는 하얀 면 수건이 옷핀으로 고정되어 있었지만, 사실 쓸 일이 별로 없었답니다.

설을 맞아 큰아들네집에 오신 어머니와 함께

광부였던 아버지께서 너무 힘이 들어서 잠깐 사진사 일을 하신 적이 있었습니다. 어릴 적 두 아들을 피사체로 두고 찍은 사진은 꽤 되는데, 함께한 가족사진이 없습니다. 아버지는 늘 사진기 뒤에서 한쪽 눈만으로 나머지 가족을 남기셨습니다. 아버지 돌아가시고 난 후, 가족사진에는 이제 제가 없거나 아내가 없거나 합니다. 그럼 이 사진은 누가 찍은 걸까요?

신민걸 잔잔하게 비 잘 오는 날 곧잘 해주신 김치부침개와 참 더운 날 뚝딱 해주신 비빔국수가 가장 맛있었습니다. 삼시세끼 꼬박꼬박 먹던 밥보다 밀가루 음식이 가장 먼저 떠오르니 어찌해야 좋겠습니까. 식구란 이처럼 같은 식성을 가진 사람들이겠지요.

신민걸 언제나 어디서나 늘 자식이 잘되길 바라셨기에, 자식이랑 손자가 살고 있는 지금 여기 속초를 늘 오고 싶은 곳이라고 하셨습니다. 함께 있으나 떨어져 있으나 어머니는 늘 여기 계시고, 저희는 늘 어머니 계시는 거기 춘천에 있습니다.

신민걸 지금도 꿈에 가장 많이 등장하는 태백시 상장동 굴다리입니다. 어릴 적 언제나 저 굴다리 아래를 지나 연화산 밑 학교 가고 오던 일이 떠오릅니다. 기차가 다니는 길 아래로 친구들과 함께 걸어 다니던 등하굣길.

양계장 동네 도랑을 건너는 출렁다리가 있었고, 문구점에 들르다 모퉁이 우체통에 머리를 찧을 때도 있었고, 자전거를 타고 내리막을 달리던 그날도 떠오르고, 배운 지 얼마 되지 않아 자전거에 싣고 오다 어설프게 묶은 쌀 봉지를 길바닥에 냅다 쏟은 날도 있고, 저 위로 올라가면 우리집도 있고, 친구들 집이 많았고, 아버지 어머니가 일하시던 광업소도 있고, 철모르는 내가 있었습니다. 하지만 아쉽게도 굴다리에서 찍은 사진은 없습니다. 당시에는 지나치기만 했으니까요.

신민걸 향토색은 짙어도 텃세는 심하지 않은 지역이라 초임 교사로서 생활 적응이 쉬웠습니다. 공기와 물은 우리나라 으뜸이고, 백두대간에 자리해서 산과 바다, 호수 등의 자연환경이 빼어나고, 특히 눈이 많이 내리는 고향 태백과 비슷하여 살기 좋았고, 육고기보다 물고기를 더 좋아하는 식성도 한몫했습니다. 누가 고향이 어디냐고 물어오면 이제는 백두대간이라 답해야 옳겠습니다.

가끔 동명동에 자리한 수복탑을 지날 때마다 휴전의 불안이나 분단의 아픔보다는 누구나 가지는 그리움, 안타까움이 극대화된 곳이 속초라는 생각을 합니다. 수복 지구라는 것을 실감하게 된 것은 좀 살고 난 후였습니다. 저 역시 타향살이라 특수성보다는 일반성에 기댄 향수가 짙은 속초 여깁니다. 그리운 것은 그리운 대로, 누구나 그리운 만큼 그릴 수 있기를 바랍니다.

신민결 누구나 태어난 이후의 세상만 보며 살아온지라 나 이전에도 세상이 있었다는 증거는 수두룩하지만, 나 이후에도 세상은 버젓이 있겠으나, 과연 나 죽으면 세상이 어찌 될까 늘 궁금합니다. 나 죽는 것이 아직은 가장 두렵습니다. 오늘도 꽃은 지천으로 피고 지는데, 나의 참꽃은 앞으로도 어찌 피고 지는지⋯⋯.

"나 죽으면 세상도 따라 함몰하는가"

신민결 우리는 대부분의 소월 시를 좋아하고, 좋아할 수밖에 없지만, 개중에 「나는 세상 모르고 살았노라」를 꼽아봅니다. 1979년 송골매 1집 수록 대중가요가 된, 제 입가에 맴도는 시입니다. 시는 노래다, 라는 말은 소월 이전에도 그랬겠지만, 우리의 시는 소월 이후에도 여전히 우리의 가락을 담고 있습니다. 제 시 역시 그렇지 않겠습니까. 이래 보면 백 년은 참 짧아 보입니다. 천년은 또 어떠한지요.

"가고 오지 못한다는 말을 철없던 내 귀로 들었노라" (김소월)
"가고 오지 못한다는 말을 철없던 시절에 들었노라" (송골매)

신민결 제 부모님께서는 둘을 낳으셨고, 그중 하나인 저는 하나를 낳았습니다. 갓 성년이 된 아이가 결혼할지, 후에 자녀를 낳을지는 도무지 모르겠습니다. 우리 사회의 저출산 문제는 우리 가계의 문제보다 더 어려운 문제입니다. 해결되길 바라나 해결책이 쉽지 않아 걱정합니다. 앞으로도 우리는 좋은 생각을 가진 위정자에게 투표를 잘해야겠습니다.

사람이 두렵습니다

지영희

사람을 만날 때마다
뭔가 스치듯 베어짐을 느낍니다.
아픔을 모르는 채 종이 모서리에 베어지듯이 말입니다.
그것이 모르는 사이에 아물기도 하고
덧나기도 하는데
-평생을 두고 한 사람으로 그런다면
 그것도 행복이라 믿어지지만,
이러는 자신을 견딜 때마다
아직도 제대로 익지 않음을 생각합니다
다치는 만큼
나도 빳빳이 세워진 모서리로
다른 이의 가슴을 벨 테니까요

내가 두렵습니다

지영희(池英姬, Jee Young hee)
시인은 1957년 삼척군 삼척읍에서 아버지 지황운과 어머니 이귀녀 사이에
서 4남 1녀 중 1녀로 태어났다.
1994년에 『월간문학』으로 작품활동을 시작했으며 시집 『사람이 두렵습니
다』, 『가까운 별 내 안의 새들』을 출간했다. 지금은 속초시 동명동에서 살
고 있으며 시마을사람들 이장, 산까치 회원, 설악문우회 회장으로 활동하
고 있다.

지영희 시인의 젊은 날의 어머니(이귀녀) 모습

지영희 어린 기억이지만 이모가 살고 있는 인천에 다녀오시려고 곱게 단장을 하고 찍으셨는데 이 사진은 안방 벽 한가운데 내가 성인이 될 때까지 걸려 있었습니다. 나는 방 안에 누워 노래를 부르거나 공부를 하다가도 사진을 잘 쳐다봤는데 어머니의 얼굴이 얼마나 아름다운지 난 어머니를 닮기를 소망했습니다. 그야말로 계란형 미인이셨습니다.

어머니의 아름다움에는 비밀이 있었습니다. 그건 바로 남에게 베푸는 따뜻한 마음이었습니다. 한국전쟁이 끝난 그때는 걸인들이 많았습니다. 걸인들의 대장이 명령하길 우리집에 가서 줄 것이 없다고 하면 바로 조용히 나오라고 했다고 합니다. 아마 아무리 줄 것이 없어도 쌀이라도 주는 어머니였기에 그들도 어머니가 어떤 분인지 알았다는 뜻입니다.

지영희 시인의 어머니의 초상화(푸른 핏줄기2, 162.2x130.3cm, 순지에 분채, 2017)

　교직 은퇴 후 그림 공부를 위해 미술대학원에 진학한 2차 시기에
100호에 어머니를 그리기로 하고 단숨에 카메라를 들고 고향으로 갔
습니다. 98세이신 어머니께 제일 맘에 드는 옷을 입고 의자에 앉으시
라고 했더니 내가 사다 드린 윗도리와 평소에 편히 입으시는 치마와
좋아하는 스카프를 두르시고 양말을 신더니 다소곳이 앉으셨습니다.
　3개월에 걸쳐 한국채색화로 어머니를 그리고 나니 내 그림의 뿌리
가 훤히 보였습니다. 한쪽에만 끼신 보청기로 다른 한쪽으로만 누우
신 탓에 변형된 짝귀까지. 사랑스런 짝귀. 어머니로 인해 살아올 수
있었던 내 삶이 그 귀를 그릴 때 가슴 가득 얼마나 행복했던지 그 후
로 어머니의 재봉틀이며 손 등 여러 작품을 시를 쓰듯 그렸습니다.

지영희 시인의 그림 전시회 때 가족사진
(2017년 1월 희수갤러리에서 열린 대학 졸업 기념전시회)

지영희 어머니는 음식 솜씨가 좋으셨습니다. 특히 닭개장과 섭죽, 냉면 등을 잘 만드셔서 만들었다 하면 동네 잔치하듯 주변에 살고 있는 친척들까지 부르곤 하셨습니다. 한마디로 넉넉하신 분이었습니다.

내가 결혼해서 속초에 살고 있을 때 어머니는 한 달에 한 번씩 꼭 다녀가셨습니다. 그때마다 만들어 오시는 음식이 찰밥이었습니다. 나는 어머니가 만들어주시는 밤, 대추, 잣 그리고 콩을 듬뿍 넣어 만드신 찰밥을 먹으면 어릴 때 일이 생각나서 에너지를 얻곤 했습니다.

지영희 어머니는 바다를 사랑하셨습니다. 기억을 더듬어보면 어머니는 여름이 되면 꼭 몇 차례씩 온 식구를 데리고 혹은 이웃집 식구들과 함께 바다로 가셨습니다. 교통이 없을 때는 읍내에서 바다까지 한 시간을 걸어서 가야만 되는 길을 걸어갔던 기억이 납니다.

어머니의 헤엄은 개헤엄입니다. 긴 치마를 입은 채로 바닷물 속에 들어가시면 치마가 마치 풍선처럼 부풀어 올랐습니다. 지금 생각해보면 고달픈 일상의 삶을 그 순간 파도 속에 둥실 떠서 잊으시는 것 같습니다.

어머니는 훗날 바다에 가던 이야기를 하시면서 왜 그렇게라도 가고 싶었는지 모르겠다고 하셨습니다. 가여운 우리 어머니, 희생이 희생인지도 모르고 그냥 할 일이라고 여기신 큰 나무 어머니. 훗날 마지막 길을 가실 때에는 바다가 가까운 오빠네 집에서 지내게 되실 것을 미리 알고 계셨을까요. 어머니는 바다에 하시고 싶은 말을 온몸으로 쏟아놓으셨던 것 같습니다.

삼척 아래쪽에 있는 후진 바다

지영희 여름이면 나의 놀이터는 오십천이었습니다다. 큰 다리가 놓여 있는 자리에는 좁은 나무다리가 있어서 중간쯤에서 동네 아이들과 배치기 다이빙을 했던 곳입니다. 지금은 엄두도 낼 수 없게 변했습니다.

오십천 빨래터와 다이빙하던 다리가 있던 자리

죽서루가 바로 위에 보이는 오십천 넓적한 바위에서 사람들이 빨래하면 그 옆에서 아이들은 수영을 하는데 내가 처음으로 남자아이들처럼 빨래터 옆 물속이 얼마나 깊은지 알기 위해 만세 자세로 물속에 서본 곳입니다. 발은 닿지도 않았는데 만세 한 손끝은 물에 잠기는 것이었습니다.

갑작스러운 무서움에 얼른 위로 헤엄쳐 나오려 했으나 생각보다 잘되지 않아 죽음에 대한 두려움을 느꼈던 첫 장소가 아닌가 싶습니다. 그 후로 나는 그 근처에도 가지 않았습니다. 물에 대한 두려움에 커서도 수영을 즐길 수가 없는 이유라면 이유입니다.

지영희 시인의 백일 사진

　내가 제일 사랑하는 사진입니다. 어머니는 사진을 내가 시집올 때 가져온 반다지 안에 보관하셨는데 더욱 놀라운 건 백일기념사진을 찍을 때 쓴 모자에 비상금을 넣어 반다지 안에 보관하신 점입니다.

　초등학교 시절 반다지를 열고 닫을 때마다 노랗고 자그마한 물건에 돈을 꺼내시길래 "엄마, 그게 뭐야?" 그랬더니 "네 모자다." 하셨습니다. 왜 거기에 돈을 보관하시는지는 묻지 않았습니다. 단지 가슴 따뜻해지는 걸 느꼈기 때문입니다.

　그 후로 내내 내 모자 속에는 돈이 마르지 않았습니다. 난 그 점이 좋았습니다. 왠지 나는 평생 돈 걱정 안 하고 잘살 것 같은 신념 같은 것이 생겼으니까요. 어머니가 날 사랑하시는 방식이었습니다. 귀여운 아기 영희의 엄마!

지영희 속초로 발령을 받고 38선을 넘어 자꾸만 북으로 달리는데 이북이 너무 가까운 것은 아닌지 겁이 덜컥 났습니다. 그러나 설악산에 이미 푹 빠져서 한 번쯤은 속초에서 살아봐야겠다는 마음을 먹은 터라 속초에 도착하는 즉시 불안감은 잊었습니다.

어디고 아름다운 능선으로 둘러싸여 있는 이곳은 자연이 주는 최고의 혜택입니다. 눈 덮인 울산바위의 신비함은 직접 보지 않고는 표현할 수 없습니다. 내가 하고 싶었던 시 쓰기와 그림 그리기, 성악을 여기서 40년 넘게 살면서 할 수 있었던 건 모두 이런 자연이 있었기에 가능했다고 여길 정도입니다.

사실, 무조건 좋습니다. 좋은 데는 이유가 없습니다. 그냥 좋은 곳입니다.

지영희 이만큼 살아오는 동안 자신에 대한 두려움으로 지낸 것 같습니다. 이 구절이 좋다기보다는 내가 매 순간 잊지 말고 살아야 할 지표 같은 것은 아닌지. 자신감이 없다기보다 세상 사람들과 어울려 지내다 보면 허물없이 대하다가도 순간 너무 허물없어 생기는 서로에 대한 상처가 생기게 마련이기 때문입니다.

"다치는 만큼/ 나도 빳빳이 세워진 모서리로/ 다른 이의 가슴을 벨 테니까요// 내가 두렵습니다"

지영희 소월의 시 중에서 「접동새」가 최근에는 좋아졌습니다.

"야삼경 남 다 자는 밤이 깊으면/ 이 산 저 산 옮아가며 슬피 웁니다"

소월 선생님, 저희에게 계셔주셔서 감사드립니다. 어려운 상황에 놓인 나라와 힘든 민초들의 삶을 아름답게 노래 불러주셨기에 그 힘듦 가운데에서도 서정적인 삶을 키울 수 있었습니다. 선생님이 계셨기에 후대 많은 시인들이 좋은 시를 쓸 수 있었습니다. 시집 『진달래꽃』 출간 100년을 축하드립니다. 더욱 많은 진달래꽃을 가슴에 피우겠습니다.

지영희 당장은 해결이 되지 않으리라 생각됩니다. 모든 이치가 그러하듯 어느 정도 파장이 내려갈 데까지 가야 다시 위로 올라오듯이 지금은 하향 곡선을 타고 있기에 어려울 것으로 보입니다.

그러나 점차 각계각층에서 같은 마음으로 한목소리를 꾸준히 낸다면 분명 달라질 것입니다. 지금 〈아시아 포엠 주스〉 같은 본 기획처럼 문학을 비롯하여 정치, 경제, 사회, 예술 등 각 계층에서 다양한 노력을 기울이는 모습이 조금씩 보이기 시작하고 있습니다. 한 세대가 넘도록 인구 감소가 되었듯이 향후 한 세대가 넘으면 상향 곡선을 탈 것입니다. 이 점에서 본 기획은 앞선 안목으로 매우 의미가 있습니다.

사람 도서관
채재순

사람을 대출하는 도서관
한번 빌리면 30분간 이야기를 들어준다는,
제 말하기 급급한 시대에
이야기 들어주며 구절양장 마음을 읽게 한다는,
별별 사람 다 있는 세상에서
어떤 사람으로 읽히고 있는지
그대 속을 읽지 못해 속 태운 날들
상처받아도 속 끓이지 않는 나무를 생각하네
그댈 제대로 짚어내지 못해 딱따구리 되어 쪼아댔지
사랑하여 아프다는 말을 조금씩 알아가는 중이네
오지 않는다고 울컥 속울음 울며
폭설에 길이 막혀버린 그대를 정독하지 못해
동동 발 구르며 원망했던 시간들
오독의 날이 허다했네
또박또박 읽고 싶은데 속독을 하고 마네
오늘도 난, 사람이란 책 속으로
헛헛한 마음을 밀어 넣는 중

채재순(蔡在順, Chae Jae soon)
시인은 1963년 강원도 문막면 반계리에서 아버지 채홍기와 어머니 곽노옥
사이에서 1남 4녀 중 장녀로 태어났다.
1994년에 월간 『시문학』으로 작품활동을 시작했으며 시집 『집이라는 말의
안쪽』 등을 출간했다. 지금은 강원도 속초시 교동에서 살고 있으며 초등학
교 교장으로 근무하고 있다.

채재순 이 독사진은 스무 살 때의 어머니 모습인데 퍼머할 시간이 없어서 우리 큰엄마가 잘라준 단발머리랍니다. 상의 는 우리 할머니(엄마에겐 시어머니)께서 사준 옷이라고 합니다. 18세에 결혼하시고 내가 엄마 스물한 살에 태어났으니 맏딸인 내가 아직 태어나기 전이었습니다.

채재순 시인의 어머니 모습

왜 이 사진을 찍었냐고 하니 기억이 나지 않는다고 하시는데 내가 추측해보면 아마도 주민등록증에 들어갈 사진이 아니었나 싶습니다.

졸업앨범에 들어간 사진입니다. 내 살던 집이 지금은 원주시가 되었지만 당시엔 원성군 문막면 반계리였는데 원주여고에 다니느라 자취생활을 해야 했습니다.

공부하기에도 바쁜 내 여고 시절은 위장병을 얻게 될 만큼 힘든 시절이었습니다. 가끔 딸이 행여나 굶을까 싶어 아버지께서 쌀과 김치를 가져다준 기억이 있습니다.

채재순 음식 솜씨가 좋은 엄마 음식은 다 맛있지만 고추

채재순 시인의 여고 시절의 모습

장아찌를 잘게 썰어 고춧가루, 깨소금, 참기름 넣어 무쳐준 것을 달게 먹었던 기억이 있습니다. 지금은 어디서 이 비슷한 음식을 보게 되면 여러 반찬 중에 먼저 손이 가는데 엄마의 솜씨를 따라가는 것은 만날 수 없었습니다.

엄마의 음식 중 다시 먹고 싶은 것 중 하나를 더 이야기하면 버섯을 넣은 된장국입니다. 중학교 다니던 어느 날 몹시 허기졌던 하교 후 잠실 난로에서 보글보글 끓던 된장국을 먹었는데 얼마나 맛있었던지 밥 두 그릇을 비웠습니다. 지금도 그때 이야기를 하면 "배가 많이 고팠던 모양이네" 하시며 환하게 웃으시는 엄마. 현재 85세인 엄마가 요즘 인지능력이 떨어질까봐 이면지에 그림을 그리고 계십니다. 며칠 있으면 아버지 생신이라 친정에 가게 되는데 이면지를 많이 가져다드리려고 합니다.

춘천교대 졸업식 날
부모님과 함께한 채재순 시인

채재순 엄마는 어린 시절 가난해서 학교를 다닐 수 있는 형편이 되지 않아 무학이십니다. 그래도 어깨너머로 배운 것으로 일기를 쓰고, 간단하게 편지를 쓰시는 분입니다. 학교에 다닐 수 있었다면 선생님이 되고 싶었다고 합니다. 맏딸인 내가 교원이 된 것을 무척 자랑스러워하신 이유를 이제야 알게 되었습니다.

채재순 시인의 가족사진

2011년 설날 모인 딸 서영, 서현과 극작가인 남편 최재도, 지금은 하늘나라에 계신 박순희 시어머님, 우리집 강아지 돌돌이의 모습이 담긴 가족사진입니다.

채재순 영랑호는 내가 산책을 자주 하며 시를 얻는 곳이기도 합니다. 사진을 잘 찍는 분에게 사진을 배우며 걷기도 했습니다. 이른 새벽과 해 질 무렵에 걷다 보면 시가 찾아올 때가 많았습니다. 특히 영랑호 늪지는 그곳에서 만나는 나무와 꽃, 새들을 통해 시를 얻을 수 있어 혼자 가기도 하고 가족들과 함께 가기도 합니다.

채재순 시인이 자주 찾는 영랑호의 아침(2020년 7월 4일)

2011년 공수전분교 근무 시절, 어린아와 함께한 채재순 시인

채재순 원주가 고향인 나는 교육대학을 졸업하고 첫 발령을 양양으로 받게 되고 결혼하면서 속초에서 살게 되었습니다. 이제 고향보다 영북지역에서 살아온 세월이 두 배나 더 많아졌습니다.

서울에 가게 되면 내게 자꾸 말을 시키곤 하는데 영북 특유의 말투가 재미있어서 그런다고 합니다. 정전 국가에서 사는 것이 불안할 때가 가끔 있긴 합니다. 북한과 관계된 뉴스를 들은 저녁이면 전쟁이 일어나는 꿈을 꾸기도 합니다. 그러나 대체로 큰 걱정 없이 지내는 편입니다.

채재순 이 시는 내게 강원문학작가상을 받게 한 시입니다. 이 시의 마지막 구절인 "오늘도 난, 사람이란 책 속으로/ 헛헛한 마음을 밀어 넣는 중"을 특히 사랑하는데 그 이유는 산다는 게 사람의 마음을 읽는 일의 연속이라는 생각이 들기 때문입니다. 헛헛한 마음을 상대에게 밀어 넣으며 따스함을 느끼기도 하고 때론 상처도 받겠지만 그게 인생 아닌가 싶습니다.

채재순 「산유화」를 참 좋아합니다. 특히 "산에/ 산에/ 피는 꽃은/ 저만치 혼자서 피어 있네"가 자꾸 낭송하고 싶은 구절이네요. 갈 봄 여름 없이 꽃이 피지만 혼자서 피어 있는 꽃에게 눈길을 준 시인의 마음을 알겠습니다. 얼마나 고독했는지 읽혀서 제 마음에 남는 구절이 되었습니다.

채재순 저출산 문제는 쉽게 해결될 것 같지 않아 마음이 아픕니다. 현재 전교생 49명인 시골 학교에 근무하고 있는데 학생 수 감소로 인한 교육계에 산적한 문제도 한두 가지가 아닙니다. 몇몇 지자체에서 저출산 문제를 해결하기 위해 발 벗고 나서기도 하지만 예산 지원 문제도 한계가 있어 보입니다. 젊은이들이 혼인 연령이 자꾸 높아지고 있으며, 결혼은 이제 선택사항이라는 생각이 팽배해 있는 게 더 문제입니다.

분꽃, 나를 일으키다

최월순

봄내 가물다 오랜만에 내린 비로
뜰 아래 어린 분꽃이 쓰러졌다

비 그치고
아슬하게 허리 휘어진 분꽃

안간힘으로 하늘을 붙잡은 새잎이
파랗게 반짝인다

물 한 방울의 무게로 쓰러진 분꽃
물 한 방울의 힘으로 다시 일어나
키를 키우고 꽃을 피우네

나를 쓰러뜨린 것들이
나를 일으켰던가

먹구름 휘적휘적 지나가고
그렁그렁한 눈물로
다시 일어나는 분꽃

그가 나를 일으키네

최월순(崔月順, Choi Weol soon)

시인은 1959년 고성군 거진읍에서 아버지 최창규와 어머니 김정순 사이에
서 1남 5녀 중 둘째(여)로 태어났다.
1996년 『문예사조』 신인상으로 작품활동을 시작했으며 시집 『그대의 즐거
운 노래』를 출간했으며 지금은 속초시에서 살며 시작에 몰두하고 있다.

2024 미수가 되신 최월순 시인의 어머니(김정순)   최월순 시인 어머니의 젊은 시절의 모습

최월순 1993년 제가 셋째 수원을 낳고 출산휴가 끝나고부터 어머니가 아이들을 돌봐주기로 하셨습니다. 부모님은 그날부터 주말부부가 되셨습니다. 육아 휴직이 없던 시절, 어머니의 노고와 희생이 없었다면 저는 아마도 직장을 다니지 못했을 것입니다.

부모 중심의
최월순 시인의 가족사진

1968년 초등학교 봄소풍 때 어머니는 세 딸에게 똑같은 스웨터를 맞춰 입히셨습니다. 봄소풍을 다녀와서 집 앞에서 기념사진을 찍었습니다. 앞줄 왼쪽부터 둘째인 저와 셋째 현숙, 다섯째 순임을 안고 있는 어머니, 첫째 해순 그리고 뒷줄엔 넷째 완숙을 안고 있는 아버지입니다.

최월순 시인의 가족 사진

2000년 첫째 딸이 고3 여름방학을 맞아 외식을 하고 동네 사진관에서 우연히 가족사진을 찍었습니다. 뒷줄에 저와 남편, 앞줄 왼쪽부터 셋째 수원, 둘째 혜원, 첫째 인혜입니다.

최월순 늘 바쁘셨던 어머니는 끼니때마다 주로 김칫국을 끓여주셨습니다. 보통 김치와 두부, 콩나물을 넣은 김칫국이지만 계절마다 많이 나는 생선을 넣어 특별한 김칫국을 만드셨습니다. 김장 김치에 양념을 더해 김칫국을 끓이다가 명태를 넣으면 명태탕, 도치알을 넣으면 도치알탕, 오징어를 넣으면 오징엇국, 곰치를 넣으면 곰치국이 되었습니다. 추운 겨울날 명태나 곰치를 넣은 김칫국 한 그릇이면 배가 불렀습니다.

어머니는 감자떡도 자주 만들어주셨습니다. 바쁘신 와중에도 감자 가루를 익반죽하여 삶은 팥으로 속을 넣고 감자송편을 만드셨지요. 요즘 마트에서 파는 하얗고 투명한 감자송편이 아니라 삭힌 감자 가루로 만든, 색이 거무레한 떡입니다. 요즘엔 어디에서도 찾기 어려운, 생각만 해도 그리운 음식입니다.

최월순 어머니는 거의 무학이셨지만 한글도 깨우치고, 가게를 운영할 정도로 숫자에도 밝으셨습니다. 그러나 상급학교를 다니지 못하신 것을 늘 아쉬워하셨습니다.

어머니의 꿈은 공부를 많이 하는 것이었습니다. 많이 배운 사람들을 선망하셨고 그들처럼 많이 배워서 사회의 중요한 역할을 하고 싶어 하셨습니다.

최월순 초등학교 4, 5학년 무렵 학교 끝나고 갈 곳 없는 아이들은 등대 집에 사는 친구를 따라 등대로 자주 놀러 갔습니다. 아마도 친구 아버지가 등대 관리 공무원이었던 것 같습니다. 등대에서 놀다가 등대 옆길을 돌아가면 절벽 아래로 내려가는 오솔길이 나타나는데 그길을 따라가면 바다가 나옵니다. 그곳이 뒷장입니다. 큰길도 없이 호젓한 뒷장 바닷가 앞엔 흰섬이라는 작은 섬이 있고 갯바위와 조약돌이 깔려 있었습니다.

해녀들이 물질하는 것도 보면서 우리는 헤엄치고 놀았습니다. 그곳은 오후엔 늘 그늘이 져서 시원했습니다. 매년 여름이면 가족들과 낚시도 하고 물놀이도 하면서 특별한 하루를 보내기도 하였습니다. 고향을 떠나 살게 되면서 뒷장을 갈 기회는 적어졌지만 어린 시절이 그리울 때면 늘 뒷장 바다를 다녀오곤 합니다.

거진에는 큰축항과 맞축항이 있습니다. 예전에 명태와 오징어가 많이 나던 시절에 항구시설이 부족해 큰축항과 방파제를 마주 보는 위치에 새로운 축항을 건설했습니다. 큰 방파제와 마주 보고 만들어진 축항을 마을 사람들은 맞축항이라 불렀습니다. 고향을 떠나 고등학교 진학 후, 첫 여름방학을 맞아 고향 친구들과 맞축항에서 만나 기념사진을 찍었습니다. 뒤편으로 멀리 자산천과 반암마을이 보입니다. 늦은 오후라 역광으로 얼굴이 어둡습니다. 맞축항은 마을

최월순 시인,
1975년 여름 거진의 맞축항 방파제에서

135

과 가까워 친구들과 자주 나와 놀던 장소입니다.

최월순 영북이 좋다는 것은 사람과 자연이 좋다는 뜻입니다. 영북지역은 치열하게 살아왔던 사람들, 지금도 치열하게 사는 사람들, 수많은 고난을 이겨내고 행복하게 사는 사람들이 살고 있는 지역이기 때문입니다. 산비탈 밭에서 진달래꽃을 따던 날들을, 바다에서 함께 조개를 캐던 기억을, 미역을 말리던 모래밭을, 명태를, 오징어를, 그물 옆에서 종종거리던 갈매기를 함께 이야기할 수 있는 사람들이 살고 있기 때문입니다.

예전부터 우리 동네는 휴전선 가까운 마을이라 전쟁이 나면 어떡하냐고 걱정하는 소리를 곧잘 듣곤 하였습니다. 그러나 그것이 무섭거나 불안하진 않았습니다. 당장 눈앞의 생계가 바빠서인지는 모르겠으나 전쟁은 단순히 한 지역만의 문제는 아닐 것이기 때문입니다.

최월순 살아오면서 나를 성장시킨 원동력은 결국 나의 결핍이 아니었나 싶습니다. 나의 결핍이 나를 무너지게 하기도 하지만 결국 그것으로 나는 새롭게 태어나기도 하고 더 크게 성공하기도 한다는 것을 깨닫곤 합니다.

"나를 쓰러뜨린 것들이 나를 일으켰던가"

최월순 시가 노래이고 시가 위안임을 김소월 시인의 시로 배웠습니다. 짧은 생에서도 주옥같은 시를 남겨 후손들의 위안이 되고 힘이 됩니다. 사모하는 마음을 전합니다.

가장 좋아하는 소월 시는 「엄마야 누나야」입니다.

"뜰에는 반짝이는 금모래빛/ 뒷문 밖에는 갈잎의 노래"

최월순 요즘 청년들은 열정도 많지만 독립적이기도 하고 자유에 대한 욕구도 큰 것 같습니다. 특히 경제적 자유에 대한 야망도 크고 나 자신이 중요한 문제이기 때문에 누군가와 함께 인생을 살아간다는 것에 갈등이 커 보입니다.

또한 육아와 교육에 대한 경비가 막대하므로 경제적 부담이 점점 커지고 있고, 미래에 대한 불확실성과 부부간 자산공유에 대한 인식 등이 예전의 생활방식과 충돌하면서 당연하게 생각해왔던 일들이 예전처럼 쉽지는 않아 보입니다. 그러므로 결혼 자체가 힘들어지고 그에 따라 저출산의 문제도 쉽게 해결되기는 어려워 보입니다.

아버지의 부탁

한상호

몇 번이나
마른기침 하시더니
창 밖 저 쪽에다 눈길 주며
툭, 던지듯 하신 부탁

구십이 다 되어서야 하신
그리도 힘든 부탁

"발톱 좀 깎아주겠느냐"

한상호(韓相晧, Han Sang ho)
시인은 한국전쟁 때 월남한 아버지 한용한과 양양 토박이 어머니 이유화
사이에서 1남 2녀 중 둘째로 1956년 강원도 양양군 남문리에서 태어났다.
중학교까지 양양에서 다니고 유학길에 오른 후 중국 등 타관에서 48년 동
안 살다가 2018년 귀향하여 양양읍 구교리에 살고 있다. 지금은 고향에서
양양문화원 양양학연구소 연구위원으로 위촉받아 활동 중이며 한국문인
협회 양양지부장을 맡고 있다.
2016년에 『월간문학세계』로 등단하였고 2017년 『시와시학』으로 재등단했
으며 시집 『아버지 발톱을 깎으며』, 『어찌 재가 되고 싶지 않았으리』 등 5권
의 시집을 출간하였다.

한상호 시인의 어머니(40대 중반의 모습)

한상호 초등학교 교사를 하다가 결혼 후 퇴직하여 편물점과 포목상을 운영하며 세 자녀를 공부시키셨습니다. 전형적인 외유내강형으로 필자가 고등학교 유학 시 3년 동안 거의 매달 손편지를 보내주셨습니다. 그 덕에 필자는 가끔 궤도를 이탈했지만 멀리 가지 못했습니다.

한상호 시인의
부모님의 가족사진

나에겐 누나와 여동생이 있습니다. 이 사진은 필자가 대학을 입학하던 해 추석 무렵에 찍은 것입니다. 아버지는 초등학교 교사였습니다. 필자는 중국어문학을 누나는 화학을 여동생은 영문학을 전공했습니다. 뒷줄 가운데가 저입니다.

2002년에 백두산을 오른 한상호 시인의 가족

2002년 필자가 중국 다롄에 살 무렵인데 부모님과 우리 부부와 아이 셋을 안내하여 백두산 천지에 올랐다. 앞줄 왼쪽부터 아버지, 맏이, 둘째 아이, 셋째 아이, 아내 뒷줄 어머니, 그 뒤에 제가 서 있습니다.

한상호 가끔 맛보던 음식 중에서는 잡채와 수정과를 맛있게 만드셨습니다. 잡채는 크고 작은 잔칫상에 비교적 자주 올랐습니다. 수정과는 귀한 손님을 대접할 때 내셨는데 진하지도 연하지도 않게 내는 계피향 국물이 일품이었습니다.

곳감도 수정과 맛을 내는 데 중요한 역할을 합니다. 당시 곳감은 나무막대기를 감 가운데에 끼워 말렸는데 그곳의 건조 상태가 깨끗하지 않으면 시큼한 군내가 났습니다. 어머니는 곳감을 잘 알았는데 친정집에는 감나무가 많았습니다. 그래서 양질의 곳감을 골라 맛있는 수정과를 만든 것 같았습니다.

늘 대하는 음식 중에는 김장 김치를 들 수 있습니다. 김장에 생태를 숭덩숭덩 잘라 넣었는데 삭으면 그 맛은 표현할 수 없을 정도로 오묘했습니다. 지금 가장 그리운 음식이 생태가 들어간 김장 김치입니다. 이제는 어디에 가도 그 맛을 구경조차 할 수 없으니 말입니다.

<u>한상호</u> 어머니는 자식들이 사는 집이 궁금해 자주 찾으셨습니다. 필자가 타이완 홍콩 중국의 여러 도시에서 상사 주재원으로 햇수로 약 16년을 근무했습니다. 그때 부모님은 1년에 두 차례 설날과 추석에 그곳으로 오셨는데 내가 제사를 모시기 때문이었습니다. 한번 오시면 3개월 정도 묵으셔서 일 년 중 반 정도를 부모님과 함께 생활할 수 있었습니다.

그 외에도 어머니는 월남하신 아버지의 고향 함경도

1960년대 말 양양 감리교회 계단에서
(오른쪽이 한상호 시인)

고원을 궁금해하셨는데 결국 두 분 모두 가보지 못하고 이 세상을 하직하셨습니다.

한상호 1960년대 말, 양양감리교회에서 찍은 사진입니다. 왼쪽부터 누나, 동생 그리고 저입니다. 어머니의 영향으로 어려서부터 종교를 가져 매주 일요일이면 교회에 갔습니다. 어머니는 나중에 개신교 장로를 지내셨고 필자는 가톨릭으로 개종했습니다. 타 종교에 대해 폭넓게 이해하여서 종교 문제로 집안이 시끄러운 적은 없었습니다.

한상호 시인이 자주 찾는 곳 남대천

양양 남대천 하구 한개목은 황어, 은어, 연어와 같은 회귀성 어류가 드나드는 곳입니다. 계절에 따라 모래톱 사이가 넓어졌다가 좁아졌다 하는데 필자처럼 고향을 떠났다가 돌아오는 사람이나 돌아오지는 못하나 고향이 늘 그리운 사람에게는 묘한 공감을 불러일으키는 장소입니다. 겨울철 일출을 보기 좋은 핫스팟입니다. 주변 강가에 억새가 자라 늦가을이면 은빛 벌판을 이룹니다.

한상호 젊어서는 양양의 정주 여건이 썩 좋다고 생각하지 않았습니다. 교육환경도 그렇고 티브이나 라디오 등 전파 수신 상태가 좋지 않아 문화적으로도 낙후된 것이 못마땅했습니다. 연좌제로 고생하는 이웃을 보는 것도 마음이 편치 않았으며 서울 한번 가려면 비포장도로를 열 시간 정도를 가야 하는 지리적 편벽함이 불편했고 산업화과정에서 지역적 우선순위가 밀려 주민들이 경제적으로 풍족하지 않은 것도 불만이었습니다.

하지만 역설적으로 지금 양양은 자연이 살아 있는 지역으로, 공해가 적은 지역으로 주목을 받고 있습니다. 개인적으로 양양은 친구가 있고 친인척이 울타리가 되어주는 고향이라 마음이 편합니다. 골치 아픈 뉴스와 형식적인 모임에서 벗어나 단순한 삶을 영위하기 유리한 여건이니 나 자신에게 몰두할 수 있어 좋고 소일거리로 농사를 지을 수 있어 자연 속에서 시간을 보내어 좋습니다.

차로 20분이면 바다와 산, 강, 온천에 도착할 수 있으니 휴양을 하거나 명승을 찾아 멀리 갈 일이 없으니 무엇보다 좋습니다. 집 근처에 있는 모노골 산책로에는 오래된 송림이 빽빽하여 피톤치드를 느끼며 걸을 수 있고 해변을 맨발로 걷는 재미도 쏠쏠합니다.

휴전선과 가까이 있다 해도 크게 불안하지는 않습니다. 제3자가 개입하지 않는 한 전쟁이 일어날 가능성은 크지 않다고 봅니다. 설혹 무슨 일이 일어난다 해도 접경지역이라 특별히 위험이 클 것이라고도 생각하지 않습니다. 최근의 무기체계로 볼 때 지리적 전후방은 의미가 없어 보입니다. 단지 유사시에 극렬하게 다른 사상을 가진 사람이 나타날까 조심스러울 뿐입니다.

한상호 아버지는 임종하실 때까지도 자식들을 엄청나게 배려하셨습니다. "나는 괜찮다"를 늘 입에 달고 사셨습니다.

이 구절을 쓰면서 아버지의 마음을 얼마간이라도 다시 헤아릴 수 있었습니다. 자식들에게 부담이라도 될까 사소한 부탁도 하지 않으시던 아버지, 그를 떠올리며 나의 노후도 아버지를 닮으리라 다짐하기도 하는 것입니다.

"구십이 다 되어서야 하신 / 그리도 힘든 부탁"

한상호 「개여울」을 좋아합니다. 특히 "가도 아주 가지는 않노라심은／굳이 잊지 말라는 부탁인지요"라는 구절이 인상적입니다. '간다고 아주 가리, 아주 간들 못 올 소냐'라는 이별사를 남기고 휑하니 떠난 사람을 화자는 잊지 못합니다.

이별하는 순간의 어색함을 모면하기 위해 던진 상투적인 말이었음을 알지만 화자는 돌아오지 않을 그를 잊지 않겠다고 흘러가는 개여울 앉아 다짐하는 것인데 그 모습이 너무나 의연하여 서럽게 느껴집니다.

소월 같은 시인이 이 시대에 다시 태어나면 좋겠습니다. 순수한 서정시로 각박한 세상을 촉촉이 적셔주는 초인이 등장한다면 이 세상은 얼마나 살 만하겠습니까.

한상호 안타깝지만 시간이 간다고 저출산 문제가 해결되지는 않을

144

것 같습니다. 저출산은 주택 마련이나 육아와 교육에 드는 비용 등 경제적 요인도 크게 영향을 끼치겠지만 그것보다도 문화적 사회적 환경이 더 근본적인 문제로 보입니다.

우선은 개인주의적이고 자기중심적인 생각이 강한 젊은이들이 혼인이라는 제도 속 불편함을 견디기 싫어하는 성향을 보이고, 결혼을 전제로 하지 않아도 육체적 욕망을 해소할 수 있는 성이 개방된 환경에서 굳이 결혼할 필요를 못 느끼고, 아이를 낳고 키우는 것이 과연 양육이라는 희생을 보상할 만한 보람이 따르는 것인가에 대하여 젊은이들이 회의하는 한 저출산 문제는 쉽게 해결되지 않으리라 봅니다.

영북(嶺北) 속초(東草)에서 물소리시낭송회를 44년 동안 개최해온 두 시인에 대한 기억.

이성선 시비　▲ 고성 토성면 성대리 226-1(2024년 8월 13일, 물소리 포엠 주스 촬영)

최명길 시비　▲ 속초 장사동 418-5, 영랑호 서쪽 끝자락(2014년 8월 13일, 물소리 포엠 주스 촬영)

가족과 아이들과 물소리
그리고 시와 사랑을 나누는
우리 이야기

영북(嶺北)
거주 및 출향 시인
8인 시선(詩選)

소멸의 미학

강성애

러닝머신 위
타이머를 유심히 바라보는 노인
다른 것은 숫자가 올라가는데
시간은 왜 숫자가 내려가냐고 묻는다
타이머를 잘 모르는 노인에게
이상한 일

설명을 들은 노인이 짧게
미소를 띤다
타이머 속 숫자가 거꾸로 간다면
과거로 돌아갈 수도 있다는 말

시간은 앞으로만 가고 노인의 걸음도
시간을 따라가다가 잠시
역행할 수도 있다는 생각,
9, 8, 7…… 을 따라가면 드디어
그곳에 도착하겠다는 생각,

타이머를 한없이 오래전으로
맞춰두고 어느새 그때로

도달할 것 같은 기분을 낸다

그때의 네가 여전할지 몰라도
나는 어느새 너를 보러 가기 좋은 입장으로
심장을 길들이고
산딸나무 꽃잎이 화사해지는 지점쯤
너를 만나러 가야겠다

물끄러미 타이머를 바라보는 오전
노인은 어제의 오전과
오늘의 오전이 잠시 바뀔지라도
앞으로만 걷던 늦은 걸음을
재촉하지 않는다

앞만 보고 가던 시간이
타이머 안에 갇혀
오지 않아도 좋을 내일이다

강성애(姜誠愛, kang sung ae)
시인은 1966년 속초시 노학동에서 아버지 강운규와 어머니 이정희 사이
에서 2남 3녀 중 넷째(차녀)로 태어났다.
2017년 『시로 여는 세상』 신인상으로 작품활동을 시작했으며 시집 『우리
이제 함부로 사소해지자』를 출간했다. 현재 경기도 안산에 거주하며 미술
관 스텝 일을 하고 있다.

강성애 시인의 부모 중심의 가족사진

강성애 사진 뒷면 메모에 아버지께서 날짜를 적어놓으셨습니다. 1967년 3월 26일. 나는 아버지 글씨임은 단번에 알아보았습니다. 나의 아버지는 사실 1976년에 돌아가셨는데 글자체가 기억나다니 마법 같은 일입니다. 나의 아버지 차림새를 보세요! 정말 멋쟁이에 날렵한 면까지, 저기 귀를 만지고 있는 저 갓난아이가 바로 나입니다.

갓난아이를 안은 든든한 팔뚝의 젊은 엄마는 펼쳐질 단란한 가정을 꿈꾸던 시절이었고, 잠시 아이들과 행복한 젊은 시절이었습니다. 엄마 치마 끝에 또 하나의 오래된 가족, 누렁이도 반쯤 보이는 것이 가족으로 인정받는 순간입니다. 두 살 터울의 큰오빠와 작은오빠 저때부터 벌써 작은오빠가 큰오빠 키를 넘어서고 있었습니다. 아버지 앞쪽이 작은오빠이며 두 살 터울 큰오빠에게 항상 깍듯이 복종하는 아우였습니다.

가운데 새초롬한 언니의 앙증맞은 포즈와 고무신, 아버지는 멋진 구두에 광까지 냈는데 고무신을 신은 자식들 모습이 조금 대조적입니다. 다행히 나는 아직 신발 신을 나이가 되지 않았다는 것입니다. 다섯 남매인데 막내가 태어나지 않은 미완성 가족사진입니다.

지금 엄마 곁을 지키는 자식은 바로 그 막내라는 기막힌 사실. 아버지 가슴에 달고 있는 저 배지처럼 영원히 젊은 아버지로 나의 가슴에 남아 있는 짧은 순간이 지나갔습니다

2002년에 백두산을 오른 한상호 시인의 가족)

아버지 돌아가신 후, 대학에 입학한 큰오빠, 그야말로 집안의 희망

이었습니다. 몸이 약하고 일할 줄 모른다는 이유로 배곯을까 염려한 어머니는 오빠에게 4년 내내 학비와 하숙비를 제공하며 모든 걸 걸다시피 하였습니다. 그렇게 완성된 오빠에 대한 기대는 어머니에게 상상 이상이었습니다.

어머니의 장남은 대학을 졸업하고 은행에 근무하며 미국으로 2년간 연수를 떠나게 됩니다. 이때 어머니의 자부심은 힘들게 공부시키던 시절을 압도했습니다. 미국에 있는 아들을 만나러 가서 한껏 멋을 내고 찍은 모습을 보면 얼굴에 생기가 도는 듯 촌스럽지 않습니다. 이후에 아들은 국내로 돌아와 은행에 근무하는 한 영원한 어머니의 자랑거리가 되었습니다.

2002년에 백두산을 오른 한상호 시인의 가족)

설날 오전, 차례를 지내고 나서 우리는 어머니가 오신 큰오빠네로 설날 세배를 드리러 갑니다. 큰오빠네는 서울 중랑구 쪽이라 강변북로를 타고 한동안 한강을 따라 주행하게 되는데 명절이라 역시 도로는 붐비지만 한강은 막힘없이 시원했습니다. 내가 유난히 서울임을 느끼게 되는 도로가 강변북로인데 갈 때마다 서울이 거대해 신기할 정도입니다.

오빠 집에서 하루를 묵고 집으로 돌아오는 길에 복원한 청계천을 아직 영접하지 못한 우리 가족, 추위가 조금 누그러진 틈을 타 청계천 길을 걸으며 빌딩 숲을 감상하니 아이들처럼 나도 큰 도시의 기운에 생경했던 것 같습니다.

당시, 3학년과 6학년 남매의 해맑은 아이들 모습입니다. 가족이 모이니 청계천이면 어떻고 오지 산골이면 어떻겠습니까. 이때 청계천에는 사진사가 있어서 가족 단위 혹은 연인 친구의 모습을 찍어주며 돈벌이를 하던 시절이었습니다. 지금도 있다고 하면 다시 한번 다 큰 아이들과 같은 장소에서 사진을 찍어보고 싶습니다.

강성애 어머니는 집안의 가장으로 먹고살기 위해 그야말로 밤낮없이 바쁘셨습니다. 농사를 지으셔서 밤늦게까지 들에 계셨습니다. 그러다가 비가 오는 날이면 드디어 어머니를 온전하게 대하는 날이 됩니다. 이때 이미 학교에서부터 마음이 설렙니다. 어머니가 집에 계시다는 확실한 증거는 굴뚝 연기인데 학교를 파한 후, 한달음에 비 오는 거리를 뚫고 집으로 오면서 굴뚝부터 확인합니다.

예상대로 어머니는 커다란 가마솥에 오전부터 아랫목에 막걸리로 부풀려놓은 반죽에 팥을 넣고 동그랗게 만든 찐빵을 찌고 계십니다. 나는 가방을 던지고 온전히 내 차지가 된 어머니 곁에서 찐빵이 언제 되는지 채근했습니다. 드디어 가마솥 가득 흰 증기를 뿜으며 완성된 찐빵. 손이 크셔서 이웃도 나눠주시던 부푼 찐빵. 계절 없이 언제나 나는 찐빵을 좋아했으며 지금도 찐빵만 보면 그 시절이 떠오릅니다.

강성애 어머니는 자주 '너네 집'이란 표현을 쓰십니다. 어머니는 이씨이고 우리는 강씨이므로 '너네 집'이 맞을 수 있습니다. 그러니까 정말 어머니가 꽃 같은 나이에 '너네 집'에 와서 고생만 했다는 이야기를 하시면 괜히 강씨가 이씨한테 미안한 생각이 듭니다.

어머니의 가장 행복했던 시절은 여학생 때까지 살았던 양양군 강현면 회룡리였습니다. 그곳은 조금 멀리 떨어진 산속인데, 황구터라 했으며 거주민 집이 다섯 가구 내외의 외진 곳이었습니다. 내가 어릴 적에 엄마 손을 잡고 머리에 떡을 이고 달밤에 엄마랑 외할머니 뵈러 가던 기억이 또렷합니다. 사실 한국전쟁 전에 이북이어서 전쟁통에 인민군들이 그곳에 들어와 밥도 해달라고 했지만 크게 위협을 가하지는 않았다고 하였습니다.

사람은 평생을 살면서 추억을 먹고 산다는 말이 있듯 언젠가 엄마가 그곳에서 영화 같은 추억을 들려주었는데 학교를 파하고 집으로 가는 길에 개울가에서 고무신을 던져 띄우며 놀았다가 짓궂은 동네 오빠들이 새로 산 엄마 신발을 너무 멀리 던져 물에 떠내려가 집에도 못 가고 펑펑 울었다는 이야기. 근데 '그 오빠들이 이제 다 죽었어' 하십니다. 나는 그 장면이 황순원 소나기 한 장면 못지않게 아련해졌습니다.

해마다 자식들에게 그곳을 가고 싶다고 자주 말씀하셨습니다. 꽃다운 처녀가 가마를 타고 속초로 시집오면서 가마 안에서 수없이 멀미를 해 요강을 채우던 기억이 엊그제 같은데, 이씨 엄마가 '너네 집' 강씨네로 와서 힘들 때마다 떠올렸을 회룡리 황구터 작은 마을, 한참 언덕을 내려와야 우물이 있는 그곳, 지금은 사는 사람이 없지만 엄마의 가슴에 영원히 자리 잡고 있습니다.

강성애 예전에는 김장철 배추를 절일 때 소금이 비싸고 귀하니까 속초 사람들은 바닷물에 배추를 바로 담가 절이는 방식을 주로 택했습니다. 그때 김장철은 지금보다 늦어 겨울 초입으로 뼛속까지 파고드는 추위를 견디며 백 포기 넘는 배추를 소달구지에 싣고 새벽에 엄마는 출발했습니다. 그 바다라는 곳이 어딘지 잘 모를 때, 어른들 이야기가 영금정에 가서 배추를 씻는 게 그나마 안전하다는 말을 들었습니다.

2002년에 백두산을 오른 한상호 시인의 가족)

새벽에 출발한 엄마는 오지 않고, 나는 마음속으로 백번도 넘게 영금정 바닷가를 기웃거렸습니다. 지금 보니 저렇게 넓적 바위가 바다 가까이 있어서 그 시린 새벽에도 배추를 조금은 안전하게 씻을 수 있었겠구나, 생각이 듭니다. 얼마 후, 세상은 엄마가 그곳에 배추를 씻으러 가지 않게 되었고, 친구에게 오징어 다리를 얻어먹지 않아도 되는 쪽으로 시간이 흘러갔습니다. 그렇지만 나는 이곳 영금정을 자주 찾습니다.

어느새 영금정은 속초의 명소로 알려져 사계절 북적거립니다. 나는 변함없는 바위와 푸른 바다 빛이 그냥 너무 좋습니다. 오징어 다리를 함께 나눠 먹던 친구와 엄마의 시린 온몸이 고스란히 전해지는 장소입니다.

강성애 자라고 보니 울산바위가 눈앞에 선연한 설악산 가까운 자락이었습니다. 나는 그야말로 속초 토박이로서 속초에서 초, 중, 고를 졸업한 뼛속까지 속초가 깃든 사람입니다. 근데 이상한 것은 나는 속초가 좋다 싫다 생각한 적이 없었습니다. 속초에 살다가 서울에 살다가 또 울릉도에 살다가 했으면 비교가 되겠는데 오로지 태어난 그 자리에서 꼬박 성장했으니 울산바위며 속초 바닷가며 당연한 것들이었습니다. 하물며 무장 공비가 아주 가까운 곳에서 나타나기도 했지만 나는 그냥 엄마 곁 속초가 가장 안전한 곳이었습니다.

이후 속초를 떠나 서울로 오면서부터 비교가 쉬워졌습니다. 남산타워보다 울산바위, 한강보다 속초 바다, 언제나 은밀한 수도방위사령부보다 시내에서 쉽게 볼 수 있던 푸른 제복의 국군 아저씨들(그때는 아저씨), 이 얼마나 속초답고 이 얼마나 익숙한 풍광들이었는지⋯⋯. 떠나보면 알 거라는 노랫말이 뼈저린 시절이었습니다.

이북과 가장 가까운 대진 언저리 초도리에는 이모가 살았는데 방학 때 이모 집에 가면 화진포 김일성 별장 가까운 바닷가에서 나룻배로 고기를 낚으시던 이모부, 그런 풍경 속에 결코 아슬아슬한 이북 근처 불안감을 느끼지 않았습니다. 그저 이모가 사는 평화로운 곳일 뿐이었습니다. 또한 강현면 회룡리 외할머니가 살던 오지 역시 예전에 이북이었던 엄마의 고향 아닙니까?

결국 나의 사람들이 사는 속초, 정전되어 이북에 남겨진 가족에게 언제든 달려가고픈 마음들이 머무는 곳으로 내 친구들이 살고 있는 곳. 정전 국가의 북단이라 하여도 불안한 마음은 없습니다. 통일은 우리 세대에 이뤄내야 할 과업으로 속초에서 출발하는 관광버스를 타고 가까운 휴전선을 훌쩍 넘어 이북이 고향인 속초의 이웃들 함성에 동참하고 싶은 마음 간절합니다.

2002년에 백두산을 오른 한상호 시인의 가족)

강성애 누구나 빛나는 청춘의 시절을 건너옵니다. 청춘이라는 시절의 아픔, 청춘의 아련함, 우리는 생각만으로도 그 시절이 못내 그립습니다. 그러나 다시 오지 않는 시절보다 현재의 내가 소중하게 느껴지기에 오늘도 살아가는 힘을 냅니다. 너를 보러 가기 좋은 입장은 언제나 계속되고 앞으로도 나는 영원히 너를 그리워할 것입니다.

"나는 어느새 너를 보러 가기 좋은 입장으로/ 심장을 길들이고"

강성애 제가 좋아하는 소월의 시는 「산유화」입니다. 어쩐지 제 시골 마을 뒷산을 자꾸 떠올리게 되네요. 특히 "산에/ 산에/ 피는 꽃은/ 저만치 혼자서 피여 있네.// 산에서 우는 작은 새요/ 꽃이 좋아/ 산에서/ 사노라네." 이 두 연은 제가 목격한 또렷한 이미지로 저만치 고요하게 피어난 야생의 꽃들, 그리하여 고요한 듯 보여도 산이 좋아 사는 산새들과 곧 눈맞춤을 하며 자연의 조화를 온전하게 보여줄 것이 분명합니다. 그렇게 요란하지 않으며 가장 외롭고 적막한 지점을 고요히 지키고 있는 듯합니다.

김소월 그는 산산이 부서지고 부르다가 내가 죽어도 영원히 잊히지 않는 이름, 아마 가장 오래도록 시의 이름으로 각인될 것입니다.

강성애 "라떼는 말이야 온 식구가 큰 두레반상에 둘러앉아 서로 경쟁하듯 숟가락질을 해댔지. 그래야 그나마 밥을 얻어먹을 수 있었거든" 하던 시절은 오지 않을 것입니다. 아니 제발 집안에서 아이 소리만이라도 나면 좋겠다는 간절함의 시대입니다. 어쩌다 여기까지 왔는지 우리는 원인을 알지만 쉽게 해결될 것 같지는 않습니다.

지금은 양성평등으로 아이를 낳으면 일단 일하는 데 문제가 생길 것이고 태어난 아이에 대해서도 잘 키울지 의문이 들게 됩니다. 경쟁은 치열해지고 남보다 앞서나가고 싶은 욕망이 사회를 주도하는데 현실에서 아이에게 많은 것을 해줄지 의문이 든다면 아이를 낳는 데 주저하게 됩니다.

예전과 다르게 여성의 사회 참여가 점점 높아가는 것 또한 출산율 저하를 가져옵니다. 아무리 국가에서 출산율 높이기 위한 정책이 쏟아진다 해도 여러 가지 복합적 문제를 먼저 앞세우는 세대에겐 통하기 조금 어려울 수 있습니다. 다만 아이에 대한 사랑과 관심이 우선인 시대가 된다면 변할 수도 있습니다.

앞서지 못하면 어떻습니까?

두레반상에 모여 앉았던 코흘리개 형제자매의 모습이 못내 그립지만 감정에 호소하기에도 한계가 있어서 저출산 문제는 인류의 최고 고민거리가 될 것입니다.

그때, 사진이나 한 장 찍을 걸 그랬나(?)

고형렬

매일 술이나 마셨지 달이나 쳐다보고 저 달 산으로 언제 지나 했지
매일 땅만 내려다보고 살았지 먼지 일으키며 우리는
언제 떠날 수 있나 미래를 재촉하면서 방황했지 자기는 정작 한 번도
뒤돌아보지 않고 떠나지 못하면서
매일 가족과 일기를 걱정하고 결심처럼 한 번도 사는 것처럼 산 적
없었지
남들이 먼저 담을 뛰어넘을까, 더 높은 담의 기준을 스스로 쌓아
올리고
혼자 등만 단단한 곤충처럼 숨어서 자신을 자학하고
우울의 나날을 구름처럼 먼 하늘로 보내고도 자신도 모르게
그 개울 하나 황망히 뛰어넘지 못했지
그러다 돌연히 그가 떠나고 우리는 연극을 하듯 추모 시낭송회를
열고
다시 또 그 개과천선 못하는 어둠과 욕망의 창자 속에 돌아와
이불을 휘감고 슬픔으로 뒤척였지
열을 내려뜨리고 세상을 등지고 자기 혼자의 길을 모색하기도 했지
후드득, 하늘에서 머릿밑에 떨어진 빗방울의 우리들
그러고도 깨닫지 못하고 다시 아집으로 돌아오곤 했겠지 늘 혼자
였지
혼자서만 가야 하는 그 길을 가려고

또 혼자 술에 취해 팔을 꺾어 베고 잠들고 혼자 떠돌다 돌아나왔지

그러다 우리는 각자 돌아오지 못했고 다시 만나지 못하고 말았다

매일 만나도 우리는 만나는 것이 아니었고, 점점 더 멀어져만 갔다

촉루도 남지 않아 사진조차 소용없는 날이 다 오겠거니와

한 생의 단막극처럼 멋진 시 한 편처럼 우리는 살고 싶었겠지

괜찮은 와이셔츠라도 하나 걸쳐 입고 나와서

다른 사람의 연극배우나 죽은 시인처럼 마지막 사진을 상상했는지 몰라

돌아보니 남김 없는 사랑이고 남김 없는 시고 남김 없는 과거였다

그래, 아니 수평선 떠난 달과 밤을 보낸 밤 수평선으로 남아

저 문합의 선에서 너의 노래와 나의 눈빛이 마주치면 무슨 일이 일어날까

십이지장 유문 속으로 안 끊어지는 독주(毒酒) 한 올의

명주실이 아리게 아리게 스쳐간다

다시 혼자 되어 떠날 때, 정말 사진이라도 한 장 찍을 걸 그랬나(?)

고형렬(高炯烈, Ko Hyeong ryeol)

시인은 1954년 11월 속초에서 아버지 고남석과 어머니 이동녀 사이에서 장남으로 태어났다.
1979년에 『현대문학』을 통해 작품활동을 시작했으며 시집 『대청봉(大靑峯) 수박밭』 『사진리 대설(大雪)』 『밤 미시령』 『아무도 찾아오지 않는 거울이다』 등의 시집과 장편 에세이 『은빛 물고기』 자전적 사진 에세이 『등대와 뿔』 등을 출간했다. 최근에 장시 『칠일이혼돈사(七日而渾沌死)』(달아실)를 출간했다.

고형렬 시인의 젊은 날의 어머니(이동녀))

고형렬 삼척시 근덕면이 고향인 나의 어머니 이동녀(李東女)의 20대 후반 모습입니다.

1960년경 속초 장사동 사진리 모래기에서 명태덕장을 할 때, 영랑동 백마사진관에서 찍은 사진으로 보입니다. 어머니가 저고리 깃에 단 저 동전이 기억납니다.

나의 모든 꿈과 고통이 이 어머니로부터 시작되었다고 생각하면 수정할 수도 물릴 수도 없는 서로 묶인 생입니다.

며느리와 함께한 고형렬 시인의 어머니

며느리와 함께 양산을 들고 찍은 나의 어머니 이동녀입니다. 막내 여동생 고형란이 결혼하여 강릉에서 살림을 차렸을 때, 놀러 가서 시인이 찍은 고부(姑婦) 사진입니다. 아마도 두 사람 앞에서 그가 웃으라고 주문했을 법합니다. 어머니가 젊으셨던 1980년대 중반 경입니다. 간호사인 아내가 홍천에 사는 어머니를 주로 보살폈고 어머니는 몸이 약한 며느리를 아껴주었습니다. 삼척 근덕면이 고향인 어머니는 2022년(88세)에 속초에서 영서하셨습니다.

고형렬 시인의 가족사진

육십이 되던 해 2014년 9월, 둘째 딸 고윤이 결혼식을 마치고 나서 일산동구 백석동 큰딸 집에서 찍은 가족사진입니다. 왼쪽부터 고형렬, 아내 오성희, 큰딸 고은이, 작은딸 고윤이, 아들 고중철입니다.

고형렬 수제비입니다. 길고 무더운 여름 하루를 보내고 나면 갑자기 마당이 서늘해지면서 풀냄새가 났습니다. 메뚜기를 날아가면서 따가운 소리를 냈습니다.

나는 어머니가 어떤 정신적 심리적 아픔을 이겨내며 살았는지를 전혀 안다고 할 수 없습니다. 가족 안에는 책무, 슬픔 같은 것이 내재하지만 땀을 흘리며 같이 음식을 먹고 하나의 방에서 자던 한 혈거(穴居)의 핏줄입니다.

우리 집은 명태덕장을 해서 마당이 넓었습니다. 마당 한가운데다 가마니를 깔고 앉아서 어머니가 화덕에서 끓인 수제비를 먹던 저녁이 기억납니다. 하나의 상보다 그리 크지 않았을 작고 슬픈 가족이었습니다. 과거는 꿈보다 인식 감응력이 약한 것 같습니다

숟가락에 담은 수제비를 입에 떠넣는 자신을 아무리 보려고 해도 잘 떠오르지 않습니다. 돌아갈 수 없는 시간의 저쪽입니다. 째복(조개)을 넣고 끓인 수제비를 후후 불며 먹고 싶습니다. 그 입술에서 잘못 살아온 마음이 기억들이 토해질 것만 같습니다.

고형렬 어머니가 가고 싶어 하신 곳은 '천장만장'이었습니다. 그곳이 어디인지 아들로서도 알 길이 없습니다. 비단을 옷을 입은 어머니가 어느 날, 어느 잔칫집에서 떡을 붙이고 계셨는데 돌아보지도 않고 앞에 있는 친구에게 아들이 시를 쓴답니다 하고 말했습니다. 그러자 그 부인이 하던 일을 멈추고 나를 눈여겨 바라보았습니다. 모친은 자신이 죽었다는 것을 모르고 계시는 것 같았습니다.

고형렬 많은 시간이 흘러갔습니다. 부산의 어느 거리가 이 사진에 남아 있습니다. 저 시간은 우리의 시간이 아닌 것 같고, 그 장소와 그 소

음과 색을 다 기억할 수가 없습니다. 다른 한 아이와 한 여자와 한 남자가 저기 있을 뿐입니다. 첫 시집 『대청봉(大靑峯) 수박밭』을 출간하기 한 해 전으로 매우 어려운 시절이었습니다.

천이백여 일을 보아온 아침 바다지만 낯설기만 합니다. 일찍 일어나 쌀을 씻어 전기밥솥에 앉히고 소파에 앉으면 전생에 내가 살던 속초의 미시령으로 저 동쪽 물밑이 이렇게 희부옇게 밝아오곤 했을 것 같습니다. 현재의 모두가 어떤 기억 같았습니다.

저들도 다시 살려고 밤을 새운 불빛을 하나둘씩 끄고 있었습니다. 2011년부터 3년 반 동안 몰래 살다가 떠났던 속초에 나는 다시 그곳에 없게 되었습니다.

1984년 서른 살 무렵. 벚꽃이 진 부산 봄, 아내 오성희와 어린 큰딸 고은이와 함께

고형렬 백 년도 되지 않은 평화에 대한 권태와 세계화 시스템의 노후

로 전쟁의 본능이 요동치는 것이 2020년대의 세계 풍경입니다. 이런 위험 속에서도 인류는 평화를 주제로 삼지 못하고 게임과 유희, 농담에 빠져 있습니다.

나는 한국전쟁 직후의 태생이라 그런지 전쟁 불안을 떨치지 못하고 있습니다. 그래서 아무것도 아닌 '풍선'이 전쟁을 일으킬 수 있다고 생각하면 어느 날의 아침은 낯설어집니다. '풍선 감정'에 의한 '풍선 전쟁'은 상상조차 두렵습니다.

가끔 동해와 설악산 하늘에 가공할 F-35A(스텔스기), 순항미사일, 항공모함, 잠수함의 검은 그림자와 굉음이 꿈에 나타나곤 합니다. 꿈속에서 귀를 막고 눈을 감고 현실을 외면합니다. 세계에서 다섯 번째로 작고 아름다운 속초에선 상상조차 할 수 없는 전쟁입니다.

2018년 12월 6일 시인 혼자
찾아간 현내면 대진 밤거리

고형렬 "십이지장 유문 속으로 안 끊어지는 독주(毒酒) 한 올의/ 명주실이 아리게 아리게 스쳐간다"

고형렬 「초혼(招魂)」은 「진달래꽃」과 짝이 되는 명편입니다. 누구에게나 이렇게 노래하지 않아도 되는 생은 없을 것입니다. 우리는 모두 그 이름입니다.

"산산히 부서진 이름이여!/ 허공중에 헤어진 이름이여!"

고형렬 어떤 현자의 말처럼 혼자 살아가는 것이 최선일지 모르지만 생은 출산의 탄생으로부터 시작합니다. 죽는 날까지 삶은 결코 순탄할 수가 없습니다. 혈거(穴居)를 떠나 자립하고 분가의 혈거를 또 시작하는 인생에 따뜻함과 보살핌, 아름다움만 있는 것은 아닌 것 같습니다. 출산율 '0.7% 사회'가 된 요인은 한둘이 아닐 것입니다.

사실 저출산보다 자살이 더 큰 문제입니다. 40분이 되지 않아 누군가 또 한 사람이 죽어가는, 죽음의 냄새가 몰래 진동하는 사회에서 우리는 살아가고 있습니다. 지난해 11월에 '자살예방 보도준칙 4.0'이란 것을 발표하면서 자살 사건은 자세하게 보도하지 않기로 했습니다. 자살을 외면하는 것이 양심과 윤리에 어긋나지 않는 일이 되었습니다(?). 우리는 이웃의 죽음을 멀리 치우거나 보이지 않게 높은 병풍으로 가리고 있습니다.

또 하나의 문제는 AI가 결혼과 출산이라는 '따뜻한 가정'의 형성과 생계를 지원했던 크고 작은 수입원들을 야금야금 빼앗아간다는 점입니다. 주문한 요리를 가져오는 로봇은 우리 영혼 속에 있는 또 다른 장난꾸러기 좀비 같습니다. 그것이 무엇을 의미하는지 알면서 우리는 음악이 흐르는 인간 없는 종착역에 다가갑니다. 그러나 그 역사 밖은 내가 할 수 있는 일은 아무것도 없을지 모릅니다. 사람이 해야 할 일들이 실종되고 강탈당하고 있습니다.

과도한 적자생존을 자연 상태로 인정해버리는 사회에서 일가(一家)를 이루기란 어렵습니다. 그들의 결혼과 출산의 유예는 미래와 희망이 없는 개인에겐 불가피한 선택입니다. 비참함을 거부하는 그 결정은 최소한의 인간적 의지로 보입니다. 천부적인 노동과 출생의 기쁨을 찾고 누리는 것이 자유로워지기는 요원해 보입니다. 그 길을 알고 있어도 열 수 있는 능력이 우리에겐 없는 것 같습니다. 뛰어가고 올라갈 줄은 알았지만 멈추거나 돌아갈 줄을 모릅니다.

나는 어린이가 보이지 않고 우울한 사람들이 가득한 골목 속에서 살고 있습니다. 이 사회는 이미 사랑과 희생, 신명을 잃었습니다. 최소한 '무엇을 위해서 살아가는가'란 질문에 답할 근거와 이상을 상실했습니다. 만약에 내가 이런 사회구조 속에 있는 한 젊은이라면 출산은 꿈도 꾸지 못할 것이며 결혼하지 않고 어느 구석에서 가난한 한 시인으로 혼자 살아갈 것 같습니다.

등이 가렵다

김명기

버림과 비어 있음이 경계선은 어디쯤일까

요즘은 자꾸 등이 가렵다
뒤꿈치 치켜들고 몸을 비틀며
어깨 너머 허리 너머 아무리 손을 뻗어도
뒤틀린 생각만 가려움에 묻어 손끝에 돋아난다

나와 내 몸 사이에도
이렇듯 한 치 아득한 장벽이 있다는 것이
두렵고 신비스럽다

빛과 어둠, 혹은
사람과 사람 사이 정수리 어디쯤
죽음에 이르러야 열리는 문이 외롭게 버티고 있는 것 같고

때론 소슬바람에도 쉬 무너질 것 같은 그 무엇이
내 안 어딘가 덜컹거리고 있다

등이 가려울 때마다
등줄기 너머 보이지 않는 길들이 그립다

김명기(金明起, Kim Myeong gi)

시인은 1959년 강원도 속초에서 아버지 김학진과 어머니 이정숙 사이에서
사남매 중 막내로 태어났다.
1991년 『문학과 지역』에 시를 발표하고, 1992년 『문학세계』 신인상을 받아
작품활동을 시작했다. 시집 『등이 가렵다』를 출간했으며 현재 속초 설악산
아래에서 살고 있다.

김명기 시인의 어머니(이정숙)
2004년에 76세로 작고하셨다.

김명기 저에게 아련히 기억되고 간직하고 있는 가족사진은 이 사진 하나뿐입니다. 내가 18∼19살 때, 그해 추석 명절날로 기억합니다. 오랫동안 흩어져 지내던 어머니와 형들이 모여 사진관에서 찍은 것으로 기억됩니다. 어느덧 50년이란 세월이 다 되어가네요.

김명기 시인, 어머니 중심의 가족사진(앞줄 왼쪽이 김명기 시인)

윗줄 오른쪽에서부터 맏형 김한기, 둘째 형 김복기, 아래 오른쪽으로부터 셋째 형 김만기, 어머니 이정숙 그리고 나입니다.
필자가 열한 살 때 아버지는 작고했으며 둘째 형이 모친상을 치르고 2년 뒤에 작고하고 맏형도 둘째 형이 작고하고 2년 뒤 작고했습니다.

김명기 명태 아가미를 삭혀 무채를 넣어 만든 젓갈 종류의 하나로서 명태써거리라고 하는 반찬이지요. 고춧가루를 흠뻑 넣어 발효한 것이라 밥맛 없고 식욕이 없을 때 입맛을 당겨주고 식욕을 돋게 하지요.

김명기 어려운 경제적 환경 탓에 어머니에게 여행은 생각할 여유조차 없었으리라 기억됩니다. 모든 어머니 마음이 그러하듯 오직 자식들의 앞날이 잘 되길 바라보는 것이 꿈이 아닌가 싶습니다.

김명기 시인이 이십대 초반에 속초 영랑호 주변에서 어머니를 안고 찍은 사진

김명기 이곳은 바닷길로 이어지는 청초호로서 둘레가 5km, 넓이가 1.3km가 되는 속초시의 도시 중심부에 자리하고 있습니다. 사진은 1970년대 후반 배경과 현재의 청초호 풍경입니다.

다리가 보이는 아래가 한국전쟁 때 이북에서 피란 내려와 실향민이 모여 산다는 아바이 마을이지요. 1970~1980년대 초반까지만 해도 청초호는 한적한 항구였는데 그 시절 저는 자주 이 호수 길을 따라 거닐며 동해를 만났지요.

설악산 대청봉 노을이 바다에 닿을 땐 동해는 마치 포근한 어머니 품 같은 느낌에 빠져들곤 했지요. 지금은 관광특구가 되어 해상공원으로 변모하여 옛 모습은 기억 속에서만 아련한 풍경으로 남아 있네요.

다섯 살 때 찍은 사진입니다. 집 앞에서 찍은 것인데 그 시절에는 사진관도 없고 카메라가 귀한 시대였지요. 하여, 뒷배경 소품을 끌고 마을을 돌아다니며 사진을 촬영해주는 전문 직업을 가진 사진사가 있었지요. 그때 비행기 모양의 소품을 타고 제가 태어난 집 앞 거리에서 찍었습니다.

이 거리는 당시 일제시대 때 기찻길이었다고 하여 철둑길 동네라고 불려지기도 했지요. 그땐 가난한 빈민들이 모여 살던 동네였습니다. 지금은 4차선 도로가 되었고 아파트 밀집 지역이 되었네요. 참으로 아련한 기억인 듯싶습니다.

김명기 집안 창 하나 속에 하늘과 산과 바다를 담고 바라볼 수 있는 도시는 전국에서 이곳 속초뿐이 아닌가 싶습니다. 자연의 3대 요소가 창 하나에 다 담겨 있지요. 더욱이 남북 두 방향의 시내 끝에는 천혜

자연 호수인 청초호와 영랑호가 있습니다.

어디나 도보로 바다와 호수를 20분이면 닿을 수 있는 거리에 있습니다. 설악산은 찻길로 10분이면 닿을 수 있지요. 하여 주위에 사람이 없어도 자연과 벗 삼고 생활하다 보면 외롭다는 느낌이 없어요. 그러니까 휴전선 가까이 산다고 불안할 이유가 없는 것이지요.

속초항(청초호)의 최근 모습

김명기 이 구절은 제가 좋아하는 구절이 아니라 평생 제가 풀어야 할 삶의 숙제이지요.

"죽음에 이르러야 열리는 문이 외롭게 버티고 있는 것 같고// 때론 소슬바람에도 쉬 무너질 것 같은"

김명기 「진달래꽃」입니다. 가슴에 남는 좋은 시는 시대의 변화 속 상항에 따라 읽을 때마다 가슴에 닿는 느낌이 다르다는 생각이 듭니다. "사뿐히 즈려밟고 가시옵서소" 이 구절은 어쩌면 각박한 사회에 개인주의적이고 현실주의적인 우리네 일상의 삶을 잠시 내려놓고 자신의 마음을 되돌아보게 하는……

김명기 저출산 문제는 세계 여러 나라가 우려하고 있지만 우리나라는 다른 국가에 비해 더 심각한 현실이 아닌가 싶습니다. 지금 시행되고 있는 출산 장려금이나 육아 지원금, 육아 휴직 등 이런 혜택으로는 해결이 어렵다고 생각합니다.

먼저 정부에서는 장기적인 대책을 세워야 하고 저출산의 현실에 대한 사회적 인식 변화가 필요하다고 생각합니다. 무엇보다도 학교 교육 정책이 바뀌어야 한다고 봅니다. 우리나라는 사교육비가 여느 나라에 비해 필요 이상으로 지출이 높고 이는 곧 자녀를 둔 가정에서는 경제적 부담으로 직결되는 현실이지요. 교육은 그 나라의 '백년대계(百年大計)를 바라보며 나아가는 지름길이다'라고 우리네 옛 어른들은 말했지요.

곡옥

김명수

갈고 갈아서 갸름한 곡선
맑고 맑아서 어리는 속살
금관은 아니지만
금관의 한 일부
저마다의 별들은
밤하늘 아니지만
밤하늘에 별들 있어
반짝이듯이
찬란함은 아니지만
찬란함의 한 일부
찬란함에 깃든
별들의 적요
영락에 스미는 무언의 환유
존재와 부재의 그 외로움
네 가슴에 어려오는
고요한 슬픔

김명수(金明秀, Kim myung soo)

시인은 1945년 7월 10일(음력 5월 29일) 아버지 김시갑(金時甲)과 어머니 김남희(金男姬)의 5남 3녀 중 차남으로 경북 안동시 임하면 임하동 (대추월) 1070번지에서 출생했다. 어렸을 때의 이름은 해수(解秀). 태어나던 해에 해방이 되었다 하여 가족들이 그런 이름을 지어 불렀다.

1977년 서울신문 신춘문예에 당선되어 작품활동을 시작했으며 시집 『월식 』, 『하급반 교과서』 등과 산문집 『해는 무엇이 떠올려주나 』, 평론집 『시 대상황과 시의 논리 』 등을 출간했고 지금은 강원도 고성군 간성읍 동호리에서 살고 있다.

한복 입으신 김명수 시인의 어머니(김남희)

김명수 내 어머니는 경상북도 상주에서 1922년 부농이며 정미소를 하시던 집에서 태어나셔서 18세에 아버지와 혼인하시고 94세에 별세하셨습니다. 나의 조부와 외조부가 동문수학하시던 10대의 소년 시절, 장차 두 분에게 자녀가 생기면 서로 혼인을 시키자고 약조한 결과로 맺어진 혼인이었고 결혼 이후 9남매를 낳으시고 6.25 전란과 혼란기에 간난과 신고를 겪으시며 우리 남매 중 한 명을 잃고 우리를 키우셨습니다.

6.25 전란 중 월북하신 친정 부모 형제를 그리워하시며 통일이 오기를 간절히 기다리셨습니다. 숱한 이사와 환경의 변화로 남기신 사진이 많지 않습니다.

김명수 시인의 부모 신혼 시절(아버지 김시갑)

모친과 형제들 사진입니다. 위 우측 좌로부터 장형 광수, 어머니, 필자, 아우 영수, 문수, 영미입니다.

김명수 밀자래떡입니다. 우리 집, 우리 마을에서나 아는 음식이었지요.

나와 내 동생의 터울이 딴 형제들보다 짧았습니다. 어머니의 젖을 나는 충분히 먹지 못했습니다. 그래서 어릴 때 좀 허약했고 입이 짧았습니다.

밀자래떡은 집에서 디딜방아로 찧은 통밀가루와 양대(호랑이콩)가 재료입니다. 식구가 많은 집이라 가마솥에 불을 때 밥을 했습니다. 보리를 많이 넣어 밥을 짓는데 밥물이 솥 안에서 잦아지면 아궁이의 단불을 줄이고 밥에 뜸을 들이게 됩니다. 그때 솥뚜껑을 열고 덜 된 밥

위에 통밀가루와 양대를 섞은 반죽을 질척하게 퍼서 깔아 밥과 함께 쪄낸 것입니다. 이것이 쪄질 때 보리밥 밥물과 밥 냄새도 반죽에 스며들어 별난 맛이 됩니다.

나는 그것을 즐겨 먹고 자랐습니다. 그 음식 이름이 왜 밀자래떡인지 추측해봅니다. 밀은 밀가루가 들어가서일 터이지만 자래떡은 무슨 의미인지 모호합니다. 아마 그 떡이 넓적하여 우리 마을이 강마을이고 강에 자라가 많은지라 자라의 넓적한 등 모양을 연상해 그 모습을 닮아서 자라의 사투리인 자래, 자래떡이 되었을까요.

냉장고가 없던 시절 여름에 그 떡은 자주 삼베밥보자기에 담긴 채로 소쿠리에 담겨 부엌 시렁에 매달려 있었습니다. 그것이 어머니가 나를 위해 해주신 별식이었습니다.

김명수 어머니는 자식들이 각각 살고 있는 미국, 독일, 호주에 가시고 싶으셨고, 당신 부모 형제가 살고 있을 북한 땅을 가보고 싶어 하셨습니다. 북한 땅은 가시지 못했으나 자식들이 살고 있는 외국에는 다 가보셨고 1년 이상 아버지와 함께 체류하셨습니다.

어머니의 평소 꿈은 아마도 우리 형제 남매가 바르게 살아가기를 바라는 것이라고 여깁니다. 나는 어머니께 어머니의 꿈이 무엇인지 묻지는 못했습니다. 아마 어머니께 남모를 꿈이 있으셨다면 솜씨가 좋고 진취적이시고 인내가 강하신 당신이 공부를 더 해보셨으면 하는 것일지도 모릅니다.

당신의 형제 남매는 당시에 모두 고등교육을 받아 대학을 다니셨는데 당신은 '보통학교'만 다니신 걸 서운해하셨습니다. 그러나 어머니는 한문과 일어는 물론 놀랍게도 독학으로 영어와 독일어도 공부해보려 하셨고 자식이 사는 나라에 가서 그 외국어로 외국인과 대화하려 하셨습니다. 돌아가시기 1년 전, 93세의 연세에도 내가 펴낸 내 평론집을 읽으시고 그 내용을 이해하셨습니다.

김명수 내 고향 낙동강 상류에 위치한 강마을, 대추월 뒷내로 나가는 들길입니다. 보리밭 사이로 이어진 들길은 낙동강이 날라준 비옥한 유기질이 퇴적하여 밟으면 발자국이 날 만큼 폭신거렸고 도랑에는 봄이면 하얀 찔레꽃이 피어났습니다. 뒷냇물은 맑고 강변 모래는 눈부셨습니다.

유년시절에 나는 그 길을 걸으며 내 살갗을 스치는 부드러운 바람을 느꼈고 내 얼굴에 내리비치는 따스한 햇살을 느꼈으며 들판에 피어나는 야생화의 내음을 맡았고 종달새 노래를 들었습니다.

나의 시집 『77편, 이 시들은』에 수록된 「강 6」의 배경이 되는 곳입니다.

김명수 시인이 유년 시절에 즐겨 걷던 경북 안동 임하면 대추월 낙동강 상류 반변천 '뒷내' 전경

김명수 시인이 즐겨 찾는 강원 고성군 간성읍 동호리 바닷가에서 손자 김민서와 함께.

북한에 계실 이모님 김경숙.

김명수 바다는 나의 공간적 첫사랑입니다. 고성, 속초, 양양은 설악이 있어 너무 좋지만 바다가 있어 더욱 좋습니다.

고등학교 2학년 여름에 나는 처음 이곳 바다를 만났습니다. 스스로 찾은 바다였지요. 내가 다닌 학교는 기차를 무료로 탈 수 있는 혜택이 있어 유난히 키가 작던 소년-나는 성장이 늦었습니다. 당시 나의 신장은 141센티미터, 전교에서 가장 키가 작았고, 늦은 성장기를 거친 후에야 내 신장은 172센티미터로 성장하여 병역을 위한 징병검사에서 갑종(1등급)을 받았습니다.-인 나는 홀로 강릉까지 왔고 다시 비포장도로로 버스를 이용해 영북 바다를 찾았습니다.

바다는 나를 숨쉬고 나는 바다를 숨쉬었습니다. 그날 밤, 나는 엄청난 모기에 시달리며 판초 우의 1인용 천막 위 밤바다 위로 흐르는 별똥별을 보았습니다. 그날 이후 영북은, 영북의 바다는 내 영원한 노스텔지어입니다.

그렇습니다. 이 땅은 분단된 휴전 국가이며 우리는 그 운명을 삽니다. 현대전은, 현대전의 무기는 우리 땅 어디든 생명의 안전을 보장하지 않습니다. 불안은 분단시대를 살아가는 우리의 숙명이고 우리는 그 숙명을 살고 있습니다.

김명수 자신의 창작품을 스스로 자평하고 그중 어느 구절을 지적하여 좋다고 자찬함은 쑥스럽고 계면쩍습니다. 그 어느 창작자든 자신의 작품을 세상에 드러낼 때 최선을 다합니다. 그리고 독자들의 반응에 마음을 모읍니다.

우리는 자신의 작품에서 한순간 자위적 만족을 얻고 또 실망합니다. 한 창작자에게 그 어떤 작품이 특별하게 여겨지는 것은 여러 이유가 있겠으나 그 작품이 창작될 때 많은 고심과 퇴고가 있었을 경우라고 하겠습니다.

위 시 「곡옥」은 찬란한 금관에 장식되는 곡옥이란 보조적 장식품을 소재 삼아 시화한 작품으로 중심과 주변, 빛남과 소외로 상징되는 우리 사회의 여러 차별적 현상에 대한 은유의 결과물로 읽히길 바랐습니다. 조금은 일차원적이고 단순한 비유지만 우리 사회에 팽배해 있는 이른바 '갑'과 '을'에 대한 성찰도 담으면서 나는 이 시에서 찬란한 금관에만 모아지는 우리의 집중적 시선이 곡옥에도 고루고루 더 많이 미쳐지길 바라는 작의를 담았습니다.

"갈고 갈아서 갸름한 곡선/ 맑고 맑아서 어리는 속살"

이 첫 구절은 이 시의 도입부입니다.

곡옥은 굽은 옥으로 꼬부라져 있습니다. 그것은 꼭 옥으로만 만들어지지 않고 수정이나 비취로도 만듭니다.

그 형태는 갸름하고 속살은 투명합니다. 그것이 금관을 장식하며 금관을 빛냅니다. 주역이 아닌 조역의 슬픔이 있을 것입니다. 나는 그것의 존재를 위와 같이 묘사하고 약간의 만족을 얻었습니다.

김명수 「산유화」입니다

"산에는 꽃 피네/ 꽃이 피네/ 갈 봄 여름 없이/ 꽃이 피네"
"산에는 꽃 지네/ 꽃이 지네/ 갈 봄 여름 없이/ 꽃이 지네"

소월의 수많은 명작 중에 한 편의 시를 선택하기 쉽지 않습니다. 「산유화」의 시를 이루는 첫 연과 마지막 연입니다. 인적 드문 산에 피어 계절의 순환적 질서에 따르는 꽃을 통해 생명의 생성과 소멸을 노래하는 이 시는 인간의 덧없는 존재를 일깨웁니다.

우리에게 소월이 있어 우리 시가 빛나고 더불어 우리 또한 이 시대를 살아가는 한 사람의 시인이라 여기게 됩니다.

김명수 신자유주의의 무한 확산, 경쟁사회에 따른 좌절, 경제적 불안과 높은 교육비 주택문제 양육비 부담 등으로 발생하는 우리 사회의 저출산 문제에 대한 전망은 어둡고 그 해결 또한 용이하지 않으리라 여깁니다. 물질의 최우선이 당연시되지 않는 올바른 사회의 가치 회복이 도래하길 꿈꿉니다.

화진포라는 곳

김창균

화진, 화진,
하고 소리 내어 부르면
나루에 꽃들 조용히 진다.
언제 저렇게 조용한 낙화를
본 적 있었던가
발진하는 몸 뒤집으며
제 살에 문신을 새기는
봄 꽃나무처럼
망망한 몸에 수를 놓는
화진,
하루 종일 발음해도
닿지 못하는
닿아도 금세 사라지는
화진,
거란, 여진, 이런 이름들과도
어쩌면 가까이 있었을 것만 같은
그 머언 먼
북쪽.

김창균(金昌均, Kim Chang Gyun)

시인은 1966년 강원도 평창군 진부면에서 아버지 김덕기와 어머니 김옥준 사이에서 3남 3녀 중 장남으로 태어났다.
1996년에 『심상(心像)』으로 작품활동을 시작했으며 시집 『먼 북쪽』, 『슬픈 노래를 가져갔으면』, 산문집 『넉넉한 결』 등을 출간했으며 33년간 고등학교에서 국어를 가르치다가 퇴직 후 현재 고성군 토성면에서 살고 있다.

화마가 지나간 직후, 집 뒷산에 올라가 찍은 고성군 토성면 원암리 모습

김창균 2019년 4월 고성군 원암리에서 산불이 발생하여 고성군 몇 개 리와 속초 일부 지역이 엄청난 피해를 입었습니다. 산불 최초 발화지인 고성군 원암리는 내가 살고 있는 곳입니다. 이 산불로 약 40만 평 정도의 면적이 불에 타 완전히 잿더미가 되었고 대부분의 집들은 소실되었습니다.

화재의 원인은 고성군 토성면 원암리 국가지원지방도 56호선, 내가 살고 있는 바로 윗동네에 위치한 일성콘도 부근 개폐기 폭발로 발생했습니다. 우리집도 화재로 소실되어 서재를 제외한 나머지 건물이 화마를 입었습니다. 하여 사진을 포함한 모든 자료들이 불에 타 사라졌습니다.

여기에 소개하는 사진은 그나마 서재에 보관하고 있던 일부분에서 뽑은 것입니다. 아래 사진은 산불 직후 우리집 뒷동산에서 마을 쪽을 찍은 것입니다. 소나무로 울창했던 산은 폐허가 되었고 앞쪽 평지에 있던 집들은 거의 흔적도 없이 사라졌습니다.

토성에 살고 있는 김창균 시인의 가족

아내와 두 딸(큰애 나영과 작은애 나정)과 함께 속초 시립박물관 나들이에서 찍은 이 사진 속 큰아이는 7살, 작은아이는 4살. 2024년 지금 큰아이는 서른, 작은아이는 스물일곱 살이 되었습니다.

김창균 나는 강원도 진부면 화의리라는 곳에서 태어났습니다. 궁벽한 시골이라 다양한 먹을거리가 없어 농사지어 먹을 수 있는 것들이 주요 먹을거리였습니다. 쌀과 밀 빼고는 모두 자급자족할 수 있었습니다.

하여 늘 제철에 나는 재료로 음식이나 반찬을 해주셨습니다. 여름에는 자주 호박된장지짐이를 해주셨고 겨울에는 가끔 수확한 콩을 맷돌에 갈아 두부를 만들어 모두부나 두부찌개 혹은 들기름에 노릇노릇하게 구운 두부구이를 해주셨습니다. 이것이 어머니께서 해주셨던 음식 중 맛있고 기억에 남는 음식들입니다.

김창균 지금은 누구나 마음만 먹으면 쉽게 비행기를 탈 수 있는 시대이지만 예전 시골에 사셨던 대부분 부모님들의 소박한 소원은 비행기 한번 타보는 것이었을 것입니다. 어머니도 비행기 타고 제주도 한번 여행하는 것이 작은 바람이었는데 지병을 얻어 일찍 돌아가시는 바람에 제주도 여행을 하지 못하셨습니다. 저에게 두고두고 후회로 남아 있는 일입니다.

김명수 시인이 즐겨 찾는 강원 고성군 간성읍 동호리 바닷가에서 손자 김민서와 함께.

김창균 2015년 1월 아이슬란드 여행 중 주상절리에서 추억을 남겼습니다. 오로라를 보러 아이슬란드에 갔으나 여행 내내 오로라는 보지 못했지만 지금까지 내 생에서 경험하지 못한 폭설과 거대한 빙하와 화산의 흔적을 보았습니다.

김창균 시인이 자주 찾는 고성군 토성면 천진 앞바다와 바위

김창균 나는 강원도 평창군에서 중학교까지 다니고 고등학교는 강릉에서 다녔습니다. 제가 처음 본 바다는 중학교 2학년 수학여행 때 보았던 강릉 경포 바다입니다. 그때 저는 바다를 보자마자 무릎이 꺾여 그냥 주저앉았습니다. 그 광활함과 파도의 폭발적 에너지에 압도당해 말문이 막혀버렸습니다. 그때부터 바다가 주는 광활함과 신비에 경도되어 바다 곁에 지금까지 살고 있습니다.

처음 바다가 가까이 있는 곳에 살게 된 것은 1992년 거진공업고등학교(지금은 거진고등학교)로 전보 발령을 받고부터입니다. 1991년 첫 발령지가 정선 아우라지 강변에 있는 여량이었는데 거기서 1년 근무하고 바닷가 학교인 거진공업고등학교로 가게 되었습니다. 1992년 2월 새로운 발령지인 거진으로 버스를 타고 가는데 속초에서 거진까지 이어지는 바닷가에 눈을 맞고 서 있는 해송들이 너무 아름다워 거기서 평생을 살아도 좋겠다는 생각을 했습니다.

하여 속초와 고성 지역을 오가며 30년 이상 아이들을 가르치다 지금은 퇴직하고 미시령 아래 터를 잡고 살고 있습니다. 저는 어느 잡지

인터뷰에서 나는 북쪽에 너무 오래 살아 '북족'이 되었다고 한 적이 있습니다. 저는 이미 북쪽이 내 몸에 터를 잡고 있어 이 곳은 고향처럼 아늑하고 따스하고 익숙한 곳입니다. 하여 휴전선이 가까이 있다는 생각조차 하지 않고 살아갑니다.

그 어느 길에선가의 김창균 시인

김창균 화진포는 남한 최북단 지역인 현내면에 있는 석호입니다. 바다 쪽에는 김일성 별장이 있고 호수 쪽에는 이승만 별장이 있습니다. 이 남한 최북단 마을에 위치한 화진포에 가면 저는 인간이 만든 경계나 국경 따위는 잊고 단지 지리적으로 아주 멀리 있는 북쪽을 생각합니다.

북쪽은 추운 땅이지만 이 추위가 인간을 서로 결속시켜 서로의 체온을 나눌 수 있는 공간이라는 생각에 이르게 됩니다. 나를 확장하고 나의 정신을 확장하고 이름들을 확장하여 서로에게 스미는 그 북쪽, 하여 생의 궁극이 닿는 신화적 지점이라는 생각이 듭니다.

"거란, 여진, 이런 이름들과도/ 어쩌면 가까이 있었을 것만 같은/ 그 머언 먼/ 북쪽."

김창균 김소월의 시 중 제가 좋아하는 시는 「가는 길」입니다. 그리고 좋아하는 구절은 "그립다// 말을 할까// 하니 그리워"입니다.

김소월은 우리 민족이 가지고 있는 원초적 한과 슬픔의 정서를 가장 잘 표현한 시인이며, 우리 민족이 처한 식민지 상처를 보듬어준 시인입니다. 또한 토속어와 우리말의 리듬을 잘 살려 시를 쓴 우리나라

현대시를 대표하는 시인임에 틀림이 없습니다.

김창균 나는 자본과 산업이 고도화되고 있는 사회는 저출산 문제를 해결하기 쉽지 않을 것이라고 생각합니다. 산업발달로 인한 장시간 노동과 물가의 상승으로 인한 교육비 증가 등으로 아이를 낳아 기를 사회적 환경과 여건은 점점 악화되어 저출산 문제는 사회구조적 문제의 해결 없이는 출구를 찾기 쉽지 않을 것이라 생각합니다.

새들의 죽음에 관한 보고

박봉준

빌딩 유리창에 부딪혀 죽은 새가
싸늘하게 누워 있다

눈물의 지문은 찾을 수 없었다

행인들은 빌딩의 투명 유리창을 인지하지 못한 새의 불운이라고
혀를 차며 지나갔다

하늘을 나는 것들도
이제 신기루를 경계해야 할 때가 왔다

죽은 새는 한 마리 죽은 새일 뿐
그가 죽은 공중에서 다시 날개를 펴고 비행하는
새들의 생각도 신기루일까

사람들은 새의 죽음을 동정하지만 사실 처음부터 공중은 비행하
는 것들의 영역이었다

투명 유리를 구별하는 새의 진화와
새의 충돌을 방지하는 알량한 선심이 난무하는

하늘과 땅 사이에

툭 툭 떨어지는 동백꽃 같은
억울한 주검들

박봉준(朴鳳俊, Park bong joon)
시인은 1954년 고성군 토성면 아야진리에서 아버지 박기완과 어머니 이월
선 사이에서 2남 6녀 중 장남으로 태어났다.
2004년에 『시와비평』으로 작품활동을 시작했으며 시집 『입술에 먼저 붙
는 말』, 『 단 한 번을 위한 변명 』 두 권을 출간했다. 지금은 속초시 교동에
서 살고 있으며 닭(육계) 생산업체인 농업회사법인 ㈜꼬꼬 대표다.

박봉준 시인의 어머니(이월선) 중심의 가족사진

박봉준 마지막이 될지 모를 기념사진을 찍었습니다. 1988년, 그러니까 36세 때였습니다. 가운데 어머님을 중심으로 좌측은 남동생과 그의 가족, 우측은 필자의 가족입니다. 어머님은 이후에도 14년을 더 사시고 2002년 88세에 돌아가셨습니다.

앞줄 좌로부터 막내(여덟째), 장녀(첫째 누나와 생질). 뒷줄 좌로부터 필자(일곱째), 4녀(넷째 누나), 3녀(셋째 누나)입니다.

총 8남매 중 두 명 사망하고 현재 6남매입니다. 필자는 위로 줄줄이 딸 여섯을 내리 낳고 일곱 번째로 태어났습니다. 사진은 필자가 초등학교 때 찍은 사진으로 기억나지 않으나 어쩌면

박봉준 시인의 초등학교 시절 가족사진

조카의 백일이나 돌 때 찍은 사진 같다는 생각이 듭니다.

박봉준 도치두루치기입니다. 도치는 바다 생선으로 배지느러미가 흡반 모양으로 발달한 것이 특징인데, 이를 이용해 바위에 달라붙어 있습니다. 바위에 붙어 있을 때는 도망치지 않고 가만히 있어 잡기도 굉장히 쉽습니다. 이 때문에 붙은 별명이 '멍텅구리' '심퉁이'입니다.

도치두루치기는 겨울철 동해안 속초, 고성 지역의 별미 중의 하나입니다. 이 지역의 어머니들은 대부분 도치두루치기 요리를 잘 만듭니다. 특히 암컷 도치의 알과 묵은김치를 썰어 넣은 두루치기는 시원하고 속이 확 풀리는 최고의 음식입니다. 겨울철이면 어머니의 그 도치두루치기를 잊을 수 없습니다.

박봉준 애끼미(고성군 현내면 민통선 구역이던 제진리의 아명)입니다. 강원도 고성군 현내면 제진리는 현재 민통선 지역으로 일반인은

박봉준 시인의 부모님, 어느 날의 나들이

출입할 수 없습니다. 어머니는 내가 태어나기 전에 그곳에서 사셨는데 그곳에 가고 싶다는 말을 자주 하셨습니다.

어머니 고향은 이북 고성이지만, 시집와서 살던 제진리를 더 그리워하셨습니다. 돌아가실 무렵에는 약간의 치매를 앓으셨는데 늘 창밖을 내다보며 그곳 애끼미의 파도 소리가 들린다고 하셨습니다. 어떤 날은 보따리를 싸

서 아파트 계단을 쏜살같이 내려가서서 업고 모시고 온 일도 있었습니다.

박봉준 필자의 고향은 어촌으로 장성하여 직장을 따라 객지에서 살때까지 늘 바다와 파도와 갯바위와 갈매기 그리고 억센 바닷가 사람들과 부대끼며 살았습니다. 가끔 그 일상에서 탈출하여 갯바위에 앉아 수평선을 바라보는 습관이 생겼습니다. 바다는 필자를 사색의 공간에서 시를 쓰는 토대를 만들어주었습니다.

박봉준 영북지역은 산과 바다가 아름다운 고장입니다. 국립공원 설악산과 청정 동해가 함께하는 이곳은 요즘 도시 사람들이 노후의 정착지로 많이 찾아오고 있습니다. 따지고 보면 이곳은 개성보다 북쪽에 있지만 서울과는 대등한 위도에 있습니다. 필자는 이곳에서 태어나고 성장하여 그런지는 몰라도 분단에 따른 지역적 불안은 느껴본 적이 없습니다.

박봉준 시인의 고향 아야진 항구에서

박봉준 인간들도 그렇지만 사고가 난 영역에서 아무렇지 않게 버젓이 날아다니며 사고를 반복하는 또는 개선되지 않은 사회의 고질적인 병폐에 대한 실망과 답답함을 표현한 것입니다.

죽은 새는 한 마리 죽은 새일 뿐
그가 죽은 공중에서 다시 날개를 펴고 비행하는
새들의 생각도 신기루일까

박봉준 소월 시인은 한국의 대표적인 시인이며 한국인에 맞는 서정
과 어휘의 구사력이 천부적이라 할 수 있습니다.

"나 보기가 역겨워/ 가실 때에는/ 죽어도 아니 눈물 흘리우리다"

시인의 오른팔을 꼭 잡고 있는 아내와 함께 사진을 찍은 젊은 날의 박봉준 시인의 모습

박봉준 저출산 문제는 당장은 해결되기 어려운 과제라고 생각합니다.
왜냐하면 자녀 양육의 비용도 중요하지만, 가임 여성이나 젊은 세대들

의 의식 개선도 만만치 않은 과제라고 봅니다. 한바탕 인구 감소에 의한 사회적 고통과 혼란이 지나간 후에 서서히 해결되라 생각합니다.

해 달 별 종점

신은숙

길게 이어지는 이름처럼
오래 남아지는 기억처럼

길이 끝나는 장승리
해와 달과 별이 세워진 종점

사람들은 은하로 떠나고
마을은 드넓은 옥수수밭으로 환생해서
알알이 찰진 기억들을 쏟아놓는다

분교의 꼬마들로 북적이는 상점
광산병원 불야성 극장
2층짜리 건물엔 이발소 목욕탕
줄지어 선 사택들
광산이 읍내를 먹여살린다는 말

폐광은 소멸의 다른 파도

이제 차부상회는 아무것도 팔지 않는다
건물 대신 호밀 혹은 옥수수 밭

안내양이 승객을 구겨넣던 버스는 오지 않는데

해 달 별은 누구를 마중 나온 것일까

종점의 쓸쓸이 더 빛나도록
기억의 편린이 더 반짝이도록
철광을 기리는 구조물은 어디에도 없는데

하루에 한 번 온다는 광산행 버스
아무도 내리지 않는 종점
칠월의 땡볕과 맹렬한 적막을 싣고서
기사는 하품을 하며 떠난다

신은숙(辛銀淑, Shin Eun sook)
시인은 1970년 9월 9일 강원도 양양군 서면 장승리에서 아버지 신재원과
어머니 최의부 사이에서 2남 1녀 중 둘째로 태어났다.
2013년 세계일보 신춘문예에 시가 당선되어 등단했고 시집으로 『모란이
가면 작약이 온다』가 있다. 지금은 강원도 원주 단계동에서 시와 그림을
그리며 살고 있으며 직장을 다니면서 프리랜서로 진로 강의를 하고 있다.

<u>신은숙</u> 어머니의 학창 시절 독사진입니다. 양양여중 꿈 많은 여학생이었습니다. 어머니는 3회, 나는 32회 졸업생입니다.

당시 양양군 손양면에서 단 2명만이 중학교 시험에 합격하여 다녔는데 전란 직후라 임시 천막 교실에서 공부하면서도 국어와 영어는 늘 만점 받았다고 합니다. 당시 배운 이솝우화 영어 문장을 여든 넘은 어머니는 아직도 외우십니다. 서툰 영국식 발음이지만 그 암기력이 놀랍습니다.

신은숙 시인의 어머니(여중 시절))

신은숙 시인의 어머니(최의부)

두 살 터울 동생은 병설유치원을 다녔고 삼남매 중 유일하게 유치원을 다녔으며 막내라고 사랑도 듬뿍 받았습니다. 광산을 다니는 아버지와 종갓집 살림에 사촌까지 돌보는 어머니, 부모님은 늘 바빴으며 언니가 없어서 외로웠던 유년이었습니다. 다락방에서 동화책을 읽는 게 제일 재미있었습니다.

초등학교 2학년 때 동생과 낙산사 의상대에서

신은숙 시인의 어린 시절 가족 소풍

광산 장승분교 초등학교 1학년 때인 1977년, 봄 소풍으로 서선리라는 동네를 갔는데 무덤이 있는 소나무 풀밭이었습니다. 무덤가에 앉아 도시락을 먹던 기억과 보물찾기 하던 기억이 아직도 생생합니다. 왼쪽부터 어머니, 사촌언니 신미숙, 오빠 신남호 그리고 나, 동생 신진호입니다.

신은숙 시인의 제주도 여행 가족사진

2002년 원주 공항에서 제주도 가는 비행기를 타고 가족여행을 갔을 때입니다. 원주에 공항이 생긴 이후로 몇 번 가족과 다녀왔는데 이때 큰딸아이가 7살, 작은딸이 6살이고 옆자리엔 남편과 시어머니입니다.

신은숙 지누아리무침입니다. 지누아리를 고추장 양념에 무친 것인데 아파서 입맛 없을 때도 물에 만 밥을 지누아리와 함께 먹으면 입맛이 돌았습니다. 꼬들한 지누아리의 쌉싸름한 맛을 잊을 수 없습니다.

그다음은 서거리깍두기입니다. 영북지방에 흔하던 명태 아가미를 절여 깍두기를 담근 것으로 서거리깍두기는 새콤하니 삭혀 먹으면 별미입니다. 김치에도 명태살을 넣어 삭히면 그것만 골라 먹느라 전쟁이었습니다. 종갓집 맏며느리인 어머니 음식 솜씨 덕분인지 집엔 늘 손님이 들끓었습니다.

신은숙 어머니는 강릉사범학교를 가는 것이 소원이었습니다. 면 소재지에서 중학교 졸업한 것도 흔치 않은 일이어서 아무도 고등학교 가라는 말이나 관심이 없었습니다. 어머니는 농사를 도우며 더 배우지 못한 한으로 혼자 책을 읽고 자수를 놓았다고 합니다. 재주 많은 어머니는 교사가 되는 것이 꿈이었습니다.

신은숙 양양 장승리는 제 고향이지만 열한 살 이사 나온 후로 거의 찾지 않다가 십여 년 전 갔을 때 한때 철광산의 번영이 사라지고 폐광이 되어 조용한 산골이 되어 있었습니다. 산 아래 주황색 지붕 옆에 생가가 있었는데 지금은 터만 남았습니다. 아버지가 광산에 다니면서 작은아버지와 함께 직접 흙을 개어 만든 집인데 마루가 있고 사랑채도 있었으며 마당에 피던 칸나, 접시꽃, 백일홍 등 기억만 붉습니다. 사라진 분교와 콘크리트 지지대 절벽만 남은 철광산도 장승리를 가면 꼭 둘러보고 옵니다. 이후 여고 졸업 때까지 시간을 보냈던 양양의 남대천 일대. 법수치 상류서 흘러내린 물이 하류 남대천에 와서 잔잔한 강물이 되어 바다로 흘러가는 낙산대교는 지금도 양양을 가면 꼭 찾는 저만의 산책 코스가 되었습니다.

대학 졸업식 날
아버지와 함께한 신은숙 시인

신은숙 그냥 좋습니다. 영북이 고향인 이유도 있겠지만 푸른 동해와 넓은 호수와 강, 아름다운 설악산이 있기 때문입니다. 천혜의 자연 속에서 유년과 학창 시절을 보낸 것이 행운이라 생각합니다.

북한 말투를 쓴다는 오해도 받았지만, 특유의 정 깊은 사람들이 사는 곳이 영북 지방입니다. 북으로 시집간 언니들과 한국전쟁 때 헤어진 이후 이산가족 프로그램을 볼 적마다 눈물로 그리워하는 어머니를 보면서 어서 통일이 왔으면 하는 바람입니다. 수복의 기쁨이 있는 영북 지방이지만 남북 대치의 고리를 끊고 대화와 평화를 통한 진정한 수복, 통일을 맞게 될 가장 가까운 땅이라 불안보다는 기대가 큽니다.

고향 장승리에 있던 양양철광(그림 신은숙)

신은숙 고향에 대한 신작시를 쓰면서 와닿는 구절은 "폐광은 소멸의 다른 파도"입니다.

광산이 문을 닫았다는 것은 쓰나미처럼 사람들이 떠나고 터전이 사라진 것을 뜻합니다. 철광석처럼 단단한 기억만이 존재할 뿐입니다.

또 하나 고르자면 "칠월의 땡볕과 맹렬한 적막"입니다.

올해(2024년) 유독 길었던 무더위, 그 절정에서 장승리를 찾아갔습니다. 폐광 이후, 조용한 산골로 변해 그 이전에 어떤 번영도 기억을 못 하는 동네가 되어 있었습니다. 종점에 '해 달 별' 구조물을 보면서 철광을 기억하는 구조물, 기념관 하나 없는 현실이 안타까웠습니다.

인구 2만이 넘던 번영의 철광산, 폐광의 마을을 접하며 찾아든 '맹렬한 적막' 속에서 한참을 생각했습니다. 우리의 아버지들, 노동의 그 땀과 열정의 현장을 이 땅의 자녀들은 기록하고 기억할 의무가 있음을.

신은숙 중학교 1학년 때 처음 사본 시집이 소월 시집입니다. 시집을 읽으며 시인은 슬프고도 외로운 존재라는 걸 깨달았습니다. 「진달래꽃」, 「엄마야 누나야」, 「초혼」 등 좋아하는 시편들도 많지만 「산유화」의 "산에/ 산에/ 피는 꽃은/ 저만치 혼자서 피어 있네'라는 구절을 특히 좋아합니다.

산유화처럼, 무소의 뿔처럼, 존재는 결국 혼자입니다. '저만치'라는 시어의 간극엔 어떤 염결성이 느껴져 자주 읊조립니다. 소월은 자연을 관조하면서 고독한 인간의 실존을 노래한, 천상 시인이라고 생각됩니다.

신은숙 저출산 문제는 시간이 지나도 잘 해결되지 않을 거라고 봅니다. 예전엔 결혼과 출산을 당연하게 받아들였지만 지금의 세대는 나라는 주체가 중요하고 의무가 따르는 결혼, 출산과 같은 제도에 대해 고려하지 않는 성향이 뚜렷하기 때문입니다.

압축성장 뒤에 따르는 그늘처럼 혼밥, 나홀로족들이 늘어나는데 복지정책은 제자리 수준이고 마음 놓고 출산과 육아를 할 수 있는 사회적 분위기와 공감이 부족한 점이 안타까울 뿐입니다.

실뱀

주수자

머리카락이 쉴 새 없이 떨어진다
시간의 처마 밑에서 원숭이 형태로 웅크리고 앉아
내려다보니, 실뱀이다

머릿속에 숨어 은밀히 나를 물었던 독사들
이념처럼 젊은 날의 척추를 비틀고 휘어지게 한

몰록 지는 해 아래 뱀들이 우글거리고
검은 박쥐 떼가 무리를 지어 하늘을 장악하며 날아간다
나도 비스듬히 고개를 휘저어 저울질한다

실낱같은 빛줄기가 오다가 산란해버린 걸까
여기가 더럽고 나도 혼탁하므로

허물로 엮어진 그물망을 뜯어 수선하고
밟고 있던 그림자 죄다 뒤집어본다
지금까지 나를 건네게 해준 것들 모아 백색 종이에 얹어놓고
두 손을 모으고 무릎도 꺾는다

여전히 실뱀이 꿈틀거리고 있다 의문부호처럼

훼손된 것들을 수상하게 들여다본다

주수자(朱秀子, Joo Sue Ja)
시인은 1954년 아버지 주종일과 어머니 홍명숙 사이에 첫째로 태어났다.
서울 중구 '남대문' 근처에서 어린 시절을 보내다가 남대문초등학교를 다
녔고 거기서 백 미터 떨어진 경기여중고를 다녔다.
2001년에 『한국소설』로 작품활동을 시작했으며, 시집 『나비의 등에 업혀』,
희곡집 『공공공공』, 소설집 『빗소리몽환도』, 장편소설 『소설 해례본을 찾아
서』 등을 출간했다. 지금은 양양 손양면에서 살고 있다.

주수자 시인의 어머니(홍명숙) 모습

주수자 내 인생은 두 갈래로 나뉘었습니다. 엄마 때문입니다. 나무가 벼락을 맞아 빠개지듯 인생길이 두 개로 쪼개졌습니다. 1975년에 어머니가 미국으로 이민을 가기로 한 선택 때문이었습니다. 물론 어머니는 자식 때문에 결정한 것이라고 주장하셨지만.

어머니는 1928년 용띠생으로 사주에 용(辰)이 셋이나 있어 역마살이 승하셨고 전통적인 한국 여인이 아니셨습니다. 우선 한국을 싫어했습니다. 더 적확하게 말하면 유교 가치관에 반기를 드셨고 엄청나게 저항했습니다. 그래서 과부가 되신 후에 자식들을 데리고 미국 이민을 도모하셨습니다.

그 후, 나는 사주에 용〔(진(辰)〕이 둘이나 있는 한국 남자와 결혼했는데 그도 역마살이 막강해 미국을 떠나 멀리 유럽까지 가서 5년이나 살게 되었습니다. 매년 나라를 바꾸고 세간살이를 바꾸다가 결국은 25년 만에 한국에 돌아왔지만.

이 사진은 전혀 기억이 없는 시간입니다. 나는 어릴 때부터 잠을 쉬이 자지 못했다고 어머니가 말씀하시곤 했습니다. 아주 작은 미세한 소리만 들려도 깨어나고 바닥에 놓으면 울고 해서 늘 안거나 업거나 해야 했다고 합니다. 무엇 때문에 그토록 보챘는지 모르지만 나의 불안은 생의 초기부터 시작했나 봅니다. 아직도 풀어낼 길이 막막합니다.

주수자 시인의 백일 사진(서울에서)

왼쪽부터 필자, 시어머니, 아들 권우중, 남편 물리학자 권희민, 딸 권사빈입니다.

우리는 계속 외국에서 살고 있었기 때문에 시부모님을 모시지 못했습니다. 그저 잠깐 방문했을 뿐이라서 집단적 고질병인 '고부 갈등'도 경험해 보지 못했습니다. 시어머니는 나를 반쯤은 미국 여자라고 생각하셨던 것 같습니다.

5백 년쯤 된 느티나무 아래서 주수자 시인의 가족사진

214

그런데 시어머니와 나는 키도 비슷하고 몸도 비슷했습니다. 패션 계통에서 일하신 친정어머니도 내게 무수히 옷을 만들어주셨는데 시어머니가 돌아가신 다음, 내가 시어머니가 남긴 옷들은 다 물려받았습니다. 그런데 나는 옷에 관심이 없는 편이라서 이 일이 불편했습니다. 나중에 생각해보니, 옷이라는 게 옷이 아니라 뭔가 두 분에게는 어떤 세계였는데, 그것을 내 몸에 두르게 되었던 것 같습니다.

주수자 제가 입맛이 없어선지 맛있는 음식에 대한 기억이 없습니다. 개인적으로 불행인 듯. 그렇지만 쫑쫑 썰고 달달 볶고 조물조물 무치고 솔솔 뿌리고 재빨리 음식을 만들던 어머니 모습은 떠오릅니다. 조물조물, 솔솔, 살짝, 달달, 어슷어슷, 숭덩숭덩, 쫑쫑, 나박나박…… 형용사들이 음계가 풍부한 노래처럼 기억에 남아 있네요.

주수자 어머니는 노년에 이르러서 그렇게 떠나고 싶어 하던 한국으로 돌아오시기를 원하셨습니다. 말이 통하는 자식이 없구나, 푸념하시면서 말이 통하는 고국으로. 어머니는 패션 디자이너로 취업하여 미국으로 가신 바람에 내 친정 식구들의 언어는 뒤죽박죽입니다. 어머니와 나만이 한국어로 말하고, 동생들은 미국인들과 결혼했기에 영어로 말합니다.

모두 모이면 의사소통이 소란스럽고 종종 혼선이 일어났죠. 여동생 남편은 아일랜드 계통, 남동생 부인은 남미 태생이라 이따금 스페인어도 개입됩니다. 게다가 3세대 손자 손녀들로 인해 더욱더 국적이 다양한 '타자들의 연합'이 되었습니다. 말년에 어머니는 우리가 알아듣지 못해도 한국 농담을 하시곤 했는데 자식들이 알아듣기를 바라셨던 것일까요 아니면 스스로 위로하시려고 그러셨던 것일까요.

주수자 바다와 강이 만나는 남대천을 매일 산책하고 있습니다. 가만히 귀를 기울여보면, 쿠르릉 으르렁대는 물결 소리, 와장창 뒤집어져 강물 깨지는 소리, 철커덕 물이 문 잠그는 소리로 가득합니다. 강바람과 바닷바람이 격렬하게 부딪히는 이곳은 그치지 않는 싸움터 같습니다. 조용하지는 않지만 저에게는 살아 있는 신전입니다.

하지만 나의 등 뒤에는 나의 고향인 눈 오는 서울의 산도 있습니다.

2000년 첫눈 온 날 아침의 서울▼   ▲주수자 시인이 즐겨 찾는 양양 동해 남대천.

주수자 역사는 반복되는 것이고 땅은 그 흔적을 담고 있으므로 정전 국가에 살고 있는 게 불안할 때가 있지요. 그러나 왠지 한국의 미래는 다르게 도약할 듯하여 두렵지는 않습니다. 왜냐고요? 시간이 조금 더 흐르면, 현재 남한에서 가장 북쪽이라는 영북(嶺北)은 아시안 프리웨이의 길목이 될 것이며 블라디보스토크는 뉴욕처럼 동북아시아의 국제도시가 될 테니까요.

당대는 한국 인구의 절반이 살고 있는 서울이 한반도에서 최고의 도시이며 국제적 도시라고 여기고 있지만 강릉에 비하면 서울은 오백 년 자리죠. 오히려 동해에 위치한 강릉은 천년 도시이고 무엇보다도 허균을 출생시킨 땅이지요. 그 어떤 문학인도 그가 남긴 문학적 유산(legacy)을 넘어갈 수 없다고 생각되는데요. 지금 어떤 동사무소에 가도 홍길동의 이름을 발견할 수 있지 않습니까?

주수자 "여전히 실뱀이 꿈틀거리고 있다 의문부호처럼"

소리가 귀에 들려왔기 때문입니다. 늘 가만히 있지 못하고 부산스러워지는 저는 이 문장을 몰래 입으로 중얼거리며 몸을 꿈틀거려 봅니다.

주수자 이해가 안 되는 것은, 소월의 시 「진달래꽃」을 외국어로 번역할 때는 이상하게도 평면적이 되고 맙니다. 정서적 울림이 없는 플래트(flat)한 시로 변질되는 점이 오랫동안 의문으로 남아 있습니다. 원래 시의 번역은 불완전하고 언어 자체도 불완전한 것이기 때문이겠지만. 그러나 '시어'라는 것은, 비나 눈이 그러하듯 어디선가 오는 것이며 어느 한정된 장소로 국한되어 내려오는 게 아닐까요.

그럼에도 번역을 넘어가는 시구가 있습니다.

"산산히 부서진 이름이여!/ 허공 중에 헤어진 이름이여!"

이 시구를 입으로 말할 때마다 심장 밖으로 피가 튀어나가곤 합니다. 절에서 영가를 모실 때도 '이름'을 부르던데, 실제로 '이름'이란 우리가 평소에 생각하는 것보다 훨씬 더 오랫동안 어떤 정체성을 유지하고 물질보다 더 끈질기게 지속되는가 봅니다.

주수자 남북통일이 될 수만 있다면 저출산 문제는 시금칫국처럼 풀릴 것 같은데요? 일본처럼 이민을 두려워하고 자국민주의를 지향하는 폐쇄주의는 사실 위험합니다. 한국도 우리 민족만 사는 배타적인 나라가 되지 않았으면 좋겠습니다.

이민자들 가운데 성공한 사람들이 많이 나오고, 그들의 자손이 한국인으로 자연스럽게 화합되면 우리는 진정한 의미에서 국제적인 국가가 될 수 있지 않겠나요? 우리끼리로는 불가능하다고 생각됩니다. 우리가 만든 압축성장의 혹독한 구조를 뚫고 갈 수 없어 보입니다.

시평(詩評)
〈물소리 포엠 주스〉

가족과 아이들과 물소리
그리고 시와 사랑을 나누는
우리 이야기

베트남
4인 시편

번역

배양수 (부산외국어대학교 교수)

바람이 돌아오다

보티느마이 (Võ Thị Như Mai)

1

고요히 바람이 돌아오는 소리를 듣는다
내가 꿈도 없고, 기억도 없는 순간
그대가 평온한 날을 부르는 것인가?

저 바다, 저 강, 들판의 풀들,
그리고 문 앞 갈색 마당에 비치는 밝은 달빛
나의 반쪽은 슬픔에 흔들리고, 나머지 반쪽은 방황한다

흐르는 물처럼 먼 곳으로 떠나가는 여정에서
매미의 쉰 목소리, 음울한 누런 잎,
차가운 비와 눈 부신 햇살
길 위에 몇 가닥 하얗게 센 머리카락
사계절이 사랑으로 가득 차 있다는 걸 안다

아직도 숨겨진 그리움이 남아 있다는 걸 깨닫고
돌아가는 잎사귀 진실에 젖고
돌던 바람 몸을 어지럽히다 조용해진다
내가 있는 곳에는 연기로 눈이 매우니
하늘에 엉킨 실처럼 – 당신이 담배를 피우고 있는 건가요?

오늘 밤 예술가들이 찾아와
음악과 시의 음률이 작은 마을에 애달프게 울린다
추석의 달빛이 무심하게 드려지고
사람들의 발자국이 새겨지니 어찌 멈출 수 있을까
나도 그대의 손을 꼭 잡은 후로 끝없이 멍하니
평온하지 않은 날, 여전히 꿈꾸고 기억한다

오늘 밤 나는 바람이 돌아오는 소리를 듣는다

2
마치 강들의 긴 한숨처럼
현실과 꿈, 시와 망각, 기억 사이에서
부드러운 진심 속에서 겹겹 인연이 시작되고
밤의 고요 속에서 붉은 새벽이 울린다

나는 겨울 문을 열고
바람의 어깨에 몸을 맡긴다
달콤한 향기, 풀잎의 향유
조용히 팔베개하고
이슬을 맴도는 벌, 이별의 순간을 꿴다
손끝으로 생각을 건드리니
희미한 계절이 몸부림친다
촉촉한 공기 속에서 흔들리는 푸른 불이
천천히 단어들을 모아

내 가슴에 감춘다
울려 퍼지는
마음의 희열!
내일 바람이 몸을 뒤척일 때, 그대도 슬프게 들리나요?

3
잠든 발자국이 노란 국화 속에 잊히고
떠도는 마음이 사랑을 싣고 세상 끝까지 달린다
비록 발이 이 세상의 혼란 속에서 휘청거리지 않더라도
수많은 영혼의 알갱이들이 사랑의 바다를 채운다
노병의 아픈 관절, 참혹한 전쟁의 상처
어머니는 연약한 풍경(風磬)을 다른 방향으로 옮기고
아버지는 수첩에 또 한 해의 방랑을 기록한다
색깔은 다르지만 그리움은 여전히 깊은 바다를 휘젓는다

누군가는 홀로 사랑에 빠져 떠오르거나 가라앉고
사람은 많지만, 마음은 너무도 외로워
저녁의 바람은 낯선 부두에 닻을 내리고
향기를 건져 슬픔을 달랜다

누군가가 비를 만들고 싶어 하듯
두견은 때가 되면 노래를 부른다
그 소리엔 신비한 마법이 깃들어
신맛 나는 열매가 달콤하게 변한다

말고 청아함에 슬픔과 기쁨이 저절로 사라지고
옛 지붕은 너를 잊었다
거울을 보면 낯선 얼굴이 보이고
저 먼 하늘 끝 새싹들은 자유롭게 논다

그래, 나는 돌아가 조용히 있어야지
쓰지도, 맵지도 슬픔도, 그리움도 없이
오늘 밤 나는 바람이 돌아오는 소리를 듣고
문득 내 운명이 안타깝게 느껴진다

4
불안한 계절은 위치를 잡고
겨울이 오니 가슴을 태우는 여름 불길 소리가 들린다
봄비의 흐름이 끊기며, 홍수와 폭풍이 뒤를 돌아보는 소리가 들린다
오직 침묵만이 휘감는다

오직 침묵만이 음의 단면을 얇게 자르고
공감의 세포를 비틀어
거칠어진 뺨에 눈물이 떨어지고
한숨 소리보다 더 아득하고 멀구나!

만물은 끊임없이 돌고
마음은 번역이 필요 없다
나는 주석(註釋) 없는 땅에서 독백한다
시의 옷자락은 여전히 다리를 놓고 있나?

완전하고 순수함이 시작되리라
관심이란 여러 겹의 의미를 지니고
언젠가 단어들은 사라질지라도
나눔은 말로 할 수 있는 것이 아니다

심지어 느슨한 제비 날개도 아니고
기후에 시달리는 기침도 아니며
나는 열심히 색실을 엮어
세심하게 마음으로 리본을 묶는다

그대가 나를 잊어야 한다면
부드럽게 지우는 키를 누르길
자명종 시계가 똑딱똑딱
완전한 시작이다!

보티느마이(Võ Thị Như Mai, Vo Thi Nhu Mai)

시인는 1976년 달랏(Da Lat)에서 태어났다.
베트남 바리아 붕따우(Bà Rịa Vũng Tàu) 중학교에서 5년 동안 영어를
가르쳤으며 2003년 호주로 이주해서 호주 퍼스(Perth) 초등학교에서 교사
로 일하고 있다. 대표 시집으로는 『산만』(2009), 『짧은 날을 위하여』(2023)
등이 있다.

보티느마이 시인과 함께한 어머니

보티느마이 이 사진은 2023년, 어머니께서 달랏에서 호찌민시로 내려와 진찰받았을 때 어머니와 함께 찍은 사진입니다.

보티느마이 가장 기억에 남는 엄마의 이야기는 오빠를 돌보러 외딴 시골 마을에 갔을 때의 일입니다. 엄마는 시내버스를 타고 읍내까지 갔지만 오빠가 있는 곳까지는 아주 멀리 걸어가야 했습니다. 엄마는 오빠를 위해 많은 물건과 음식을 챙겨서 길을 나섰습니다.

그날은 해가 뉘엿뉘엿 저물기 시작했는데 갑자기 한 마차가 멈추더니 마부가 엄마에게 오빠가 있는 곳까지 태워줄 수 있다고 했습니다. 엄마는 너무 기뻐 마차에 올라탔습니다. 마차는 산 쪽으로 아주 멀리까지 가는 듯했는데 엄마는 점점 불안해졌지만, 마부는 멈출 기미가 보이지 않았습니다.

다행히 한 오토바이 운전자가 지나가다 엄마를 보고는 알아보았습니다. 그분은 엄마에게 어디 가냐고 묻더니, 오빠를 보러 가고 있다고 하자, "아이고, 길을 잘못 가고 있네요. 여기서 내리세요. 제가 모셔다 드릴게요."라고 했답니다.

나중에 엄마는 마차를 몰던 사람이 엄마를 납치해 산으로 데려가 일을 시키려고 했다는 사실을 알게 되었습니다. 정말 다행이었습니다. 그날 밤, 엄마는 삶이 아무리 힘들어도 우리를 위해 최선을 다하셨다고 이야기했습니다. 그 이야기는 엄마의 묵묵한 희생에 대해 깊이 새겨진 기억으로 남아 있습니다.

보티느마이 내가 엄마에게 가장 죄송하게 느끼는 점은 지난 몇 년 동안 엄마 곁에 있지 못한 것입니다. 나는 항상 엄마에게서 멀리 떨어져 있었고, 매년 잠깐씩만 찾아뵙고는 다시 떠나곤 했습니다. 가능하다면 당장이라도 달려가 뵙고 싶습니다. 올해 말에는 엄마 곁에 더 오래 머물 계획이고 내년에 긴 휴가를 낼 수 있을 때 엄마와 함께할 예정입니다.

티느마이 시인의 애장품

주말 랭귀지스쿨에서 아이들과 함께한 보티느마이 시인

보티느마이 현재 제가 살고 있는 호주 퍼스 지역에는 아이들의 사진이 없습니다. 하지만 베트남을 떠올리면 조카가 모래 위에서 놀던 모습이 아직도 기억납니다.

보티느마이 나는 10살 무렵, 꽝찌(Quảng Trị)에서 살다가 다시 달랏으로 돌아왔을 때부터 시를 쓰기 시작했습니다. 어머니와 함께하는 따뜻함과 사랑이 내 안의 글쓰기에 대한 열정을 불러일으켰고, 그때부터 시는 제 삶의 중요한 일부가 되었습니다.

보티느마이 「바람이 돌아오다」라는 시는 깊은 의미를 담고 있으며, 감정과 이미지를 풍부하게 표현한 시구들로 가득 차 있습니다. 그중에서 "내일 바람이 몸을 뒤척일 때, 그대도 슬프게 들리나요?"라는 시구는 섬세하고 은근한 표현으로 그리움과 멀리 있는 감정을 담아내어 깊은 인상을 남깁니다. 이 시구는 부드럽지만 동시에 가슴 아픈 느낌을 자아냅니다. 바람이 뒤척이는 모습을 빗대어, 남겨진 사람에게 떨어져 있는 동안 느끼는 감정을 묻는 이 표현은 정서적입니다.

여기서 바람은 단순한 자연 현상이 아니라 마음속의 변화와 움직임을 나타내는 상징입니다. 또한 이 표현은 공허함과 고독을 담고 있습니다. "그대도 슬프게 들리나요?"라는 질문은 마음의 불안함과 민감함을 자극하고 상대방의 감정이 더 이상 응답하지 않을까 염려하는 마음을 드러내며 자연과 사람의 감정이 자연스럽고도 감성적으로 연결되는 느낌을 줍니다.

아들 다니와 함께한
보티느마이 시인

보티느마이 아들(다니, Dani)과 찍은 사진입니다. 2024년 9월의 이 사진은 아들과 함께 저녁을 먹고 그 후에 버블티를 마시러 간 모습입니다.

보티느마이 가족은 내게 삶의 시작과 끝을 의미합니다. 아무리 멀리 떨어져 있어도 돌아오면 언제나 안전하고 사랑받고 있음을 느낄 수 있는 곳입니다. 부모님을 생각할 때 이 느낌이 더욱 선명해집니다. 부모님은 평생 자녀를 위해 사랑하고 희생했습니다.

옛 꽃 숲은 여전히 광활하다

응웬팜투이흐엉(NGUYỄN PHẠM THÚY HƯƠNG)

어느 날 전생 속으로 길을 잃었다
천년의 꿈속으로
성곽에 둘러싸인 성에서
부흥의 환영을 보았다

아득한 세월이 흘러
황혼이 내려와 꿈을 채우고
이슬이 황금빛 꽃 위로 내려앉고
향기가 멀리 퍼져나간다

봄의 낮
겨울의 밤
오월은 다시 돌아올까?
황혼에 옛사람을 찾기 위해

응웬팜투이흐엉(NGUYỄN PHẠM THÚY HƯƠNG, NGUYEN PHAM THUY HUONG)

시인은 1969년 다낭에서 태어났다.
2011년 『그림을 위한 예술』을 스페인어로 출판하고 2021년에 베트남어로 출간했다. 2021년 시집 『옛 꽃 숲은 여전히 광활하다』를 출판했으며 시집 『검은 돌의 성들이 있는 도시』를 스페인어로 출판할 예정이다. 화가로도 활동하고 있다.
현재는 베트남을 떠나 대서양에 있는 스페인령 카나리아 제도의 테네리페 섬에서 살고 있다.

응웬팜투이흐엉 어머니는 결혼 전에는 어머니와 아버지가 서로 전혀 알지 못했다고 자주 말했습니다. 내 친할머니와 외할머니가 서로 사돈이 되기를 바라며, 내 부모님의 인연을 맺어주고 싶어 했다고 했습니다. 할머니가 아버지를 어머니에게 소개한 날, 어머니는 즉시 아버지와 결혼하기로 동의했습니다. 내가 어머니에게 왜 그랬냐고 물었더니, 어머니는 아버지가 너무 잘생겨서라고 대답했습니다. 그리고 나는 그 부모님의 사랑 이야기를 항상 기억합니다.

응웬팜투이흐엉 부모님은 이미 돌아가셨습니다. 나는 항상 효도하는 자식이었고 부모님을 기쁘게 해드렸기 때문에 후회할 것이 없습니다. 그리고 부모님은 나를 매우 사랑했습니다.

응웬팜투이흐엉 내가 가장 소중하게 간직하고 있는 유품은 아버지의 헌사가 적힌 성경책입니다. 그것은 아버지가 나에게 주신 선물로서 나는 항상 그것을 곁에 두고 다닙니다.

응웬팜투이흐엉 내가 살고 있는 스페인 테네리페섬은 아이들이 거의 없고 대다수가 노인들입니다.

응웬팜투이흐엉 시인의 아버지가
물려준 성경

유럽의 서쪽 북대서양에 있는 테네리페 섬의 노인들

응웬팜투이흐엉 나는 어릴 때부터 시를 썼지만 2014년이 되어서야 시를 몇 편 남기기 시작했습니다. 자연은 나에게 영감을 주는 촉매제 역

할을 자주 합니다. 나는 주로 비가 올 때, 시적 영감을 받습니다. 예를 들어, 내가 사는 카나리아 제도의 음울한 비 오는 날, 나는 다음과 같은 매우 감동적인 시를 썼습니다.

비는 거리 위에 안개 같은 색으로 가볍게 내리고
나뭇잎 위에 고르게 뿌려진 동그란 빛나는 물방울들
지금 카나리아의 하늘이 왜 이렇게 베트남과 같을까?
아니면 달이 그리움을 짜내어
실을 잘못 당겨 시인의 마음을 어지럽힌 걸까?
하늘이 시를 쓰고 바람에 날려 보내
강물의 기억 속으로
우리가 찾아가게.
―「비」 전문

응웬팜투이흐엉 시인이 그린 그림

응웬팜투이흐엉 「옛 꽃 숲은 여전히 광활하다」라는 시는 내 최고의 시
는 아니지만, 가장 애착이 가는 시입니다. 이 시는 2019년에 쓰였고,
그 당시 나는 낯선 경지에서 살고 있었습니다. 나는 예언적인 꿈을 꾸
고, 꿈속에서 2,000년 전의 전생과 연결되는 것을 보았습니다. 내가
살고 일하는 테네리페섬은 '검은 성'의 도시와 관련이 있습니다.

내가 가장 좋아하는 구절은 "어느 날 전생 속으로 길을 잃었다/ 천
년의 꿈속으로"입니다.

응웬팜투이흐엉 나는 2000년에 이혼했고 내 전남편은 다른 여성과 재
혼했으나 교통사고로 세상을 떠났습니다. 나는 두 아들을 키우며 독
신으로 살았습니다. 나는 두 아들과 함께 찍은 사진만 있는데, 세 사
람만 찍는 것을 좋아하지 않아서 항상 친구 한 명을 더 넣어서 찍었
습니다. 이 사진은 내 친구 엘비라, 필자 그리고 두 아들과 함께 2006
년에 찍은 사진입니다.

친구와 두 아들과 함께한 응웬팜투이흐엉 시인

응웬팜투이흐엉 가족은 나에게 따뜻한 보금자리이며, 사람들이 서로 화합하고 의지하며 행복을 가져다주는 곳입니다. 가족은 또한 사회의 뿌리일 수 있습니다.

봉황 시인

응웬히우홍밍(Nguyễn Hữu Hồng Minh)

불사조(봉황)로 태어났다면
그 사명이 있을 것이다!

이 세상에
조물주가 심은
풀 한 포기에도
어떤 메시지가 있다!

하물며 불사조 시인이라면!

시인들을 모두 감옥에 가두면
그 민족은 유랑하게 될 것이다!

시인들을 모두 죽이면
그 민족도
존재하지 않게 될 것이다!

시인의 흔적을 지우는 것은
세계 지도에서
민족의 정체성을 지우는 것과 같다!

—2003년 12월 달랏(Đà Lạt)에서

응웬히우홍밍(Nguyễn Hữu Hồng Minh)
시인은 1972년 베트남 중부 다낭에서 태어났다.
작곡가로 또 피아노와 기타를 연주하는 연주자로 활동하고 있다. 시를 쓰는 것 외에도 번역도 하고 지금까지 15권의 책을 출판했다.
그의 시와 문학 에세이가 영어, 독일어, 프랑스어, 스페인어, 한국어로 번역되었다. 독일, 프랑스 등에서 시 낭송회에 초청받은 바 있다.

응웬히우홍밍 시인 어머니의 학창 시절 모습

응웬히우홍밍 어머니께서 들려주신 이야기 중 가장 기억에 남는 것은 내가 여섯 살이었던 1978년의 일입니다. 그때는 배급 경제 시기로, 베트남 전쟁이 막 끝난 후라 매우 어려웠던 시절이었습니다. 당시 베트남 가정의 밥상에는 거의 보리와 카사바뿐이었고, 연료조차 배급표가 있어야 했고, 길게 줄을 서서 주로 쌀겨나 톱밥 같은 것들을 살 수 있었습니다.

부모님은 항상 밥상에서 가장 좋은 것을 우리 형제에게 양보했습니다. 사실 주로 공심채, 달걀, 그리고 소금 조금 넣은 채소 삶은 물이 전부이고, 별다른 음식도 없었습니다. 한 번은 내가 밥을 먹지 않으려 했을 때, 어머니께서 부드럽게 밥그릇을 들고 한 숟가락씩 떠서 나에게 먹여주었습니다.

그때 어머니가 나에게 외할머니가 어머니의 어린 시절에 들려주었다는 민요 한 구절을 읊었습니다. "사람이 사람을 아끼는 것은 겉으로 드러나지만, 밥은 사람의 속에서 생명을 지킨다."라는 말이었습니다. 그리고 어머니가 돌아가신(2005) 지 30년이 지난 지금, 나는 후에(Huế)에서 유래한 이 구절을 떠올릴 때마다 여전히 가슴이 먹먹해집니다.

응웬히우홍밍 어머니께 가장 죄송했던 일은, 그리고 내가 결코 다시 되돌릴 수 없는 가장 큰 후회는 문학에 관련된 추억입니다. 이렇게 한국에서 질문해주셔서 처음으로 이 이야기를 솔직하게 털어놓을 수 있게 되어 감사드립니다.

나는 어릴 때부터 재능을 일찍 발휘한 아이였습니다. 여섯 살이 되던 해, 나의 첫 시가 인쇄되었습니다. 그것은 1978년 꽝남·다낭 문학예술회에서 출판한 시와 문학 모음집 『새 소리(Tiếng Chim)』에 실린 「알과 오리(Cái trứng và con vịt)」라는 시입니다.

8학년 때, 나는 「비둘기 눈(Mắt Chim Câu)」이라는 단편소설을 써서 1989년 주간지 『보라색(Mực Tím)』에 게재되기도 했습니다. 이 단편소설은 베트남 교육 환경을 반영한 것으로, 구체적으로는 당시 내가 다니던 다낭의 응웬짜이(Nguyễn Trãi) 중학교에서 실제로 일어난 사건이었습니다. 그 이야기는 윗사람의 세력(교장단과 친척이었거나 아는 사람)을 이용하여 한 교사가 학생들을 위협하고 억압했던 사건이었습니다. 실화였지만 비극적인 것은 이 교사가 내 어머니와 같은 학교에서 가르치던 동료였다는 것입니다.

소설 「비둘기 눈」이 『보라색』에 게재된 후, 이 교사는 내 어머니에게 정신적인 압박을 가해 어머니께서 우울증과 정서적 혼란을 겪었고, 결국 병원에 입원해야 했습니다. 이 단편소설은 당시 교육계에 큰 반향을 일으켰고, 여러 신문과 잡지들이 그 사건을 논의하는 공개적인 토론을 열며 공론화되었고, 교육계에 많은 관심을 끌었습니다.

이 사건이 예기치 않게 커지고, 한 13세 학생 작가의 가족에게 이렇게 큰 파장을 일으킬 줄은 몰랐습니다. 이 사건 후, 『보라색』의 편집부는 사이공(현재의 호찌민시)에서 여성 기자를 다낭으로 파견하여 우리 가족을 방문했습니다. 당시 교통이 매우 불편해서 버스를 타고 이틀이 걸려야 다낭에 도착할 수 있었습니다. 신문사는 어머니를 위로하고, 「비둘기 눈」 단편소설이 단지 교사의 권위적이고 경솔한 행동에 대한 학생의 솔직한 목소리였음을 전달했습니다. 그 반성의 목소리는 교육 환경을 정화하고, 교육 체계에서 가부장적인 장벽을 없애고, 교사와 학생 간의 거리를 좁히는 데 필요했습니다. 이후, 『보라색』을 발행하는 신문사에서 나를 위해 다낭에서 사이공으로 가는 첫 여행을 후원해주었고, 1990년 여름 신문사 창립 기념 행사에서 수천 명의 학생들과 청년문화회관에서 교류할 수 있는 기회를 주었습니다.

이 이야기를 떠올리면 여전히 가슴 속의 어머니에 관한 깊은 사랑과 감정이 솟아오릅니다. 그 당시 나는 아직 어린아이였고, 어머니가 나에게 얼마나 크고 끝없는 사랑을 주었는지 이해하지 못했습니다. 내가 무심코 썼던 글들이 어머니의 마음에 상처를 주었습니다. 그때로 돌아갈 수 있다면, 나는 같은 이야기를 하더라도 덜 저돌적이고 덜 상처 주는 방식으로 「비둘기 눈」을 다시 쓸 것입니다.

하지만 이 실화에서 저는 예술과 인생이 완전히 다른 길이라는 것을 깨달았습니다. 문학과 예술의 길에서 성공한 작가들은 큰 상실과 시련을 겪기 마련입니다. 그리고 그 마음의 상처는 쉽게 아물지 않습니다.

응웬히우홍밍 제가 항상 지갑에 넣어 다니는 사진은 제가 세 살 때 부모님과 함께 찍은 사진입니다. 당시 아버지는 교수였으며 나중에 다낭의 판쩌우찡(Phan Châu Trinh) 중학교의 교장이 되었습니다. 그날은 아버지가 '판쩌우찡 지사와 역사적 교훈'에 대해 학생들에게 강연하셨던 날로, 나는 어머니와 함께 아버지 옆에 앉아 있었습니다.

응웬히우홍밍 시인이 세 살 때 아버지와 함께한 사진

북베트남 시골 마을의 해맑은 아이들

응웬히우홍밍 이 사진은 북베트남 시골 마을의 아이들을 찍은 사진으로, 매우 큰 의미를 담고 있습니다.

이 아이들은 베트남의 위대한 작가 남까오(Nam Cao, 1917~1951)의 고향인 남딘(Nam Định)성의 브다이(Vũ Đại) 마을의 아이들입니다. 남까오는 「찌페오(Chí Phèo, 주인공 남자 이름)」라는 유명한 작품으로 잘 알려져 있으며, "나는 착하게 살고 싶어. 그런데 누가 나를 착하게 살게 해줄까!"라는 불멸의 문구로 인간 삶의 부조리함과 불확실성을 표현했습니다.

남까오 시대의 가난했던 베트남 시골 마을과 브다이 마을은 이제 변했습니다. 오늘날 이 마을의 아이들은 밝은 미래를 향해 즐겁게 뛰어놀고 있습니다. 사진에 나와 함께 찍힌 사람은 번역가이자 연구자인 딩바아잉(Đinh Bá Anh)입니다. 그는 나와 함께 2003년 베트남 뉴스 사이트 'VnExpress'의 문학전문 웹사이트인 'Evan'을 창립하고 운영했습니다. 이 문학 사이트의 유명한 슬로건은 'Evan, 세계의 정신!'이었습니다.

응웬히우홍밍 좋은 시가 어디서, 어떻게 시작되는지는 사실 설명하기 매우 어렵습니다. 시는 이슬방울에서 시작해 풀잎을 이야기할 수도 있고, 때로는 풀잎과 이슬방울이 사랑 속의 남녀라는 두 가지 '은유적 존재'일 수도 있습니다. 앞에서 말한 바와 같이, 나는 여섯 살에 첫 시 「알과 오리」를 썼습니다. 이 시는 '오리'와 '알' 사이의 이상한 관계를 발견하는 놀라움에서 시작되었습니다. 하지만 시간이 지나면서 시는 더 이상 단순한 묘사가 아닌 철학적이고 사상적인 문제로 깊이 들어가게 되었습니다.

시는 기존의 깊은 구조를 깨뜨리며 독자에게 무너짐, 충격, 그리고 공포를 느끼게 할 수도 있습니다. 예를 들어, 나의 시 「역사의 구멍 (Lỗ Thủng Lịch Sử)」은 2022년 베트남의 지식인, 독자, 대중, 그리고 베트남작가협회 내에서 큰 논란을 일으켰습니다. 당시 사회 전체가 그 시에 반대하는 것처럼 보였습니다. 하지만 생각했습니다. '괜찮다. 시인은 자신이 만들어낸 언어의 심연을 뒤로하고 여전히 걸어가고 있다. 시의 시작은 여전히 운명의 신비로 남아 있다. 시인은 그 신비한 얼굴을 스스로 추적하고 찾아내야 한다.'

피아노를 연주하고 있는 응웬히우홍밍 시인

응웬히우홍밍 「불사조 시인」이라는 시는 내가 최근 출판한 영어·베트남어 이중언어 시집의 제목이기도 합니다. 이 시는 시인과 시의 사명과 중요성을 말하고 있습니다. 나는 이 시를 통해 우리 고향에서는 여전히 예술가에게 창작의 자유가 제한적이라는 사실을 전하고 싶었습니다. 그리고 시와 시인의 운명이 그들의 중요성에 걸맞게 평가받지 못하고 있음을 나타내고자 했습니다. 내가 이 시에서 가장 좋아하는 구절은 아마도 다음과 같은 메시지일 것입니다.

시인들을 모두 감옥에 가두면
그 민족은 유랑하게 될 것이다!

시인들을 모두 죽이면
그 민족도
존재하지 않게 될 것이다!

시인의 흔적을 지우는 것은
세계 지도에서
민족의 정체성을 지우는 것과 같다!

아들과 함께한 응웬히우홍밍 시인

응웬히우홍밍 이 사진은 2024년 7월 후에에서 열린 아들의 미니 전시회에서 아들과 함께 찍은 사진입니다. 이 전시회가 열린 곳은 후에의 란비엔 고적문화센터로, 여기서 나는 '미래의 경계에서의 시가'라는 주제로 강연했습니다. 나와 아들은 각각 시와 회화라는 두 갈래의 길을 걷고 있지만, 이는 마치 예술에 대한 열망을 품고 하늘을 나는 새의 두 날개와도 같습니다.

응웬히우훙밍 가족은 미래가 시작되는 곳입니다. 그리고 가장 아름다운 시를 키워주는 원천입니다. 나는 항상 시인이자 교수로서 엄격하면서도 사랑이 넘쳤던 분의 모습을 마음에 새기고 있습니다. 또한, 아름답고 신비로우며 따뜻한 마음을 지닌 내 어머니를 늘 생각합니다.

어머니는 항상 다른 사람들을 위해 희생하며 선한 삶을 살았습니다. 나의 과거에 이러한 훌륭한 부모님의 모습과 든든한 기반이 있었기에 나는 항상 내 자손에게 더 아름다운 삶을 살아야 한다고 다짐합니다. 시처럼 고귀한 삶이 계속해서 이어져야 합니다.

봄날의 머리 빗기

응웻팜(Nguyệt Phạm)

고향에서, 봄이 시작되는 날, 햇살이 창문의 철망 사이로 스며들고,
햇살이 퍼져 사각 모기장에 내려앉는다.
햇살이 우리를 깨우고
우리는 밍크 담요 속에 몸을 말고
킥킥거리며
옛 얘기를 나누곤 했다.

우리 기억 속의 봄은 햇볕에 그을린 갈색 피부의 반짝임과
활기찬 장난기 어린 웃음소리로 가득했다.

옛날의 봄은 넓은 마당에 길게 드리운 우리의 그림자였다.
오래된 매화나무가 얇고 노란 꽃잎을 활짝 피우는 모습을 보며
신나서 감탄하던 순간들이었다.
어린 우리 머릿결을 어머니가 매화나무 아래서 부드럽게 빗겨주었다.
꽃은 눈부시게 피어나고 진한 향기를 풍겼다.
꽃가루가 머리 위로, 어깨 위로, 따뜻한 어머니의 포옹이
중년이 된 자식 꿈속의 향기도 떨어졌다.

봄은 그런 것이었다.
이제 자식의 머리카락은 길지 않지만,
여전히 옛 바람 속 매화 향기를 머금고 머리를 빗겨주던 것을 갈망

한다.

햇살 속에서, 향기 속에서, 그리고 집의 따스함 속에서
순수하게 꿈꾸고 싶다.

응웻팜(Nguyệt Phạm, Nguyet Pham)

시인은 1982년 빙딩(Bình Định)성에서 태어나서 동나이(Dong Nai)성에
서 자랐다.
2004년 '이반(Evan)'이라는 사이트에 처음 시를 발표했고, 현재 기자와 편
집일을 하고 있다. 『종이의 눈』(2007)과 『사적인 노출』(2018) 등의 시집과
2005년 뚜오이째(Tuổi Trẻ) 신문사의 젊은작가상과 2018년 호찌민시 작
가협회의 시집상을 받았다.

응웻팜 어머니는 이야기하는 것을 참 좋아했습니다. 어렸을 때 온 가족이 함께 모이면 어머니는 끝도 없이 이야기를 들려주었습니다. 어머니가 어릴 적 시골에 내려가 친척들의 제사에 참석했던 일, 온 가족이 모여 떡을 만들고 제사 음식을 준비했던 일, 또래 사촌들과 함께 야생 과일을 따 먹었던 일 등을 들려주었고 때로는 전쟁 속에서 겪었던 참상을 들려주기도 했습니다.

어머니는 낙관적인 분이라, 전쟁 이야기도 어머니의 방식대로 조금은 유쾌하게 그러나 매우 흥미진진하게 들려주었습니다. 나는 형제들과 함께 평화로운 시기에 자라서 전쟁에 대해 매우 궁금해했고 그래서 어릴 때부터 자주 전쟁에 관해 물어보곤 했습니다. 어머니는 이야기를 시작할 때마다 "전쟁이란 총알이 날아다니고, 어느 순간 살아 있다가도 금방 죽을 수 있는 그런 거야. 지금처럼 평화로운 세상에서 사는 게 그때보다 백배는 더 행복한 거지"라고 말했습니다.

당시 어머니는 어렸고, 가족과 함께 떠이썬(Tây Sơn) 지역에서 살았는데 한여름에 할머니와 함께 플레이쿠(Pleiku)로 놀러 갔던 일도 들려주었습니다. 안케(An Khê) 고개를 넘을 때쯤 버스가 포격을 맞았습니다. 버스가 뒤집히고 승객들이 사방으로 날아갔으며 사망자와 부상자가 나왔습니다. 그 순간 어머니는 정신이 하나도 없었고 그저 큰 소리와 함께 모든 것이 공중으로 튕겨 나가는 걸 느꼈다고 했습니다.

정신을 차렸을 때, 어머니는 몸에서 시원한 물줄기가 흐르는 걸 느꼈는데 아래를 내려다보니 피가 흘러내리고 있었습니다. 옆 사람을 보니 그 사람은 폭탄 파편에 맞아 코가 날아가 있었다고 합니다. 어머니는 그 순간 너무 놀라서 도망치려 했고, 그 뒤로는 모든 것이 어두워지며 정신을 잃었다고 했습니다.

눈을 떴을 때, 어머니는 다른 사람들과 함께 지하 야전병원의 침대에 누워 있었습니다. 심하게 다친 사람들은 헬리콥터에 실려 상급 병원으로 옮겨졌습니다. 할머니가 깨어나서 손주를 찾아다니며 버스에 함께 탔던 사람들에게 물어봤는데, 어떤 사람은 어머니가 피투성이가 되어 쓰러졌기 때문에 죽었을 것이라고 했답니다. 다행히 어머니는 파편이 연한 조직에 박힌 것뿐이라 생명에는 지장이 없었습니다.

할머니와 손주가 다시 만나게 되었습니다. 그 후 의사들이 파편을 제거했지만 일부 작은 파편들은 피부 깊숙이 박혀 남아 있었습니다. 나중에 어머니가 보안 게이트를 지날 때 가끔 삐삐 소리가 나곤 했다고 했습니다. 어머니가 60세 가까이 되었을 때 그 파편이 무릎 근처로 올라와서 손으로 만지면 분명하게 느껴졌다고 했습니다.

어머니는 병원에 가서 시술로 그 파편을 제거했습니다. 나와 형제들은 모일 때마다 여전히 어머니에게 그 전쟁 속에서의 총알 이야기를 해달라고 졸랐습니다. 우리는 그 이야기를 이미 외울 정도로 많이 들었음에도 말입니다.

응웻팜 시인과 어머니

응웻팜 어머니와 아버지는 한 번도 말로 표현한 적은 없지만, 내가 아름답고 똑똑하게 태어난 것에 대해 자랑스러워하신다는 것을 항상 느낄 수 있었습니다. 부모님은 나에게 건강한 몸을 주셨지만 어느 날 여행 중에 내 부주의로 원치 않는 사고가 발생했고 그 사고의 후유증으로 인해 몸의 한쪽이 약해졌습니다. 손은 제대로 움직이지 않았고 다리는 힘이 약해져서 혼자 사는 것이 거의 불가능할 정도로 노동에 제약이 생겼습니다. 이것이 부모님께 가장 죄송한 일이었습니다.

어머니는 여행을 좋아하고 고향 음식을 요리하는 것을 좋아하셨습니다. 또한 쌀로 술을 빚는 것도 즐기셨습니다. 어머니는 항상 낙관적이고 활력이 넘치는 분이었습니다. 젊었을 때 나는 어머니의 뜻에 반하는 일을 자주 했지만 사고 후에는 어머니 뜻을 거스르지 않았고 어머니를 걱정시키지 않게 되어 매우 기뻤습니다.

가까운 미래의 구체적인 계획으로는 어머니가 공원에 나가지 않아도 되도록 집에서 사용할 수 있는 실내 운동기구를 사드리고 싶습니다. 공원에는 위험이 도사리고 있기 때문입니다.

응웻팜 시인의 애장품

응웻팜 중국 쓰촨(Sichuan)에서 한 보석 및 골동품 가게에서 산 금속 목걸이 펜던트입니다. 보통 여행을 다닐 때 나는 짐이 될까 봐 물건을 거의 사지 않습니다. 또 산다 해도 대부분 사용하지 않게 될 것을 알기 때문입니다.

하지만 그때는 달랐습니다. 나는 친구들이 쇼핑하는 동안 구경하며 기다리고 있었는데 그 골동품 가게에서 그 펜던트를 발견했습니다. 그 펜던트는 작은 등불 모양을 하고 있었습니다. 그 순간, 나는 그것이 나를 기다리고 있었다는 것을 알았습니다.

그것이 진짜 골동품이든 모조품이든 상관하지 않았고 나는 그저 그것이 아주 마음에 들었습니다. 그 이후로 십여 년 동안 나는 여전히 나의 등불 모양 펜던트를 소중히 여기며 간직하고 있습니다.

추석(어린이 명절) 날 저녁 전통놀이를 즐기는 아이들

응웻팜 나의 첫 번째 시는 내가 4학년 때 쓴 것으로 교실 벽에 걸린 시입니다. 그 시의 구절들은 이제 기억나지 않지만, 그 시가 아주 길고, 평화로운 논밭과 집 뒤에 있는 쯔어짠(Chúa Chan) 산, 그리고 부모님의 모습을 담은 긴 6·8구체 시였다는 것은 확실합니다.

그러나 내 기억에 깊이 각인된 것은, 시를 쓴 후 선생님이 칭찬해준 일이었습니다. 그날 밤, 나는 그 시를 부모님께 자랑했고 두 분은 매우 기뻐했습니다. 그 순간이 내게 너무나도 평온하고 소중한 기억으로 남아 있습니다.

응웻팜 이번에 한국에 보낸 시는 내가 가장 좋아하는 시는 아니지만, 읽을 때마다 가장 감동하는 시입니다. 이 시는 어느 해 설날을 맞아 부모님과 함께 보낸 경험을 바탕으로 쓴 것입니다. 새로운 햇살과 신성하고 서늘한 초봄의 공기가 우리 어린 시절의 설날을 떠올리게 했습니다.

매화꽃이 피어나고, 우리는 마당에서 장난치며 놀았습니다. 집 옆에는 매년 봄마다 하얗게 꽃이 피고 향긋한 냄새를 풍기는 매화나무가 있었습니다. 설날 아침이면 어머니는 길게 땋은 두 딸의 머리를 매화나무 아래에서 빗겨주곤 하셨습니다. 예전에는 집 안에서 머리를 빗으면 그 해에 복잡한 일이 생긴다고 여겨 집 밖에서 머리를 빗었습니다.

내가 가장 감동받고 좋아하는 구절은 "햇살 속에서, 향기 속에서, 그리고 집의 따스함 속에서/ 순수하게 꿈꾸고 싶다."입니다. 내가 감동받는 이유는 수십 년이 지나 부모님이 이제는 연로하시지만, 다행히도 우리는 여전히 부모님 곁에서 따뜻한 사랑과 보호를 받으며 살아가고 있기 때문입니다.

나는 여전히 그 사랑을 누리고 있으면서 왜 "꿈꾸고(소망)"라는 단어를 사용했을까? 그 이유는 언젠가 부모님이 더 이상 곁에 계시지 않을 날이 올 것을 알기 때문입니다. 그래서 나는 그 소중함을 온전히 느끼고, 그것이 얼마나 귀한 것인지 알고 있습니다.

응웻팜 시인의 가족 사진(오른쪽 끝에 서 있는 분이 응웻팜 시인)

응웻팜 좌로부터 제부 응웬푹(Nguyễn Phúc), 조카 응웬응웻깟 (Nguyễn Nguyệt Cát), 여동생 팜티마이스엉(Phạm Thị Mai Sương), 남동생 팜타잉퐁(Phạm Thanh Phong), 조카 팜밍녓 (Phạm Minh Nhật), 아기를 안은 시누이 응티응옥쩜(Ưng Thị Ngọc Trầm), 아기 좌우의 아버지 팜반엇(Phạm Văn Ất)과 어머니 쩐티응옥껌(Trần Thị Ngọc Cầm) 그리고 오른쪽 끝이 필자입니다.

응웻팜 다섯 살 이전의 가족생활은 매우 즐거웠습니다. 부모님은 나를 많이 신경 써주었고, 동네 친구들이 자기 부모님으로부터 받던 것보다 내가 더 사랑받는다고 느꼈습니다. 하지만 여섯 살 이후로는 두 명의 동생이 늘어나면서 생활이 점점 어려워졌습니다.

그 시기에는 특별한 생각 없이 모든 것이 그저 흘러가는 듯 느껴졌고, 성인이 되어가면서야 부모님이 세 명의 자녀를 키우고 교육하는 데 얼마나 고생했는지 깨닫게 되었습니다. 부모님은 우리에게 지나치게 엄격하지 않았고, 직업을 선택하는 문제에서도 자녀의 결정을 존중해주었습니다.

이제는 세상이 모두 나에게 등을 돌린다 해도 부모님은 언제나 내 곁에 있으리라는 것을 이해하게 되었습니다. 가끔은 부모님이 나를 걱정해서 잔소리할 때도 있지만, 결국엔 항상 내 편이라는 것을 알게 되었습니다.

시평(詩評)
〈물소리 포엠 주스〉

가족과 아이들과 물소리
그리고 시와 사랑을 나누는
우리 이야기

일본 4인 시편

번역

권택명(시인·한국펄벅재단 상임이사)

꿈의 연속
가미테 오사무(上手笋)

좋은 꿈을 꾸면서 잠이 깨면
다시 한번 눈을 감고
그 꿈을 보러 간다
라고 아내가 말한다
새벽녘이 추울수록
아름다운 꿈으로 돌아갈 수 있다고

부럽네
라고 나는 연이어 말하고
태어난 어린아이들은
거짓말이야—하고 시끄럽게 떠들어댔다

그 아이들도 어른의 문짝 앞에 서게 되면
때로는 진지한 얼굴로 물어보게 되었다
어떻게 하면 즐거운 꿈으로 돌아갈 수 있어?

한번 꾼 꿈에는 반드시 돌아갈 수 있다
일심으로 그 꿈의 연속을 보려고
산의 작은 오솔길을 헤치면서 가면
반드시 도달할 수 있는 것이 꿈이라고
아내는 웃고 있다

예컨대 어떤 꿈?
아이들은 계속해서 묻는다
꿈은 말이야, 즐거우면 즐거울수록
생각해낼 수 없게 되어 있는 거야
즐거운 꿈의 연속을 보았다는 행복한 기분이
이불의 온기처럼 남아 있다면
천 개의 이야기를 잊어버려도 아쉽지 않은 거야

아내의 잠자는 얼굴이 지금 미소를 짓는다
좋은 꿈을 꾸고 있는 거겠지
그렇지 않다면, 놓쳐 버린 꿈을 지금 따라잡아서
어깨를 나란히 하고 걷기 시작하는 참일까

내가 그 잠자는 얼굴에 넋을 잃고 있는 것을
알고 있기라도 한 것처럼
다시 한번 미소 지으며 몸을 뒤쳤다
그 뒤침 저편에
작은 아침이 태어나는 참이다

가미테 오사무(上手宰)

시인은 1948년 도쿄에서 출생했다.
대학 시절에 시 「출발의 테마에 의한 바리에이션(variation)」으로 지바대학
(千葉大學)문예상에 가작으로 입상했으며 1971년에 시 전문지 「시가쿠(詩
學)」 투고란에 「노아의 방주」를 발표했다. 같은 해 「시인회의」에 가입했으며
1976년 「초기 아레치(荒地)의 사상에 대하여」로 「시인회의」 신인상(평론부
문)을 수상했다.
시집으로 「별의 화재(火災)」[쓰보이 시게지(壺井繁治)상 수상], 「서표(書標)
끈의 간수법」[미요시 다쓰지(三好達治)상 수상] 등 6권을 출간했으며 동인
지 「사쓰(册)」의 편집인이다.

가미테 오사무 먼저 말해두고 싶은 것은, 부모님의 이혼으로, 내게는 낳아준 어머니와 길러준 어머니가 있다는 것입니다. 그로 인해 "두 사람이나 어머니가 있다면/ 어느 쪽도 어머니가 아닌 것이 돼 버리는 것이다"[시 「두 자루(袋)—어머니의 봉우리가 멀리 보인다」]라는 의식을 가지고 있습니다. 길러준 어머니로부터 사랑을 받지 못하고, 낳아준 어머니의 기억은 빈약하기에, '어머니'라는 개념 자체에 애착이 없을 뿐만 아니라, 혐오에 가까운 상태에서 자랐습니다.

내가 '어머니'의 부드러움을 실감한 것은, 결혼하여 아이를 기르는 아내를 보고 나서입니다. 부모님의 이혼 원인은 아버지에게 있습니다만, 그래도 어머니가 없다고 느끼고 있었던 나는 아버지를 깊이 사랑하며 자랐습니다. 생모로부터 태어난 3형제와 계모가 낳은 외아들 그렇게 4형제로 자랐습니다. 내가 이 글에서 말하는 '어머니'는 소위 '계모'(길러준 어머니)입니다.

가미테 오사무 시인의 장모와 어머니 사진

이 사진은 장모와 함께 찍은 것입니다. 왼쪽이 필자의 어머니입니다. 나와 아내는 결혼하여 아이가 생긴 후 매년 두 사람의 어머니와 가족여행을 갔습니다(두 분 모두 남편이 사망하여 혼자 살고 있었기 때문에).

피가 섞이지 않은 손자인데도 아이들을 귀여워해주셔서, 사람이 변한 것처럼 격의 없이 지낸 시기였습니다.

가미테 오사무 초등학생 때 가구라자카(神樂坂)의 자택에서 즐겁게 얘기하고 있을 때, 갑자기 말씀하셨습니다. "너는 살살이야" 또 같은 무렵에 "너는 말뿐이야"라고도 말씀하셨습니다. 그 시절의 나는 항상 학교에서 왕따를 당하고 있었습니다만, 등교 거부는 하지 않았습니다. 집에 있는 것보다는 왕따를 당해도 학교에 가 있는 것이 좋았습니다. 성적은 항상 꼴등이었고, 선생님으로부터는 교육을 포기한 아동이었습니다. 초등학교 고학년 때 '포기하지 않는 선생님'을 만나고부터 면학에 눈을 뜨게 되어 그 후부터는 학업 우수생이 되었습니다만.

나중에 시를 쓰게 되어 문학 표현은 깊은 의미에서 '입끝'(입=말)에 의한 인간의 위대한 시도라는 것을 알았습니다. 아이에게는 인간성을 부정당하는 것 같은 말이었기 때문에 평생 제 머리에서 떠나지 않게 되었습니다만, 지금에 와서는, 어머니는 제 '문학에 맞는' 성격을 소년기에 눈치챈 것이라고 해석하고 있습니다.

어머니는 문학에 무관심할 뿐만 아니라 적대시(敵對視)에 가까운 듯이 생각되고, 책을 읽는 모습을 한 번도 본 적이 없습니다. 대조적으로 생모는 메이지(明治) 시대 태생임에도 여자대학을 졸업한 재원으로, 평생 단카(短歌)를 가까이한 사람이었습니다. 남편과 헤어지고 나서는 도서관의 사서를 하고 있었습니다. 지금에 와서 생각하면 계모는 라이벌인 아버지의 전처에 대한 적대감을 나에게 돌린 것으로도 생각됩니다.

또한 저는 아버지가 돌아가셨을 때, 형제 모두로부터 "너는 친아버지여서 특별히 사랑을 받았다"는 말을 들은 것처럼, 공부도 잘하지 못하고 왕따만 당하며, 싸움으로 지새고 있었음에도 불구하고, 아버지는 그런 저를 왠지 무척 사랑해주셨다고 느끼고 있습니다. 계모에게는 그것도 마음에 들지 않았을지 모릅니다. 그녀는 아이들에게 질투를 느낄 정도로 아버지를 사랑하고 있었는지도 모른다고, 어른이 되고 나서 생각한 적도 있습니다.

다만 그런 어머니이기는 했지만, 한 번은, 연필로 쓴 쪽지가 개다리 소반 위에 남겨져 있었던 적이 있었습니다. 읽어보니 'でしょう'라는 말을 'でそう'라고 쓰는 옛 표기법이어서 놀랐습니다. 왠지 나는 그것을 지갑에 넣어 소중하게 여겨왔습니다만, 지갑째로 잃어버리고 말았습니다. 어머니의 글씨를 본 것은 96세로 돌아가실 때까지의 긴 세월 동안 그때 한 번밖에 없었습니다.

가미테 오사무 나중에 안 것입니다만, 길러준 어머니는 전쟁미망인[남편이었던 분은 형식만의 결혼 직후에 출정(出征)하여 전사(戰死)]이었습니다. 그런 고독함도 있었기 때문이겠지만, 당시 만주(滿洲)에서 가족과 함께 귀환해온 아버지와 깊은 관계가 되어, 아이들 넷을 낳고 기른 아내를 버리게 만들었습니다. 아이들의 친권은 재판으로 생모에게 부여되었지만, 아버지가 끝까지 포기하지 않아서 어린 아들 셋은 아버지가 데려가고, 사정을 이해할 수 있었던 맏딸만 생모에게로 갔습니다.

따라서 길러준 어머니는 '아버지와 살고 싶어서'라고는 하더라도, 자신이 낳지도 않은 어린아이 셋(그중 둘은 얼마 안 되어 결핵에 걸림)을 양육한 셈이 됩니다. 그 후 계모는 친자식을 낳았고 이후 그 아이와는 먹는 것도 다를 정도로 전처 자식들을 차별하며 키웠습니다만, 성인이 되고부터는 피도 섞이지 않은 우리들을 길러준 것에 감사하고 있습니다.

어머니에게는 늘 반항적이었던 나였기 때문에, 소년 시절, 일기에 어머니에 대해 "죽여버릴 거야"라고 쓴 것을, 어머니가 아버지에게 고

자질하여(일기는 전부 부모에게 들키는 것이더군요), 아버지로부터 질책을 받았습니다. 아이들이 자주 서로 얘기한 '말뿐인 말'이라고는 하더라도, 전쟁으로 서로 살상하는 상황을 경험해온 아버지로서는 절대로 입에 담아서는 안 되는 말이라고, 간곡한 설교를 들었습니다.

그 말을 사용한 데 대해서는 어머니께 '죄송하다'고 생각하고 있습니다. 십 년 정도 가족여행에는 꼭 참가하여 즐겁게 지낸 일이 마음에 남아 있습니다. 마지막은 요양시설에서 작고하셨습니다.

가미테 오사무 "소중하게 간직되는 것은/ 지금 없으면 곤란한 것/ 잊혀진 어둠이 보물을 길러낸다"라는 시구를 최근에 썼습니다만, 어둠이 필수적인 '애장품'이라면, 짐작이 가지 않습니다.

'곁에 두고 있다'는 의미에서 가장 중요한 것은 아마도 매일 사용해

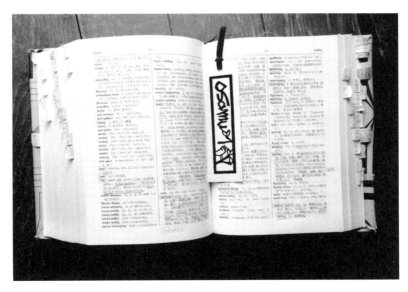

「그리스어사전」[후루카와 하루카제(古川晴風)편, 대학서림 간] + 친구가 만들어준 수제 책갈피

온 『그리스어 사전』(고전 그리스어에서 일본어로 직접 번역한 일본에서 유일한 사전—성서용의 소사전을 제외)입니다. 나의 유품이 될 만한 것〔적청(赤靑) 색연필의 밑줄과 메모투성이어서 상품 가치는 제로입니다〕이라면 그것 정도입니다만, 친구 중에 그리스어에 흥미를 가진 사람은 없고, 가족도 쓸모없이 방해만 되는 물건이라서 곤란할 거라고 생각합니다.

'작은'이라는 조건에 해당되지 않아 미안합니다. 그래서 작은 물건의 대표로, 친구가 수제(手製)로 만들어준 내 이름을 디자인한 책갈피를 두고 있습니다.

가미테 오사무 무로 사이세이(室生犀星)라는 시인의 연작시 「소경이정(小景異情)」을 고교생인 형이 가져온 교과서에서 발견하고 리드미컬한 서정에 끌렸습니다. 가난으로 고등학교에 갈 수 없을지도 모른다고 생각하고 있었기 때문에 고교에 간 형이 부럽고 그와 같은 동경이 있었기 때문이겠지요.

또한 그 무렵 알지 못했지만, 무로 사이세이는 출생 후 바로 양자로 입적되어 친부모를 모르고 자랐다는 것을 나중에 알고(내 경우는 어머니입니다만), 어딘가 서로 공명하는 부분이 있었는지도 모릅니다. 친구 중에 소설을 쓰는 동료가 생겨서 서로 보여주기 위해 시와 동화를 쓰기 시작했습니다. 중학교 1학년, 13세 때였습니다.

가미테 오사무 아리스토텔레스는 그 이름의 뜻인 '최고의 목적'이란 무엇인가라는 질문에, "그것이 행복이라는 것을 알고 있다"라고 말하고 있습니다. 저는 이 시에서 그것을 쓰려고 한 것은 아닙니다만, 결과적으로 저의 행복을 썼다는 사실을 깨달았습니다. 그리고 자신이 행복한 것은 아내가 저와 함께 살아주고 있기 때문이라고 써놓고 싶었던 것이겠지요.

한 번 꿈에서 깨면, 저는 같은 꿈으로 돌아가지 못하지만, 아내는 돌아갈 수 있다고 말합니다. 꿈은 자신이 본 것을 설명하는 것조차 어렵기 때문에, 자신 이외의 꿈을 전혀 상상할 수 없습니다만, 아내는 그렇게 주장하는 것입니다. 저는 현재가 행복한 꿈속이라고 생각하고 있습니다. 나이 든 후 저는 '행복을 쓰는 시인이 될 수 있다면 좋겠다'라는 생각을 하기 시작했는데, 그런 의미에서 이 작품을 골랐습니다. 쓴 시기는 55세 전후로 생각됩니다.

가미테 오사무 아내가 책에 자신이나 아이들의 사진이 실리는 것은 싫다고 해서 게재하지 못함을 해량해주시기 바랍니다.

가미테 오사무 단순하게 말한다면, 가족이란 부부 사랑의 결정(結晶)입니다. 혈족으로부터 분리된 사람들이 사랑에 의해 가족을 만드는 것. 아이들은 어디까지나 그 결과이며, 연약한 것을 보호하고 성장을 보증한다는 소극적인 장(場)으로서 '가족'이 존재하고 있는 것이라고 생각합니다. 거기서 생겨나는 것이 '피로 인한 기반이나 유대'인 점은 일종의 '숙명적'인 것을 느끼게 합니다만, 그것들에 집착하면 쉽게 '가문(家門)의 제도'로 연결되어가는 것은 역사가 증명하고 있습니다.

부모 자식으로 닫힌 세계에 계속 머무르는 것은 불가능하며(정신적으로는 영원히 남는다고 해도), 거기에서 나감으로써 새로운 가족이 태어나는 것입니다. 그것은 인간 이외의 동물들을 보더라도 명백하며, 인간에게는 오랜 양육 기간이 필요하다고는 하더라도, 다른 동물과의 차이를 강조하는 나머지 본질을 잃어버려서는 안 될 것으로 생각됩니다.

　그러나, 상대를 발견하는 것이 어려운 사람도 있겠지요. 모든 남녀가 '연애결혼이 아니면 안 되는가'라는 가치관에 저는 의문을 느낍니다. 얼마 전까지도 일본에서는 '중매'라는 것이 지금 이상으로 행해지고 있었습니다만, 부정적인 측면만이 아니라, 그에 의해 행복하게 된 사람들도 많이 있는 듯합니다. 봉건적인 가치관에 의한 중매의 비극은 근절해가야 하겠지만, 민주주의 시대에 어울리는 '중매'의 창출(創出)도 중요하다는 생각이 듭니다(이미 매칭 시스템 등도 활용되고 있는 것 같습니다만).

　일본에서도 이혼율이 높아지고 있는 것은, 사랑의 자유로움으로 인해 당연하다고는 생각합니다만, 태어난 아이들에게 어느 날 갑자기 이유도 모른 채 '가족'의 틀이 사라진다는 것은 불행한 일입니다. 이들을 보더라도 가족이란 '부부 사랑의 결정체'라는 것이라는 단순한 생각에 도달하는 것 같은 느낌이 듭니다. '완전한 가족'은 어디에도 존재하지 않을지도 모릅니다만, '가족적으로 되는' 것은 핏줄의 연관이 없더라도 이루어질 수 있는 일이 아닐까요? 왜냐하면, 사랑의 시작 그 자체가 핏줄과는 관계가 없는 독립된 남녀에게 있는 것이기 때문입니다. 아이들은 핏줄의 연결로 태어나고, 거기서부터 집을 떠날 때는 사랑에 이끌리는 것입니다. 이론적인 것만 말해왔습니다만, 이 세상에서 가장 중요한 것은 가족입니다.

소지품

구사노 노부코(草野信子)

황급히
새끼 염소를 운반하는 마대에, 갓난쟁이를 싸서
그저 그것만을 가슴에 안고 왔다

텐트 속 사흘째 밤, 자지 않는 아이의 귀에
봄나물 캐기 노래를, 부르고
모래가 내리는 얘기를, 속삭이고 있으면

어린 목숨 외에는
모든 걸 남겨두고 온 고향에서
언어, 만은
가져올 수가 있었던 거다, 라고 깨닫는다
화물검사소에서도, 손댈 수 없었던
나의 소지품

뻗친 발가락 끝이
선뜩한 접시 가장자리에 닿는
좁은 텐트에
수천만의 언어는
조그마한 사람의 모습으로 누워 있다

깊고, 끝없고, 뜨뜻미지근한 용기(容器)

반드시, 살아남자, 라고 생각한다

구사노 노부코(草野信子)

시인은 1949년 후쿠이(福井)현에서 출생했다. 1981년 처음으로 시지 『시인
회의』 투고란에 시 「개」를 게재했다.
2004년까지 시립중학교 교사 생활을 했다. 현재 『시인회의』 회원이며 시
집으로 『겨울 동물원』[쓰보이 시게지(壺井繁治)상 수상], 『소지품』(일본시
인클럽상 수상) 등을 출간했다. 지금은 아이치(愛知)현에 거주하고 있다.

구사노 노부코 시인의 어머니
도모히로 나기(友廣なぎ)
(2010년 당시 94세)

구사노 노부코 2011년 동일본대진재(東日本大震災) 다음 해부터 4년 간, 피해지의 가설주택에서 개인적인 자원봉사활동으로 발바닥 마사지 시술을 했습니다. 열차를 갈아타며 편도 4시간, 3박 4일간 체재 활동으로, 일 년에 3~4회 다녔습니다.

환승역에서 산 명물(名物) 과자를 선물로 고향의 어머니를 만나러 갔을 때의 일입니다. 노인시설에서 생활하신 지가 2년째가 된 어머니였습니다. 먼 곳의 명물에 어머니는 "여행 갔다 왔니?"라고 물었습니다. 얘기할 생각이 없었던 자원봉사활동 얘기를 꺼내자, 어머니는 잠시 침묵하신 다음 갑자기 "그 일은, 네가, 그처럼 먼 곳까지 일부러 가야 하는 건가?"라고 말하며, "더 이상 가지 말아라"라고 단호히 말했습니다.

내가 떠날 때는, 애원하듯이 반복하시며, 마지막으로는 "네가 목숨을 잃는다면 너무나 원통하다"고 말했습니다. 잘 들어보면, 피해지에 가는 것을, 먼 전쟁터에 가는 거라고 믿어버려서, 어머니는, 필사적으로 나를 만류하고 있는 것이었습니다. 그때 어머니는, 순간적으로, 전시하(戰時下)라고 착각하고 있었던 것입니다.

두 달 후, 그해 10월에 어머니는 돌아가셨습니다. '가장 기억에 남아 있는 말'은, 어렸을 적의 먼 기억 속에 있습니다만, 여기서는 어머니와 나의 최후의 대화, 어머니가 나에게 말한 마지막 말을 적어둡니다.

구사노 노부코 어머니가 70세 무렵에 사 오신 봉제인형입니다. 언제나 거실 옷장에 놓여 있었습니다. 유래를 물었더니, 가까운 사찰 경내의 바자에서 샀다고 합니다. 오른쪽 귀를 안팎 거꾸로 바느질해버린 것으로, 팔릴 상품이 못 되어, 다른 봉제인형과는 따로 놓여 있었다고 합니다. "불쌍하다는 생각이 들어 사 왔어"라고 말했습니다.

구사노 노부코(草野信子) 시인의 애장품
(봉제곰인형, 18cmx10cm)

사정이 있어서 노인시설에 입소하게 되었을 때도 지참하여, 돌아가실 때까지 시설에 있는 어머니 방 옷장 위에 있었습니다. 부모님과 우리 가족에게는 장애가 있는 언니가 있습니다. 봉제곰인형을 발견했을 때의 속내를, 물론 어머니는 말하지 않았지만, 나는 어머니와 생각을 공유했습니다. 어머니의 유품으로, 나는 이 봉제곰인형만을 받았습니다. 내 곁 옷장에 놓인 지

12년이 됩니다.

　　구사노 노부코 10대 중반 무렵부터 시를 읽는 것이 좋았습니다. 그런 까닭으로 시는 재능이 있는 사람, '시인'으로 불리는 사람이 쓰는 것이라는 생각이 강하게 있어서, 자신이 쓴다는 것은 생각해보지도 않았습니다.

　　하지만, 몇 번의 슬픔과 고통을 마주했을 때, 그때의 자신을 그대로 응시하는 게 아니라, 그때 그러고 싶었던 자신의 모습을 생각하며 표현함으로써, 슬픔이나 고통을 초월할 수 있다는 사실을 깨달았습니다. 아직 거기에는 없는 것을 표현하는 언어를 찾고 있으면 그 표현이나 언어가 나를 격려해주었습니다. 그것이 나에게 시였다고 생각합니다. 처음 시를 쓴 것은 서른 살 때였습니다.

　　구사노 노부코 직접적으로는 TV의 뉴스 영상에서 내전을 피해 도망나온 시리아인들이 작은 배에서 내리는 것을 목격한 것이 계기입니다. 그 모습에 가슴이 아파, 그 아픔에 의해 쓴 시입니다. 타인의 입장이 되어 시를 쓰지는 말자는 생각을 하지만, 이 시는 한 사람의 난민 여성을 화자로 하여 썼습니다. 그녀는 이 시를 위해 내가 낳은 여성입니다.

　　이 시 속에서 중요하게 쓴 한 행은, 먼저 "나의 소지품"이라는 부분입니다. '소지품'은 '언어'를 가리키고 있습니다만, 인간의 언어라는 것이 아니라, '나의 소지품'입니다. 즉 그 한 사람 인간의 '존엄'입니다. 다른 하나는, "깊고, 끝없고, 뜨뜻미지근한 용기(容器)"라는 한 행입니다. 살해되거나 상처받거나 해서는 안 되는, 인간의 육체를 생각하며 썼습니다.

2012년 딸 결혼 때 사돈댁과 함께한 가족사진. 두 번째 줄 흰옷 입은 분이 구사노 노부코 시인.
앞줄 오른쪽의 시어머니는 이듬해 94세로 별세했음.

구사노 노부코 2012년 딸아이가 결혼하는 상대방 가족과 도쿄(東京)에
서 식사할 때의 사진입니다. 당시는 여기 모인 인원이 전부인 두 집의
작은 가족들. 앞줄 오른쪽 시어머니는 다음 해 94세로 별세했습니다.

구사노 노부코 가족이란 서로 돕고 협력을 아끼지 않으며, 나날의 삶
을 영위해가는 사람들의 집단, 생활의 장을 만들어가는 사람들의 집
단입니다. 서로를 '공동생활자'로 불러왔습니다. 아이들, 노령이었던
부모님, 조부님도 그때그때의 연령으로, 각각의 존재 방식으로, '공동
생활자'였습니다.

거즈

시바타 산키치(柴田三吉)

비 그친 진창길에
타이어가 미끄러져
한쪽으로 쏠려 넘어져서
팔꿈치가 까졌다

빨갛게 부은 상처에
눈물 같은 소독액을 떨어뜨리고
거즈를 접어 덧대었다

비 많이 오는 장마철
거즈는 하늘을 덮는 구름처럼
상처는 속살을 돋아나게 하면서
서서히 치유해갔다

오늘, 거즈는
독일어에서 유래한 Gaze라는 걸 알았다
다시금 거슬러 올라가면, 그것은
산지(産地)였던 Gaza에서
파생한 것이라는 걸

거칠고 부드러운 면포는 일찍이
노랫소리 울리며, 베틀을 짜는 손에서
직조(織造)되고 있었던 것인데

지금, 깡그리 파괴돼버린 거리
드러난 상처에, 눈물이 아닌
지혈약은 있는 걸까

알몸의 아이를 감싸 안고
이 별을 감싸 안는
빛의 옷감은

시바타 산키치(柴田三吉)
시인의 본명은 시바타 마모루(柴田守)이며 1952년 7월 9일 도쿄(東京)에
서 출생했다. 1980년 시 「등반(登攀)」으로 제14회 「시인회의」 신인상을 수
상하면서 작품활동을 시작했다.
프리랜서 사진작가를 거쳐 가업(家業)인 신사불각(神社佛閣) 건축업을 이
어받아 문화재 복구·수리 등을 영위하고 있으며, 2022년부터 시지(詩誌)
「시인회의」 편집장으로 일하고 있다. 시집 「각도(角度)」로 2015년 제49회
시인클럽상, 「여행의 문법(文法)」으로 2019년 제52회 오구마 히데오(小熊
秀雄)상 등을 수상했다.

시바타 산키치 시인의 어머니
96세 때, 작고하기 일 년 전.

시바타 산키치 내가 어머니와 자잘한 얘기들을 하게 된 것은, 어머니가 90세를 넘어 가벼운 치매 증세가 나타나, 요양시설에 들어가기 직전부터였습니다. 그때까지 세 번의 암 수술이 있었고 15년 이상의 자택 요양이 계속되고 있었지만, 그 당시는 식사나 배변으로 신체적인 돌봄에 쫓겨서 충분히 얘기할 여유도 없었습니다. 아내는 일을 하고 있었기 때문에 집에서 시나 소설을 쓰고 있던 내가 그 역할을 맡고 있었습니다. 오랜 기간 대화가 적었던 것은 나와 어머니 사이에 젊을 때부터 세대차로 인한 불화가 있었기 때문입니다.

하지만 어머니의 신체 기능과 인지 기능이 쇠약해져 자택에서의 요양이 어려워지게 되어 요양시설에 입소가 결정되었을 때, 어머니는 나에게 툭하고 한마디 흘리셨습니다. "나는 버림받는 건가?" 가슴을 찌르는 말이었습니다. 요양원 생활은 자택보다 더 자상한 간병을 받으실 수 있을 거라고 생각하여 낙관하고 있었기 때문이었습니다. 그 말이 가슴에 남아 있기도 해서 나는 매일처럼 요양원으로 면회를 갔습니다. 그러는 중에 내 마음에서 과거의 다양한 불화는 사라지고, 앞으로는 '한 사람의 나이든 사람과 마주하며 가자'고 하는 기분이 되었습니다.

치매의 진행을 억제하는 데는, 대화를 가능한 한 많이 하는 것이 효과적입니다. 나는 그때까지 알지 못했던 어머니의 어린 시절, 전쟁 중의 생활 등을 굳어진 지층을 파헤치듯이 듣게 되었습니다. 기뻤던 일, 슬펐던 일, 고생한 일 등이 그로부터 차례차례 드러나며, 어머니의 말씀은 끝이 없었습니다. 열 살 때, 결핵으로 별세한 어머니(외할머니)의 일을 얘기하던 쓸쓸한 표정은 잊히지 않습니다.

얘기는 반복이 많았지만, 흥미 있는 것은 그때마다 세부적인 내용이 바뀌어간다는 사실이었습니다. 과거의 기억은 세월과 더불어 덧붙여져가는 것이지만, 거기에 미묘한 미화(美化)가 더해져갑니다. 그것은 자신의 인생을 납득했다고 하는, 누구나가 가지는 자연스런 욕구에서일 것입니다. 나는 그 상이함은 언급하지 않고 고개를 끄덕이며 다음 얘기를 재촉했습니다.

그중에서도 강하게 기억에 남아 있는 것은, 어머니가 스물세 살이 되었을 때의 늦은 첫사랑이었습니다. 1942년, 전쟁이 격렬함을 더해가는 중, 어머니는 집 가까이에 있던 포목점에서 일하는 남자를 사랑했습니다. 상대도 같은 마음으로 아버지께 어머니와의 결혼 허락을 요청했습니다. 하지만 그에게는 징집 영장이 나와 있었고, 입대를 며칠 앞두고 있었기 때문에, 부친은 "나라를 위해 열심히 싸우고 오게" 하시면서 그 구혼을 거절했다고 합니다. 입대하는 날 어머니는 부족한 식재료로 정성을 다해 도시락을 만들어 사랑하는 사람을 전송하러 갔지만 출발역을 발 디딜 틈 없이 가득 메운 군중들에 휩쓸려 만날 수가 없었습니다.

그 후, 주둔지인 규슈(九州)에서 편지가 한 번 왔을 뿐이었습니다. 수개월 후, 그 남자의 누나가 찾아와서, "동생은 전쟁터에 가기 전에 병으로 사망했어요. 당신에게 이 만년필을 유품으로 전해주라는 부탁을 받았어요"라고 하며 그것을 건네주었습니다. 어머니에게 수중에 남은 한 통의 편지와 만년필은 평생의 보물이 될 터였지만, 반복되는 공습으로부터 도망 다니는 도중에 잃어버리고 말았다고 합니다.

애인이 죽은 2년 후(아버지와 오빠도 그 사이에 타계), 외톨이가 된 어머니는 친척의 도움으로 처음 보는 남자와 선을 보고 결혼했습니다. 주변에 젊은 남자들은 이미 없었습니다. 키가 작고 눈도 근시였던 상대는 징집 검사에서 불합격이 되어 '남게 된' 사람이었습니다. 전쟁이 끝난 후 나는 그 '남은 사람'인 아버지와 어머니로부터 생(生)을 받은 것입니다.

그 얘기를 한 날부터 어머니는 가끔 "그 시절에는 고통스러운 일뿐이었다. 누가 내 얘기를 소설로 안 써줄라나"라고 하셨습니다.

훗날 나는 어머니가 임종하기까지의 나날을 시로 써서 시집 『도원(桃源)』을 엮었습니다.

시바타 산키치 어머니는 요양시설에서 5년간 지내시고, 97세로 별세하셨습니다. 요양시설에 다닌 세월은 나에게 어머니의 뿌리를 아는 귀중한 시간이 되었습니다. 또한 사람이 죽음을 맞이하기까지의 모습을 분명히 끝까지 살펴볼 수가 있어서, 나 자신의 삶이나 늙음을 생각하는 길도 되었습니다. 그것에 대해 감사한 마음으로 가득합니다.

지금 미련이라면, 좀 더 어머니의 얘기를 들어주지 못했다는 것입니다. 노인에게 있어 자신의 과거를 얘기하는 일은 최상의 기쁨이었을 테니까요. 아마도 나는 어머니의 기억의 지층을 반도 파내지 못한 게 아닐까요. 그리고 내가 23세 때, 56세로 돌아가신 아버지의 얘기도 듣고 싶었는데 그러지 못했습니다. 아버지의 어린 시절, 청년 시절은 내게는 공백(空白)입니다.

시바타 산키치 나는 물건에 대한 집착이 없어서, 애장품이라고 부를 만한 것은 없지만, 유일하게 곁에 두고 있는 것은, 내 '태반과 머리카락'이 든 작은 오동나무 상자입니다. 1952년 당시는 자택에서의 출산이 많아서, 나도 산파에게 도움을 받았습니다.

태반이 목에 감겨 난산이었다고 합니다. 요양시설에 계신 어머니께 보였더니 그 시절이 그리운 듯이 눈을 가늘게 뜨셨습니다. 어느 때 태반을 씹어본 적이 있는데, 그것은 세월처럼 무미무취(無味無臭)하고 오징어처럼 딱딱했습니다.

시바타 산키치 시인의 태반과 머리카락

시바타 산키치 일본도 한국 다음으로 저출산이 진전되고 있습니다. 집 주위에 어린이들이 없고, 놀고 있는 아이들도 찾아볼 수 없습니다. 아이들 소리가 가까이에 들리지 않는 세계는 쓸쓸하고, 우리 고령자들에게 깊은 고독감을 초래하고 있습니다.

시바타 산키치 나는 사진전문학교에서 보도사진을 배워, 다큐멘터리 작가를 지향하고 있었습니다. 일본의 전후 사상(戰後思想) 상황을 보면서, '전전(戰前) 세대의 정신 구조는 이전과 달라지지 않고 있는 것이 아닌가'라고 생각하며, 그것을 탐구하고 싶었습니다. 아시아에 대한 침략과 식민지화의 책임을 명확히 하지 않는 정부, 태평양전쟁을 미화하는 사람들이 많이 있었습니다. 그 상징으로서, 야스쿠니신사(靖國神社)나 천황에 대한 친근감을 가지고 '황거(皇居)'에 모이는 사람들을 찍어, 1975년에 '국화(國華)—전후 30년이 지난 일본인'이라는 다큐멘터리 사진전을 열었습니다.

그 후 몇 가지 사정이 있어서 사진의 길을 체념하지 않을 수 없게 되었습니다. 그렇더라도 나의 표현에 대한 욕구는 사라지지 않고 다양한 모색을 하는 중에 시와 만났습니다. 사진과 시는 드러내는 방식은 다르나 그 상징성에서는 동일한 것이라는 점을 깨달은 것이었습니다. 20대 중반 무렵의 일인데, 그 이래 현재에 이르기까지 계속 시를 쓰고 있습니다. 그중에서 사회적인 문제가 아닌 '인간 존재란 무엇인가'라는 사색을 확장해왔습니다.

시바타 산키치 대표작이라기보다 가장 최근의 작품입니다. 이 시를 쓰게 된 계기는 상처를 덮는 거즈의 어원이 팔레스타인의 '가자'에서 유래한다는 것을 알게 된 것입니다. 이 글을 쓰고 있는 현재도, 이스라

엘에 의한 가자지구 시민에 대한 학살은 계속되고 있습니다. 이 사실에서 '팔레스타인이라는 땅에 드러난 상처를 덮을 수는 없을까'라는 생각을 했습니다. 그것은 러시아의 침공을 받고 있는 우크라이나뿐 아니라 내전이 일어나고 있는 다양한 곳의 상처와 중첩되어 있기 때문입니다.

마지막 행인 "지금, 깡그리 파괴돼버린 거리/ 드러난 상처에, 눈물이 아닌/ 지혈약은 있는 걸까// 알몸의 아이를 감싸 안고/ 이 별을 감싸 안는/ 빛의 옷감은"이란 표현은, 가자의 고통을 응시하면서, 이 세계를 향해 발신한 질문입니다. 그리고 모든 전쟁이 하루라도 빨리 종식되고 사람들의 상처가 치유되기를 바라는, 나의 기원입니다.

시바타 산키치 가족은 아내 모토코(元子), 장녀 후키, 장남 다이치(台地)로 현재는 독립하여 각각 가정을 꾸리고 있습니다. 사진은 적당한 것이 없어서 생략했습니다.

시바타 산키치 대가족이 일반적이었던 시대는, 한 집에 3세대나 4세대가 동거하고 있었습니다. 거기에는 약 100년이라는 세월이 들어 있어서, 일가는 커다란 역사를 짊어지고 살고 있었습니다. 아이들은 그곳에서 사랑만이 아니라 세대차에 부대끼면서 국가의 역사와 문화를 배우고 있었습니다. 현재는 핵가족화가 진전되어, 그와 같은 상호관계도 적어졌습니다. 앞으로의 가족은 그와 같은 축소된 관계를 마주하며 역사나 문화를 전하는 새로운 노력을 해가지 않으면 안 될 것입니다.

유년기, 어머니로부터의 속박에 괴로워한 내가 우리 아이들을 기를 때 강하게 생각한 것은, 자신의 가치관을 그들에게 강요하지 않도록

하는 것이었습니다. 서로 대화하는 가운데 무상(無償)의 사랑을 가지고 받아들이는 것이 중요하다고 생각했습니다. 그로부터 그들 나름의 세계관과 인생관을 길러주기를 바라는 마음으로 말입니다. 현재는 젊은 세대가 살아가기 어려운 시대이지만 그것을 헤쳐 나갈 힘을, 부모와 자식은 길러가야 할 것입니다. 가족이란, 아이들을 세계로 내보내는 장소이기를 바랍니다.

양치(羊齒)에 붙어서
혼다 히사시(本多寿)

겨울 서리를 두르고
말라서 썩어버린 곳

(질문은 거기서부터 싹텄다)

부드러운 새싹이
연둣빛 의문부호처럼
하늘 향해
질문을 보내고 있다

하지만
질문을 받고 있는 것은 하늘이 아니다
하늘 위에 펼쳐진
푸른 어둠에 자욱한 신(神)이다

인간의 죄를 따지지도 않고
악행을 방임하고
벌하지도 않는 신이, 즉
신을 창조한 인간이
새롭게 질문을 받고 있는 거다

그 질문은 인간이 존재하는 한
낡아지지도 않고 계승되어
봄이 올 때마다
갱신돼 온 질문이다

지금, 이 세상의
윤곽이 녹기 시작하고 있다
미래의 윤곽이
희망을 가지고 그려지지 않는다

양치식물 군락에 숨어있는 하늘소가
연둣빛의 질문을 물어 끊으려 하고 있다
나는 하늘소를
미약한 질문으로부터 쫓아 버린다
이윽고 새처럼 날개를 펴고
북쪽 하늘로 길 떠나는 질문을 꿈꾼다

전쟁터의 하늘을 선회하고
폭탄 대신에 포자(胞子)를 흩뿌리며
또렷한
질문이 싹 트는 것을 꿈꾼다

혼다 히사시(本多寿)

시인은 1947년에 태어났다. 1957년 시지 『도치(土地)』에 시 「복숭아」를 발표했다. 다양한 직업을 전전하였으며 30세에 출판사에 취직했으나 40세에 독립하여 출판사 혼다기카쿠(本多企劃)를 창업했다. 시집 『과수원』(1991)으로 제42회 H씨상을 수상하고, 시집 『바람의 둥지』(2019)로 제53회 일본시인클럽상을 수상했다.

혼다 히사시 1945년 6월 29일 미군의 공습으로 생가가 전소되었습니다. 패전 후에는 먹을 것도 없어 제대로 먹지도 못하고 살아남은 게 고작이었는 데다 계속되는 대형 태풍에 피해를 입어 사진도 멸실되어 남아 있지 않습니다.

전쟁 후에 누군가가 촬영한, 어머니와 손을 잡은 소년 시절의 사진이 있었는데, 나중에 새로 지은 집이 홍수 피해를 입어 앨범이 흙탕물에 잠겨 쓸 수가 없게 되어버렸습니다.

혼다 히사시 어머니가 들려주신 옛날이야기나 전쟁 피해를 입은 집이 전소했을 때의 이야기, 전쟁 중에 잃어버린 초등학교 3학년의 딸과 한 살이 채 못 되어 죽은 아들 얘기는 잘 기억하고 있었습니다. 수년이 지나도 기일(忌日)이 오면 생각이 나서 울고 계셨습니다.

혼다 히사시 어떤 계기로 문득 망막에 어머니의 나신(裸身)이 떠오를 때가 있습니다. 그리고 그것은 꼭 목욕탕에서의 모습입니다. 지붕이 연결돼 있기는 하지만 본채에서 조금 떨어진 곳에 있는 어두컴컴한 목욕탕입니다. 10와트 정도의 알전구가 내려뜨려져 있고, 김이 서려 있습니다. 고우에몬(伍右衛門: 부뚜막 위에 직접 거는 철제 목욕통)탕이라고 부르는 쇠솥이 있고 몸을 씻는 곳이 있으며 허술한 유리창문에 나와 어머니의 모습이 어렴풋이 비쳤습니다. 어쩐지 슬프고 아름다운 한 장면입니다.

그런데 나는 대체 몇 살 무렵까지 어머니와 함께 목욕탕에 들어갔을까? 어머니에게 몸을 씻도록 내맡긴 채, 햇볕에 탄 팔이며 목덜미와는 대조적으로 가슴이나 배, 허벅지의 정맥까지 투명하게 보이는 흰 피부가 눈부셨습니다. 때로는 등을 밀어드린 기억도 있는 듯합니다. 몸을 다 씻으면 쇠 대야에 뜨거운 물을 끼얹도록 하고 욕조에 들어가게 되는데, 쇠로 만든 고우에몬 솥은 뜨겁기 때문에 어머니가 먼저 들어가서 나를 불러들여 주었습니다.

나는 어머니의 가슴과 등을 향해 허벅지에 엉덩이를 올려놓고 두 팔에 안기어 욕조에 몸을 가라앉혔습니다. 그렇게 팔 안에 완전히 안기면서 어린 마음에 이런 지복(至福)의 때가 영원히 지속되면 좋겠다고 생각하고 있었던 것 같은 느낌이 들었습니다. 고생을 하여, 읽고 쓰는 것도 마음대로 되지 않는 어머니였지만, 옛날이야기는 잘 해주셨습니다. 모모타로(桃太郎)나 긴타로(金太郎) 이야기를 들려주면서 가끔씩 그 노래까지 불러주신 어머니와의 목욕 시간은 그 어떤 것도 대신하기 어려운 한순간이었습니다. 수많은 어머니의 추억 가운데서 이 목욕탕에서의 추억은 나에게 한 알의 진주처럼 엷은 빛을 계속 발하고 있습니다.

여섯 형제의 막내였던 나는 어머니가 마흔 살 때 낳은 자식이었습니다. 따라서 40대 중반을 지나 있었을 어머니의 나신은, 어느 정도 느슨해져서 오그라든 유방이 아프게 떠오릅니다. 그러나 요즘의 40대 여성과 달리 엄혹한 농사일로 지새는 빈농의 며느리로서 여섯의 아들을 낳은 어머니의 몸이 얼마나 느슨해진 상태라 하더라도 나에게는 역시 성(聖)스러운 어머니의 나신이었습니다.

먼저 욕조에서 나와 어머니를 기다려 몸을 닦도록 한 뒤 다시 늦게 욕조에서 나오는 어머니의 등 같은 데를 닦고 함께 유카다(浴衣)와 옷을 입을 때, 싫든 좋든 지복의 시간이 끝났음을 깨닫게 되어 아무래도 이유를 알 수 없는 신비한 쓸쓸함을 느끼고 있었던 듯한 생각이 듭니다. 훗날, 어머니가 돌아가셔서 본가에 갔을 때, 아직 남아 있던 목욕탕을 들여다보았더니 거기에 어머니의 나신이 환상처럼 현현

(顯現)하는 것이었습니다. 그리고 그 곁에 어린 나의 나신도 바싹 붙어서 현현하여 어머니에게 옛날이야기를 조르기 시작하는 것이었습니다.

목욕탕 창문은 50년을 넘는 세월이 흐릿하게 했지만 어쩐지 흐려진 유리창에 비치는 광경은 또렷이 윤곽을 두드러지게 하고 있었습니다.

H씨(氏)상 수상을 축하하여
고교 시절의 동급생이 보내준 몽블랑 만년필

혼다 히사시 시인이었던 형의 영향으로 일본의 모더니즘 시의 선구적 역할을 짊어졌던 동향(同鄕)의 시인 와타나베 슈조(渡邊修三)를 20대 중반에 만난 것입니다. 전후에는 가업(家業)을 잇기 위해 귀향하여 생애를 고향에서 마쳤지만, 그 후 전저작집(全著作集) 발행에 관여한 일도 큽니다.

혼다 히사시 현재의 세계에 대한 위기감에서 태어난 작품입니다. '시 속에서 어느 한 행이 중요한가'라는 질문은 아마도 우문(愚問)일 것입니다. 한 편의 시에서는 제목을 포함하여 전행(全行)이 밀접한 관계에 있으므로, 특별히 한 행만 *끄집어낼* 수는 없습니다.

혼다 히사시 가족의 사진은 재해로 멸실되었습니다.

혼다 히사시 '가족이란 무엇인가'라는 질문입니다만, '시란 무엇인가', '사랑이라 무엇인가', '빛이란 무엇인가', '자연이란 무엇인가'라는 질문과 마찬가지로, 어떤 의미에서 형이상학적인 질문이기에, 간단히 말할 수는 없습니다.

침묵으로부터 나오는 '흰', 고향으로 돌아가는 말
― 정지용과 김지하의 '흼'에 대하여
김진형

태초에 빛이 있었다. 그 이전에 어둠이 있었다. 빛이 없으면 어둠도 어둠이라 이름을 남길 수 없으니 빛과 어둠은 상호 공존하며 태극을 이뤄왔다. 인간의 삶도 마찬가지다. 어머니는 씨앗을 품어내고, 아이는 캄캄한 어둠 속에서 열 달의 기다림을 거쳐 태초의 빛을 만난다. 누구나 천지의 사랑을 받고 태어나 울고, 고통의 세월을 겪다 돌아간다. 대부분의 생명 원리는 이와 같이 작동한다. 잠깐 빌려 입은 옷은 저마다의 수명이 있고 언젠가는 돌려줘야만 한다. 시간이 지나면 비슷하지만 다른 옷을 입은 이가 나타나 각자의 지문, 나이테를 남긴다. 빛과 어둠 속에서 모든 살아 있는 것은 탄생했기에 죽음을 마주한다.

빛과 어둠은 낮과 밤을 만들고 계절을 반복한다. 어디에서 어디로 흘러가는지 모르는 그 변화의 급류에 휩쓸려 길을 잃은 인간의 이야기는 어제오늘의 일이 아니다. 그들은 스스로 길을 잃었고, 영원을 살 것 같이 오늘을 산다. 이야기는 흐르고 흘러 바다가 되고 죽어서 살이 썩은 뒤에는 흰 뼈만이 남는다. 그들은 처음 왔던 길처럼, 언젠가 흼으로 돌아간다. 흰옷을 즐겨 입던 과거로부터 잃어버린 것들을 생각한다. '흼'에 대한 우리 시의 내부 발견, '시인의 고향은 어디인가'라는 물음에 백색소음은 언제나 우리 곁에 있었다는 답을 내놓고 싶다.

*

　흰 자작나무같이 앙상한 시인이 있다. 잠시 꿈을 꾸다 깨어난 시인은 깊은 산속에서 스스로를 태워 소리를 낸다.

　정지용의 시를 종종 접해왔지만, 그의 시집을 읽어본 것은 이번이 처음이었다. 어떤 평가도 보지 않은 채, 백지 위에서 그의 시를 읽고 싶었다. 그는 천생 시인이었다. 시를 읽고 난 뒤에는 한나절 아무 일 없이 논두렁을 걷고 싶어졌다. 물소리를 들으며 서산에 지는 해를 보고 싶었고, 세상의 소란함에는 잠시 귀를 닫고 싶었다. 나도 지금 꿈을 꾸고 있는 것은 아닌지 모르겠다.

　지용은 묻는다. 「비극」의 흰 얼굴을 본 적이 있느냐고. 그의 시에는 '흼'의 이미지가 넘실거린다. "흰 시울 아래 흰 시울이 눌리어 숨쉰다"(「장수산 2」), "백화(白樺) 옆에서 백화가 촉루가 되기까지 산다. 내가 죽어 백화처럼 흴 것이 흉없지 않다"(「백록담」)와 같은 표현이 대표적이다. 자작나무를 뜻하는 백화가 그의 시에서 자주 사용된다.

　여타의 시인들이 그렇듯 산과 바다는 시인에게 방황의 경계의식으로 통한다. 흰 연기 같은 바다를 향해 나선 그는 대한해협을 건너는 배 위에서 죽음의 불안을 목격한다. 일본으로 가는 길에 처음 접한 바다는 우리 시 노정의 시작과 같았다. 그 바다는 특별했다. 바다를 건너지 않았더라면 우리는 우리가 사랑하는 시인들을 가질 수 없었다. 지용은 그 바다에서 두려움을 직면했고, 죽음과 직면했던 기억이 오래도록 외로운 나그네의 뇌리에 박혔던 것 같다.

　산골에서 나고 자란 지용에게 산은 원초적 그리움이다. 하늘과 가장 가까운 곳에 접해 있는 먼 산을 바라볼 때면, 새가 멀리 날아간다. 동해가 보이는 비로봉에 이르러서는 사리 같은 우박을 남기며 육체의 벗어남을 결정시킨다. 일찍이 죽음의 흑점을 감지한 그는 어쩌면 모든 것을 잊는 그 순간을 기다렸던 것만 같다.

"별을 잔치하는 밤"(「별」)에 다시 '흼'을 생각한다. 아니, '흼'을 기억해야만 한다. 흼의 세계는 곧 빛의 세계다. 이승에서 저승으로 넘어가는, 다른 세계로 들어가는 터널과 같은 것이다. 태초의 빛을 마주할 때 우리는 어떤 시력을 잃어버린 것은 아닐까. 기억하지 못하더라도 아주 어렴풋이 그리워할 뿐이다. 그것은 온전히 구성되지 않는 꿈과 같이 잔상으로 남아 있다. 그렇기에 흼의 흔적들은 여전히 두려움과 불안을 껴안으며 세상을 아우른다. 계절은 어떤 것에도 오염되지 않은 흰 겨울, 순백의 세계로부터 시작한다. 밤하늘의 흰 별과, 흰 달이 빛을 비추고 귀뚜리 우는 소리가 그려진다.

지용은 고향을 그리워했다. 그의 시어는 주변의 모습을 세밀하게 관찰한 결과물이다. 백화, 고향, 별, 꽃, 돌, 햇살 등은 정신적으로 눌려 있던 것들을 구체화한다. 절제된 언어는 있는 그대로의 그림을 그려낸다. 참지 않아도 겪어지는 경험에서 우러나오는 부끄러움과 소박함이 나온다.

안타깝게도 현실의 고향은 이미 예전의 고향이 아니다. 변화라는 시간의 흐름을 누구도 거스를 수 없다. 그러나 모든 시인은 고향으로 돌아간다. 해가 지는 서해로 붉게 타올랐다가, 자신이 태어났던 '흰' 빛의 세계로 돌아가는 길이다. 흔들흔들거리는 모국어가 철석 처얼썩, 요동친다. 인내심을 갖고 소리 내어 다시 읽어야 고사리밥 같은 시의 맛이 일어난다.

시가 본래 텅 비어 있다는 사실은 모든 시의 실패를 예견한다. 화려한 빛깔도, 그럴듯한 선시도, 본래 시의 자리를 차지할 수는 없다. 도무지 잡히지 않는 것의 존재를 잠깐 드러낼 뿐이다. 새벽에 맞이할 때, 「별」을 향해 창을 열고 눕는다.

하나의 감각을 닫으면 다른 감각이 더욱 예민하게 느껴진다. 눈 감기 싫은 밤에 눈을 감고 "해도 없이 항해"에 나선다. 이유는 저세상에 있을지 모른다.

한밤중 노시인이 읊어준 다라니경이 들리는 것 같다. 한사코 기어오르다 미끄러지고 그러다 잠이 든다. 도달하지 못해도 괜찮다. 이해할 수 없지만 내버려둬야 하는 영역이 있는 법이다. 시인들은 여전히 '시 같은 것'들을 쓰고 있다. 모든 시인은 결국 길을 떠나야만 한다.

*

김지하의 장례식장에 갔던 밤을 기억한다. 비록 시인을 한 번도 만나보지 못했지만 가야만 할 것 같았다. 늦은 밤 빈소의 조문객은 나 혼자였다. 어두컴컴한 그곳에서 따스한 빛이 나를 감싸는 것만 같은 기분을 느꼈다. 지하가 항상 주창했던 '흰 그늘'은 바로 이런 것이 아니었을까.

지하의 시는 「황톳길」에서 출발한다. "황톳길에 선연한/ 핏자욱 핏자욱 따라/ 나는 간다 애비야"라고, 너무나 가까운 죽음을 경험하며 오랜 시간 흘러온 우리 역사를 생각하게 만든다. 그 역사는 기록의 모음보다는 생성론적 생명운동 원리에 가깝다.

하지만 거대 담론보다는 못난 시, 어수룩하고 허름한 시가 더 마음에 끌린다. 그게 시의 진짜 모습 같다. 이제 기억나지 않는 '애린'의 속삭임을 찾아가고 싶어진다. 가장 작은 것이 오히려 가장 큰 것을 생각하게 만든다.

김지하의 삶을 생각한다. 사람을 생각한다. 그는 말과 문학으로 신명의 판소리를 펼치는 '큰 무당'이었다. 한 번 터지면 의식의 저편에서 나오는 말이 멈출 줄을 몰랐다. 굿판을 보러 나온 구경꾼들은 시김새가 터질 때마다 맺힌 응어리를 풀며 열광했다. 김지하는 한때 「타는 목마름으로」, 「오적」, 「비어」 등의 시를 통해 민주화 운동의 투사로 불리며 사형선고를 받았고 감옥에서의 사색으로 생명에 대한 깊은 깨달음을 얻었다. 믿었던 동지들은 그를 변절자로 낙인찍었다. 위대한 사상가로 칭송을 받기도 했지만, 그는 외로웠다. 이따금 찾아오는 환상통은 그를 더욱 고통스럽게 만들면서도 자신만의 독특하고 방대한 세계관을 직조시켰다. 때로는 괴팍하고 독선적인 말들로 많은 이들이 그를 떠나갔지만, 그의 이야기를 끝까지 들어주고 품어주는 이들도 드물었다. 우리 문단에서 지하는 점차 금기시되며 멀어져갔다.

'흰 그늘'의 세계가 여전히 난해한 것처럼, 지하의 모든 면모를 이해하기란 어렵다. 마지막 시집 『흰 그늘』의 경우 일반적으로 그의 기존 시와 비교해봤을 때 잘 이해가 되지 않는 측면이 많지만, 이제 그가 쓸 수 있는 시를 다 썼다는 인식을 안긴다. 짧게 '행'을 끊는 것이 그의 장단이 됐고 더는 남길 것도 할 말도 없이, 마지막 시집이라는 말을 지켰다.

자신에게 드리운 그림자를 감각하는 이들이 있다. 누구나 인생의 마지막이 다가오는 시기가 되면 풍성했던 생각들은 점점 자취를 감추고 시의 표현은 더 단순해진다. 지하는 자신에게도 겨울이 다가왔음을 직감했을 것이다.

지하의 내부에서는 고향에 돌아가려는 강력한 의지가 작동한다. 앞서 지용의 시에서 언급한 '흰'의 이미지는 죽음과 생명이 공존하는 지하의 '흰 그늘'과 연결된다. 김지하의 생명사상은 동학, 생명, 풍류, 화엄 등으로 이해되곤 하지만, 이런 표현도 정형화되고 지나치게 딱

딱하다는 느낌을 지울 수 없다. 중심의 괴로움인 '흰 그늘'을 감각하는 것만이 지하가 경험했던 세계를 함께하는 일이다. '그늘'은 '흰'의 세계를 인식하게 만드는 신묘한 감정이다. 기쁨은 반드시 웃어야만 하는 것이 아니고, 슬픔은 반드시 울어야만 하는 일도 아니다.

20년 전에 나온 아홉 번째 시집 『유목과 은둔』을 읽는다. '죽음' 앞에서 의지가 온갖 욕망을 압도하던 시대는 갔다. 지하는 삶은 그냥 오지 않고 허전함으로부터만 온다고 말한다. 텅 비어 있다는 것을 느끼지 못하는 지금이야말로 어떤 허전함이 절실해졌다. 빈 마음에는 아무것도 없다.

온몸이 아프고 외로웠던 지하도 산을 좋아했다. 그는 아우라지부터 온 동네를 훤히 꿰뚫고 있는 치악산 시인이었다. 어려서는 고향을 잃었고, 열여섯에 벗들과 함께 올랐던 원주 치악에서 생을 마감했다. 어쩌면 시인의 고향은 새롭게 창조되는 것이 아닐까. 눈 쌓인 산, 들녘에서 소리치는 바람의 흰 물결, 그곳에서 늙은 산맥이 찢어지는 소리가 들린다.

*

원고의 마무리 과정을 쓰는 지금은 2024년 11월 29일 새벽 3시. 어제 새벽 춘천에 많은 눈이 내렸다. 창을 열자 초등학교 입구부터 온통 흰색으로 덮여 있었다. 더 큰 폭설이 내려 하얀 침묵의 세상이 잠겨 있었다면 시간을 제외한 모든 것이 정지해 있었을 것이다. 그렇게 멈춰진 세계를 바라보고 싶다. 시간이 멈춰진 곳에 '나'는 없다.

불현듯 떠내려가는 생각만으로 글이 미끄러진다. 무의식 속에서 나도 모르게 튀어나오는 말의 가치를 잊어서는 안 될 것이다. 지용과 지하의 시는 근본적으로 영성의 감각을 회복하게 만든다. '흼의 세계'는 눈을 감으면 보이는 순백의 무의식 공간이다. 가만히 귀를 기울이다 보면 어디선가 빗소리가 들려오는 것 같다. 그 안에 침묵이 있다.

나는 지금 '나비 꿈'을 살고 있다. 어둡고, 편안하고, 공허한 꿈이다. 잊은 줄만 알았던, 눌려왔던 기억은 꿈속에서 재조립된다. 현실의 존재들은 모두 각자의 꿈을 꾼다.

꿈에서 깨고 나면 언어의 세계에서 사라지는 것들이 있다. 언어가 사고를 가두고 있는지도 모르겠다. 정형화된 틀에 맞추려다 보면 가벼운 것들이 먼저 날아가기 때문이다. 깊은 곳에서 뭔가가 툭 튀어나와 다음 줄을 쓰게 만들 때, 문학은 희미한 나의 존재가 살아 있음을 확인시킨다. 해와 바람이 부딪쳐 살아지고 사라진 자국, 감각의 허무함에서 흼의 세계가 희미하게 느껴진다.

신성성을 가진 '흼'의 이미지가 앞으로 우리 문학에 어떤 담론으로 작용할지 궁금해진다. 우리는 혼돈의 꿈을 잊은 지 오래다. 살아 있다는 감각조차 잃었다. 죽는다는 사실을 까맣게 잊고 사는 것이다. 종교도 힘을 잃은 영성의 실종 시대라고 말하고 싶다.

너무나 많은 것이 시스템으로 묶여 좁아진 세상은 오염천지가 됐다. 덧칠하고, 씌우다 삼매에 빠진 까닭에 산과 바다의 신들은 갈 곳을 잃었다. 생명의 근원인 땅과 물은 오염됐고, 산은 불타고 있다. 어머니 나무는 너무나 많이 베어졌다. 쓰레기의 범람뿐 아니라 '말의 공해' 또한 심각해졌다. 자연환경과 삶의 변화로 인한 정신적 증세는 말의 오염으로 나타난다. 익숙한 재난은 재난이 아니듯 오염된 언어가, 오염된 생활이 지구 생명과의 관계를 망치고 있다.

합리와 근대라는 명목 아래 게으를 권리를 잃어버렸다. 잘 숙성된 발효의 말과 글은 정작 사람들에게 닿지 못한다. 먹을 반찬이 워낙 많아 도리어 소중함을 잊어버렸다. 가난도 사치가 된 것인가. 삭힘의 언어로 숨 쉴 구멍이 필요한데 도무지 틈이 보이지 않는다. 돌아갈 길을 찾아야만 한다.

한반도의 좁은 땅이 반으로 그어진 뒤, 우리 시는 대륙과 해양, 물질과 정신의 충돌로 인한 두 날개 사이에서 온갖 갈등과 투쟁, 전복의 역사를 이어왔다. 날개의 변화로 인한 기울어짐 그 자체가 시이기도 하겠지만, 우리는 그 사이에서 사랑을 잃어버린 것은 아닐까. 갑자기 말더듬이들이 그리워지는 새벽이다.

지용은 독실한 신앙을 가진 천주교 신자였다. 성모마리아를 생각하며 기도했고, 종교적 체험에서 안식을 얻었다. 지하는 천주교 신자이면서도 마음속 고향은 동학이었다. 그러니까 지하는 예수쟁이고, 미륵불교 신봉자고, 동학도이다. 새벽에는 남몰래 새벽기도를 올리며 짐승처럼 울부짖곤 했다. 그들의 시에서 잃어버린 우리의 '말'이 있다. 하얗게 토해져 나오는 폭포의 물줄기처럼, 언어 속에 자연의 영성이 있다.

지용의 시에서 하얗고 청정한 서정으로 돌아가는 그윽한 골짜기가 발견된다. 하늘과 땅의 유구한 전통인 사랑이 그곳에 있다. 빈 껍질같이 허탄한 세상, 주검같이 고요한 바닷속 깊고 깊은 곳으로 들어가 "흰 나리꽃"을 전해주고 그 바다를 떠난다.

"마침내 이 세계는 빈 껍질에 지나지 아니한 것이, 하늘이 씌우고 바다가 돌고 하기로서니 그것은 결국 딴 세계의 껍질에 지나지 아니하였습니다." (「슬픈 우상」)

지하의 시에는 생명의 원리가 보인다. 질긴 생의 역사와 우주 생명의 관계는 태초의 시간부터 상호 공명한다. 그는 물질 안에도 마음이 있다고 봤다. 마음이 있다면 살아 있는 것이다. 존재하지 않는 것 같지만 존재하는 영적 세계로의 회귀가 여기에 있다.

"흰 물결에 갇힌 때를 기억하자/ 흰 눈에 갇힌 때를 기억하자/ 흰 방에 갇힌 때를 기억하자/ 그러나 기억할 수 있겠는가/ 흰 살에 갇힌 때를 그 여자의 흰 살의 눈부심에 갇혔던 때를/ 만지지 마라 머리 위에 난 상처는 만지지 마라/ 만지지 마라/ 머리는 하늘을 이는 것"(「백방 3」).

세상이 소란스럽다. 우리가 이전보다 잘살고 있는가에 대한 질문에 답한다면 여전히 의문이 남는다. 문학이 할 수 있는 일은 작고 연약하다. 문학이 우리를 구원할 수는 없겠지만, 그저 자기가 사는 세계에 대한 사랑을 전할 수만 있으면 좋겠다는 바람이다. 그 사랑에는 애정과 증오도 포함된다.

정지용과 김지하가 전하는 '흰'의 미학은 예전부터 내려온 우리 고유의 정신이라 생각한다. '흰'은 여전히 펄펄 내리고 다시 살아 숨 쉬고 있다. 그들의 시에 나오는 '흰'은 잃어버린 전통에 대한 아름다운 절규이기도 하다.

문학만이 능사는 아니겠지만 원시반본의 길, 옛날로 돌아가 반성하는 능력이 문학에 있다고 생각한다. 문학은 희미하고 작은 나의 존재를 확인시킨다. 두 시인 모두 이제 가깝고도 먼 우주, 고향으로 돌아갔다. '흰'은 속삭임에서 밖으로 빠져나오는 침묵의 언어다. 두 시인은 그것을 되찾을 가능성을 보여줬다. 어디에나 있고 어디에도 없는 시가 걸어가고 있는 길이다.

새벽이 밝아오고 아침이 왔다. 형광등이 켜진 하얀 방에서 일어나 이제 해가 뜨는 산, 흰 눈이 덮인 월정사로 가야만 한다. 떠나야만 한다. 끝없는 하얀 길에서 시를 만나고 싶다.

김진형(金鎭瀅, Kim Jin Hyeong)
강원도 홍천에서 출생했다. 강원도민일보 문화부 기자로 근무하고 있다.
문학, 음악, 역사, 종교에 관한 글을 쓰고 있다.

홍시
이춘희

"생각이 난다 홍시가 열리면 울 엄마가 생각이 난다" 나훈아의 노래 〈홍시〉의 가사이다. 날씨가 더워서인지 올해는 홍시 풍년이다. "새벽과 저녁노을의 딸 홍시"…. 홍시와 연결된 낱말들이 슬픔과 그리움을 불러온다. 나도 홍시만 보면 울 엄마가 생각난다. 엄마는 과일 중에서 홍시를 가장 좋아하셨다. 홍시를 먹을 때마다 국경 너머의 엄마를 챙겨드리지 못하는 자신이 안타깝고 죄스럽다.

올해의 첫눈이 내렸다. 푸근푸근한 백설기처럼 빌라 기와지붕 위에도 소담하게 눈이 쌓였다. 눈이 얌전하게 내린다. 시끄러운 세상이 고요해진다. 이 순간을 영원으로 저장해두고 싶다. 눈은, 하얀 색감을 덧칠하고 또 입히면서 어지러운 세상을 고요 속에 영영 묻어버리려는 것 같다. 117년 만의 폭설이란다. 소복단장한 나무들의 자태가 황홀하다. 습설(濕雪), 나무는 어쩌면 젖은 눈의 무게를 안간힘으로 떠받치고 있는지도 모른다. 발코니에 놓아둔 옹기 단지도 하얀 털모자를 썼다. 그 옆에 까치밥으로 놓아둔 홍시가 젖무덤처럼 봉긋하게 솟아올랐다. 어릴 때는 눈이 내리면 두근두근 가슴이 설렜다. 어른이 되어도 눈 오는 날은 동화 속의 세계로 빠져든다.

엄마와는 며칠 건너 한 번씩 전화로 연락한다. 내가 연락하지 않으면 또 어디 아프구나, 하고 걱정하신다니 전화를 자주 해야 한다. 팔순이 넘은 노모께서 몸이 부실한 딸 걱정을 하고 계신다. 엄마가 주신 새 몸을 삐걱거리는 헌 몸으로 만들어버린 불효를 저질렀으니.

내가 의과대학을 졸업하고 석사 과정까지 마친 후 의사라는 직업을 포기하겠다고 했을 때, 엄마는 영화의 한 장면처럼 뒷목을 잡고 쓰러지셨다. 엄마는 뇌경색을 앓으시다가 차츰 건강을 회복하셨다. 나는 베이징 소재의 대형 제약회사 개발팀에 입사했다. 지금 생각하면 내가 엄마의 입장이었더라도 얼마나 충격을 받았을까 싶다. 내가 엄마였다면 어떻게 했을까. 나는 그래도 딸의 선택을 지지하고 응원했을 것이다. 너의 생각을 존중한다. 너무 애쓰지 말고 살아라. 모든 선택은 대가가 따르는 법이다. 너는 너답게 살았으면 좋겠다…. 엄마는 못다 이루신 꿈이 너무 많다. 엄마는 그렇게 하지 못한다.

세월이 많이 흘렀다. 나도 딸아이의 엄마가 되었다. 딸은 무던하고 착했다. 엄마가 '방목'하는 사이에 딸은 훌쩍 커버렸고 평범한 성인이 되어 제 갈 길을 가고 있다. 나는 딸한테 그 어떤 강박도, 요구도 하지 않았다. 세상이 온통 속박의 족쇄인데 엄마의 굴레에서만은 벗어나기를 바랐다. 자녀 교육에 열을 올리는 동창들을 보면서 내가 무책임한 건가, 하는 생각에 흠칫할 때가 있다. 딸이 원하는 대로, 하자는 대로 응원하고 지지하면 그만이라며 안일함 가운데 힘겨운 양육의 책임에서 한 발짝 물러나 있는 것은 아닌지 나를 돌아볼 때가 있다. 나는 딸이 자신의 뜻대로 삶을 살아가길 바란다.

어릴 때 나는 승부욕이 강했고 그 승부욕은 강박으로 치닫곤 했다. 엄마는 내가 언제나 1등만 고수하기를 원했고 어쩌다 2등을 하면 엄마는 즉시 안색이 흐려지곤 했다. 어릴 때는 엄마를 기쁘게 해드리기 위해 공부했던 것 같다. 고등학교 시절부터 나는 승부욕의 헛됨을 알아버렸다. 내 체력과 건강의 한계도 알아버렸다. 다른 아이들이 새벽 5시에 일어나 공부할 때, 나는 새벽 자습은 고사하고 첫 교시마저 놓쳐버릴 때가 많았다. 오죽하면 교감 선생님이 나를 깨우고자 기숙사 침실까지 찾아오셨을까. 나중에는 이불마저 빼앗기는 '처분'을 받았다. 사실 나는 다른 아이들보다 체력에서 훨씬 뒤졌다. 밤중에는 다리에 심한 경련이 일어 밤잠을 설치다가 새벽에 겨우 잠이 들곤 했는데 내 신음소리를 들은 기숙사 룸메이트가 한밤중에 내 다리를 주물러주던 기억이 생생하다. 공부라는 게 무작정 열심히 한다고 잘하는 것은 아니다. 그때는 잠을 충분히 자고 교과서의 내용을 잘 이해하고 수업시간에 강의만 잘 들으면 되었다. 병약한 나는 충분한 수면 덕분에 상위권 성적으로 대학에 입학했다. 인문학 공부가 더 재미있었지만 이과를 해야 엄마의 소원대로 의대에 진학할 수 있었기에 이과를 선택했던 것 같다.

의대는 대학 중에서도 공부가 빡센 걸로 유명하다. 의대생들은 대부분 새벽까지 공부한다. 나는 힘든 공부와 약한 체질 때문에 걸핏하면 감기에 걸렸다. 한번은 40도에 달하는 고열로 병원에서 쓰러진 적이 있었고 그 병으로 한 달가량 입원치료를 받았다. 큰 병을 앓고 난 후부터 나는 공부에 애쓰지 않았다. 성적은 중위권에 속했다. 졸업 전에는 인턴 과정을 거치게 되는데 나는 병원에만 가면 혈압이 올라가고 가슴이 두근거렸다. 신음과 고통, 출혈, 죽음이 반복되는 의료 현장에서, 나는 의사라는 직업의 신성함에 사명감을 느끼기보다는 극심한 스트레스에 시달렸다. 의사라는 직업이 체질적으로 맞지 않았던 것이다. 졸업학년이 되자 나는 전공의 과정을 포기하고 연구 닥터가 되기 위해 석사 과정을 밟기로 했다. 동대학원에서 석사 학위를 받고 공군병원 해부병리학과로 발령이 났다. 그러나 나는 취직하자마자 사표를 내고 베이징으로 갔다. 엄마는 내가 의사를 그만둔다는 말

301

에 뒷목을 잡으셨던 것이다. 훗날 너를 어떻게 공부시켰는데, 하면서 두고두고 나를 원망하셨고 이 건으로 나는 엄마를 볼 면목이 없어 일부러 엄마를 외면하기도 했다. 엄마는 딸이 야속했고 나는 엄마가 나한테 너무 큰 기대를 걸고 계신 것에 부담을 느꼈다. 나에게는 큰 꿈이 없었다. 그저 안 아프고 자유롭게 사는 것이 꿈이라면 꿈이었다.

엄마한테는 내가 가장 아픈 손가락이었고 가장 속을 태웠던 딸이었지 싶다. 내가 베이징에서 염치불구하고 엄마한테 출산에 임박했다는 소식을 알리자 엄마는 주변에 돌볼 이가 없는 딸이 걱정되어 출산 예정일을 며칠 앞두고 상경하셨다. 딸애의 출산과 병세가 위독한 외조모 사이에서 전전긍긍하며 베이징에 오셨다. 그러나 출산일은 예상보다 2주 정도 지체되었고, 그동안 아기는 뱃속에서 훌쩍 커버려 난산에 이르렀다. 1997년 겨울의 어느 안개 자욱한 밤, 양수가 터지면서 나는 인근 병원 산부인과에 실려 갔다. 산통은 그날 밤 9시부터 다음 날 오전 10시까지 지속되었다. 딸의 출산 일정이 지체되고 외조모는 오늘내일하고 계시니 엄마는 얼마나 애가 탔을까. 하필 양수가 터진 그날, 외할머니께서도 임종을 맞고 계셨다. 다급한 상황을 알고도 달려가지 못하는 엄마는 얼마나 힘들었을까. 외할머니는 막내딸인 엄마를 보기 위해 마지막 숨을 간신히 모아두고 계셨던 모양이다. 외할머니는 아들이 없었다. 이모부들도 일찍 세상을 떠났다. 외조모의 임종 시, 주변에는 두 이모와 막내 사위인 아버지뿐이었다. 아버지는 외할머니의 귓가에 뭐라고 나직이 말씀드렸고 외할머니는 마지막 숨을 몰아쉬더니 이내 눈을 감으셨다. 막내딸이 머나먼 베이징에 있고 당신의 외손녀가 출산 중이라고 하셨을 것이다. 외조모의 애타는 기다림이 숨과 동시에 멈추었다.

딸의 생일이 외조모의 기일이다. 나는 딸을 낳았고, 엄마는 불효막

심한 딸 때문에 외조모의 마지막 길을 배웅해드리지 못하였다. 어떤 유감은 대물림된다. 외할머니한테도 엄마는 아픈 손가락이었을 것이다. 아들이 귀한 집안이라 그렇게 아들을 원했건만 또 딸로 태어난 엄마. 남동생을 불러오라는 의미에서 지은 엄마의 이름은 조동남(趙東南)이다. 엄마의 출생은 환대는 고사하고 학대로 이어졌다. 하필 그 무렵 외조부가 중풍에 걸리면서 외조모의 시모는 점집에서 구해온 '비방'이라며 검은 붓글씨가 적힌 한지를 얻어와 아이의 몸 전체를 '도배'했다. 아이는 한 달 내내 자지러지게 울면서 가냘프고도 질긴 목숨을 이어갔다. 외할머니는 죽게 놔두라는 시모의 명을 거역하고 가만가만 젖을 물렸다. 아기의 여린 피부는 농익은 홍시 같았고 한지에는 빨간 피가 배어 나왔다. 한지가 피딱지와 함께 떨어졌다. 피부가 봄풀처럼 되살아났다. 지금도 살결이 유난히 보드라운 엄마가 아기 때 당한 학대를 생각하면 가슴이 찢어질 듯 아프다.

이춘희 씨의 어머니(2024년 6월 지린에서)

엄마가 태어난 이듬해인 1945년, 일본의 투항으로 8년간 지속되던 중국의 항일전쟁이 종식되었다. 그러나 치열해진 국공(國共)내전으로 민초들은 여전히 험악한 생존의 시련에서 몸부림쳤다. 둘째 이모한테서 전해 들은 이야기이다. 외조모의 이름은 유필분(柳筆芬)—애명은 '분이(芬伊)'—이다. 전쟁은 끝날 기미가 보이지 않고 다시 고국으로 돌아가자니 여비는 물론이고 그 많은 식솔을 이끌고 돌아갈 엄두도 나지 않았다. 불구의 남편, 병든 시모, 어린 딸아이 셋과 큰집의 아이들—외조부의 큰형은 전란 중 사망했다—셋까지 이끌고 고향으로 돌아가긴 무리였다. 어떻게든 만주에서 뿌리를 내려야 했다. 그러나 내전과 토비들의 습격 때문에 외조모네 가족은 쩍하면 피란을 다녀야 했다…. 전란을 틈타 도적 떼들이 덮치면서 피란민들의 집을 털어갔다. 세상이 험하니 양민이 없었다. 집에 돌아오면 남은 것은 깨진 그릇 몇 개와 장독, 처마 끝에 매달린 마른 홍고추 몇 개가 전부였다. 무시로 출몰하는 토비들 때문에 자칫 비명횡사할 가능성이 있었기에 피란을 떠나지 않을 수 없었다.

　추운 동북삼성에서 엄동설한의 피란길은 지옥이었다. 강바닥까지 꽁꽁 얼어붙은 어느 겨울날, 피란길에 나선 분이는 이를 악물고 달구지를 끌었다. 얼어붙은 강이 앞길을 가로막았다. 분이는 달구지를 세우고 봇짐을 강바닥에 내던졌다. 그리고 등에 업힌 아이의 이불 포대기를 풀었다. 아이를 차디찬 바닥에 내려놓았다. 아이는 어미의 돌발 행동에 놀라 울음을 터뜨렸다. 미끄러운 강바닥에 선 아이는 비칠거리면서 나동그라졌다. "엄마, 안 돼!" 눈치 빠른 큰딸 교(嬌)가 달려왔다. 겨우 아홉 살밖에 안 된 교는 울면서 막내동생 남(南)에게 어부바를 했다. 둘째 란(蘭)은 달구지 위에 앉은 할미 품에서 놀란 눈으로 이 장면을 지켜보고 있었다. 시모의 눈에는 서슬과 체념이, 지체장애인 남편의 눈에는 놀라움과 비통함이 뒤섞였다. "봇짐 이리 다고." 달구지에 앉은 시모는 그제야 며느리가 이고 있던 봇짐을 받아 안았다. 분이는 눈물을 닦고, 우는 아이를 다시 등에 들쳐업었다. 얼어서 울긋불긋한 종아리 위로 검정색 몽당치마가 바람에 펄럭였다. 큰언니 덕분에 버려질 위기를 모면한 아이, 모진 세월의 풍상고초를 겪으면서 살아남은 아이가 울 엄마이다. 세월이 흘러 흘러 나도 딸아이의 엄마가 되었다. 내 딸이 태어나는 날, 외조모 분이는 풍진 한 세상에 작별을 고했다.

나는 엄마한테 진 마음의 빚이 참 많다. 공들인 자식이 불효한다더니 엄마가 큰 기대를 품었던 딸은 엄마의 꿈을 이뤄주지 못했다. 하필이면 외조모가 운명하시는 날에 아이를 낳은 나 때문에 엄마는 외조모의 임종을 지켜드리지 못했다. 나는 평생 엄마한테 미안함을 안고 살아간다. 지금은 또 건강 문제로 팔순이 넘은 노모한테 심려를 끼치고 있다.

눈 덮인 빌라 지붕 위에서 까치가 먹을 것을 찾아 헤매고 있다. 창가에 놓아둔 홍시 위에도 소복하게 눈이 쌓였다. 딸의 생일이 다가오고 있다. 외조모 기일이 되면 엄마는 회한에 잠겨 있을 것이다.

이춘희(李春姬, Chunhee Lee)

작가는 1970년 중국 지린(吉林)성 지린시에서 태어났다. 지린대학 의과대학 및 대학원을 졸업하고 베이징 한미약품 개발팀에서 근무하다가 2006년 1월 한국으로 이주하여 10년간 한국의학연구소(KMI) 본사 기획팀에서 일했다. 2013년도 한국 국적으로 귀화했으며 지금은 서울 송파구에서 번역 프리랜서, 콘다 크리에이터로 활동하고 있다. 에세이스트 올해의 작품상을 3회 수상했으며 산문집 「경계 저 너머」를 출간했다.

구 시인의 필생의 꿈은 '김소월문학관' 건립이다

전간기와 일제강점기, 해방공간, 한국전쟁, 분단시대를 거쳐 오늘에 이르면서 이 땅
에 수많은 시인이 왔다 갔지만 소월처럼 만인의 심중에 남은 시인도 드물 것이다. 김
소월이 태어난 지는 103년이 되었고 작고한 지는 91년이 되었으며 1925년에 매문사
(賣文社)에서 시집 『진달래꽃』이 출간된 지는 올해로 백 년이 되었다. 저 먼 북서쪽
한 시골에서 출생한 김소월의 시를 기억하고 남기고자 평생 동안 소월의 자료를 모
아온 부천문학도서관의 구자룡 선생의 소중한 말씀을 듣는 자리를 마련했다.

물소리 포엠 주스 구자룡 선생께서는 언제 어디서 어떤 인연으로 소월의 자료를 모으기
시작했습니까?

오산학교 3학년 때, 소월의 유일한 사진

구자룡 초등학교 4학년 때(1955
년)였습니다. 하루는 담임 선생님
께서 동시를 하나씩 써 오라는 숙
제를 내주셨습니다. 그날 집으로
돌아와 아무거나 한 편 베껴갈 요
량으로 누나의 책장에서 다치는 대
로 책을 꺼내 읽었습니다.

　그때 어느 책인지 몰라도 「금잔
디」라는 시가 눈에 들어왔습니다.
아무리 봐도 내 수준이었습니다.

그러나 선생님에게 들통이 나고 말았습니다. 그 시가 바로 김소월 시인의 시였죠. 선생님께서 그래도 좋은 시를 베껴 왔다면서 칭찬을 해주셨습니다. 그때 김소월을 알게 되었고 그래서 소월 시집, 자료를 수집하기 시작했습니다.

물소리 포엠 주스 김소월의 시집 등, 번역 시집, 연구서지 등 몇 점 정도를 소장하고 계십니까?

구자룡 김소월은 단 한 권의 시집 『진달래꽃』을 출간하고 33살 젊은 나이에 작고했습니다. 그 후 저작권도 희박했던 시절이라 너도나도 제목과 표지를 바꾸어가며 소월 시집을 발행했으며 덤핑 판도 많았습니다. 우리 출판계의 한 단면이기도 하지만 그것조차 소중해졌습니다. 그간 약 700여 종의 이본이 출간된 것으로 추정되며 저는 그중에서 690여 권을 소장하고 있습니다.

그 외 김소월의 시가 수록된 각종 잡지, 초중고 및 대학 교과서 약 100권을 포함해서 음악, 미술, 가요, 영화, 목각, 공예품 등으로 파급된 자료 200여 점 등을 포함하여 소품 200여 점, 전국 시비 사진 200여 점 등 모두 1,800여 종 소장하고 있습니다.

물소리 포엠 주스 소장 도서를 어떻게 보관하고 계시는지요. 일정한 통풍과 살균 등의 관리가 필요하다고 합니다. 1940년대에 출간된 『시집』을 펼치면 책등과 내지가 부스러져 떨어집니다. 혹시 오래된 책에 대한 영인본 계획이나 정기적인 책 소독을 하고 계시는지요? 책소독기는 환경호르몬과 생활 자외선을 방출한다는 말이 있습니다만?

구자룡 솔직히 보관의 전문성은 없습니다. 그냥 좋아서 수집한 것인데 나름으로 보관은 잘하고 있습니다. 1년에 한 번 정도 햇빛에 소독하고, 일부는 비닐에 싸 보관하면서 말입니다. 개인적으로 영인본을 만들 생각은 없지만 출판사에서 의뢰가 온다면 몇 종류는 할 의향이 있습니다.

물소리 포엠 주스 오랫동안 소월 자료를 모아 오셨는데 잊을 수 없는 에피소드가 있으면 말씀해주십시오.

구자룡 많습니다. 우선 책을 살 욕심으로 집에 갈 차비가 없어 청계천에서 구로동까지 걸어온 적도 있었습니다. 십여 년 전쯤 초간본 원본이 경매장에 나왔는데 결국 막판에 기권을 했죠. 돈이 없어서. 이날 1억 3천5백 원에 낙찰이 되었는데 나는 1억에 물러났습니다.

물소리 포엠 주스 김소월의 결혼사진, 가족사진, 의복, 모자, 구두, 만년필, 노트 등의 유품을 소장하고 있는 것이 있습니까?

구자룡 소월의 유품은 하나도 없습니다. 소월은 요절했기에 그것도 북한에서 작고했기 때문에 없습니다. 유족들도 없다고 합니다. 단지 육필 원고가 있다고 하는데 유족들은 그것도 확인한 바 없다고 했습니다.

물소리 포엠 주스 소월에게는 아들 세 분을 두신 것으로 알고 있습니다. 셋째 아들이 타계하신 것으로 알고 있습니다. 그분에 대해 말씀해주시죠? 그리고 소월의 손녀가 살아 있다는 말을 들었습니다만 소식을 알고 계신지요? 또 어린 소월에게 정서적 영향을 준 숙모가 남쪽에서 살았다는 말을 들었습니다. 사실인지요?.

구자룡 소월의 셋째 아들 김정호가 한국전쟁 때 인민군으로 내려와 자수하여 남한에서 살다가 사망했습니다. 손녀는 충남 아산에 식당을 하며 사는데 지금은 연락이 안 됩니다. 그런데 김소월 시인 탄생 120주년 기념 시집『진달래꽃』을 박물관사랑 출판사에서 출간할 때 손녀가 "할아버지 김소월 시인의 탄생 120주년을 맞이하여 기념 시집 진달래꽃을 출판해주셔서 감사합니다. 김소월 시인 손녀 김은숙"라는 헌사를 바쳤습니다.

손자는 인천에 살고 있는데 외부와 연락을 전혀 하지 않고 지냅니다. 숙모(계영희)는 오래전에 작고했으며『내가 기른 소월』을 펴낸 바가 있습니다.

물소리 포엠 주스 김소월의 작품과 생애 등은 민족문화 보존 차원에서 발굴하고 보존, 관리되어야 한다고 생각합니다. 혹시 김소월의 모든 재간(再刊) 시집과 그에 대한 연구 논문과 평론, 기사, 유품 등의 전체 자료를 정리하여 출간한 전집이 있습니까?

구자룡 그 전체가 총람(總攬)된 것은 없는 것으로 압니다. 다만 정리 차원으로 제가 2014년 김소월 자료 소장전시회를 개최한 적이 있습니다. 그때 도록『진달래꽃 김소월』, 2016년에『진달래꽃 소월 시집을 찾아서』, 2018년『김소월 대중가요를 만나다』, 2022년 회귀본 소월 시집을 소재로『진달래꽃』을 딸(문학박사, 명지대 객원교수)과 공동으로 출간했습니다.

물소리 포엠 주스 소장하고 계신 자료 중에서 구 선생께서 볼 때, 가장 인상적인 연구서 무엇입니까?

「소월시 연구」 1962.05.01 천이두

천이두, 소월시 연구 프린트

구자룡 그동안 대학교수들이 소월 연구를 많이 출간했습니다. 단 초창기에는 참고가 될 만한 연구서가 많이 출간되기도 했습니다. 특히 천이두의 프린트 본 평론집은 가치가 매우 높습니다.

물소리 포엠 주스 해가 떨어지는 평안도의 어느 냇가에서 "엄마야 누나야 강변 살자" 노래한 소년을 기억합니다. 그 시행 속에 우리의 모든 꿈과 슬픔이 담겨 있습니다. 구 선생께서는 김소월의 자료를 찾기 위해 소월의 고향에 가려고 정부에 방북 신청을 낸 적이 있습니까?

구자룡 처음엔 그런 생각을 하지 못했습니다. 그러나 그런 생각을 했을 때는 이미 늦었습니다. 한번 가고 싶은데 어느 천년에 갈 수 있을지 모르겠습니다.

물소리 포엠 주스 2008년부터 양평군 지평면으로 내려가 살면서 심한 우울증에 시달렸습니다. 「진달래꽃」을 중얼거리며 산책하는 것이 즐거움이고 치유였습니다. 구자룡 선생은 소월 시 중에서 어느 시를 가장 좋아하십니까. 그 까닭은 무엇입니까.

구자룡 아무래도 저에겐 「금잔디」겠지요. 천방지축이던 시절 그래도 김소월을 알게 해준 작품이니까요. 그러나 저는 「엄마야 누나야」가 가장 인상적입니다. 안타까운 것은 이 시가 동요로 둔갑했다는 것

310

입니다. 알고 보면 우리 민족의 애환이 담긴 시거든요. 절대 동요가 아
닙니다.

물소리 포엠 주스 요즘 학교나 청소년들 사이에선 김소월 시인을 어떻게 생각하고 있
는지 알고 싶습니다.

구자룡 한때는 한국에서 김소월 시인의 시를 국민이 가장 좋아하고
사랑했습니다. 그러나 시대가 급변하여 지금은 많이 희미해졌습니다.
그래서 심지어 요즘은 소월을 모르는 청소년이 많습니다. 왜냐고 물으
면 수능에 안 나온다는 겁니다.

물소리 포엠 주스 현재 중고등학교 몇 학년 교과서에 김소월의 어떤 시가 실려 있습니
까. 학년별 시 제목을 알려주실 수 있습니까?

구자룡 김소월 시는 1948년 중등국어 1학년 139쪽에 「엄마야 누나
야」가 처음 수록되었습니다. 그러나 지금은 국어 교과서도 자율화되
어 교과서에선 사라졌습니다. 가끔 참고서에 익힘문제로 등장할 뿐입
니다.

김소월문학관이 없는 한국

물소리 포엠 주스 전국에 소월 시비는 몇 개가 세워져 있는지요? 그중 가장 잘 설계되
고 관리되는 곳은 어디입니까?

구자룡 2023년 현재 소월 시비가 서울 남산에 「산유화」를 비롯해 전

국에 약 270여 개의 시비가 있습니다(시비의 개념에 따라 좀 다를 수도 있지만). 2020년부터 전국을 돌며 소월 시비를 찾아 나섰죠. 가장 멋있는 것은 경남 거창에 있는 「진달래꽃」인데 지구 모양으로 되어 있습니다. 개인적으로 제일 아름답다고 생각합니다.

거창 중앙공원 건립된 진달래꽃 시비

물소리 포엠 주스 충북 증산군 도안역 근처에 소월문학기념관이 경산문학관과 함께 있는데 독립적으로 '김소월문학관'은 없는 것으로 알고 있습니다. 김소월문학관이 없는 이유가 구 선생께서는 무엇이라고 생각하십니까?

구자룡 우선 고향이 북한이라서 안 된다고 합니다. 한마디로 우리 동네에 안 살았다는 뜻입니다. 그동안 여러 곳에서 김소월문학관을 추진했었습니다. 서울, 김포, 부산, 천안, 등등. 지금도 서울에서 진행 중입니다. 그러나 모두 무산되었는데 결론은 우리 고장 사람이 아니라는 것입니다. 북한 사람이라 안 된다는 것이지요. 특히 김포시와 협약까지 했지만 시장이 바뀌고 무산되었습니다.

물소리 포엠 주스 올해가 식민지 해방 80주년이고 남북 분단 72주년입니다. 이념과 체제의 분단을 넘어 일원론적 민족 정서를 견지한 김소월의 문학정신을 기리는 소월문학관이 건립되길 간절히 기원합니다. 내년에 부천 원미산이 진달래꽃으로 한창일 때 약산으로 삼아 한번 찾고 싶습니다. 『진달래꽃』 출간 백 년을 맞아서 우리에게 하고 싶으신 말이 있으면 해 주십시오.

구자룡 김소월, 말만 들어도 가슴이 설렙니다. 한때는 한국 최고의 시인이었습니다. 지금도 물론 유명하지만 1990년대까지만 하더라도 너도나도 소월 시를 암송했고 요즘처럼 인기 투표를 하면 당연히 1등이 시인 김소월이었습니다.
그러나 대한민국에는 왜 그의 문학관이 한 곳도 없을까요? 아직까지도 이데올로기 때문에 소월문학관을 우리 동네에 짓지 못한다면 신동엽 시로 말하자면 "껍데기는 가야 한다" "정신 좀 차리고 살자" 하고 말하고 싶습니다.

물소리 포엠 주스 감사합니다.

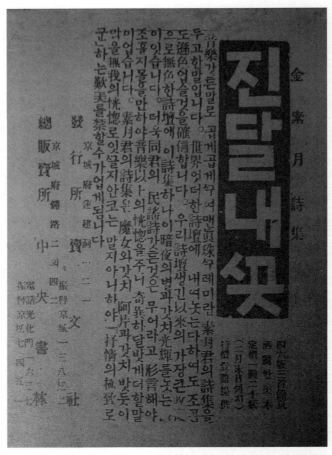

1926년 2월 7일 자 동아일보 시집 『진달래꽃』 특가(特價) 광고
사진 제공. 구자룡 시인

　아마도 설 무렵이었을 2026년 2월 7일 자 동아일보 광고란에 김소월의 시집 『진달래꽃』을 특가(特價)로 판다는 매문사의 광고가 나와 있다. 시집이 출간된 1925년 12월 23일로부터 한 달 반 뒤인 이듬해 1926년 2월에 나온 광고 문안으로 볼 때, 이 시집이 꽤나 잘 팔려서 출판사가 고무되어 있었던 것으로 보인다.

시집 『진달래꽃』 특가(特價) 광고

"음악 같은 말로 곱게 곱게 꾸여맨 진주 꾸레미란 소월군(素月君)의 시집을 두고 한 말입니다. 세계 어떠한 시단에 내여놓는다 하여도 조곰도 손색이 없을 것을 확신합니다. 우리 시단 생긴 이래의 가장 큰 ○○으로 무색(無色)한 시단에 이 시집 하나이 암야(暗夜)의 별과 같이 광휘를 놓는 ○이 있습니다. 더욱 동군의 민요시 같은 것은 무어라고 형언해야 좋을지 모를 만하야 음악 이상의 황홀을 주니 기이(奇異)하달밖에 더 할 말이 없습니다. 소월군의 시집은 마녀(魔女)와 같이 아편(阿片)과 같이 밧듯이 맘을 무아(無我)의 황홀로 이끌지 않고는 말지 아니하야 '서정의 극치(極致)로군' 하는 탄미(歎美)를 금할 수가 없게 됩니다."

이 특판은 2월 말까지 한정 판매를 한다고 했다. 판형은 46판형이며 300엽(頁, 페이지)으로서 정가는 1원 20전이다. 특가(特價, 싸게 매긴 금약) 제공(提供, 20전)으로 1원에 판매한 것으로 보인다. 당시 매문사(賣文社)는 경성부(京城府) 연건동(蓮建洞) 121번지였으며 총판매소 중앙서림은 종로 2가 42번지였다 전화는 광화문 1637번이었다.

서울에서의 『진달래꽃』의 경매 가격

『진달래꽃』이 출간되고 백 년이 되어가는 무렵 서울에서 이런 일이 있었다. 2015년에 한 초판본 『진달래꽃』이 1억 3,500만 원에 낙찰되었다. 이 최고가의 기록을 2023년 2월에 만해의 『님의 침묵』이 깨고 1억 5,100만 원에 낙찰되었다. 그런데 다시 2023년 9월 20일에 『진달래꽃』이 1억 6,500만 원에 낙찰되었다. 그 시집은 매문사가 아닌 1925년에 중앙서림에서 출판한 시집이라고 하지만 이 중앙서림(등록문화재 제 470-1호)은 출판사라기보다 총판이다. 즉 그 시집은 특가를 실시했던 중앙서림 총판본이라 할 수 있다.

이제 다른 초판본의 『진달래꽃』을 기대하지만 그것이 고작 2억 원에도 미치지 못한다는 것은 아이러니이다. 그림 한 장에 10억, 20억이라는 가격에 비해 턱없이 낮다. 역시 그림은 물질이고 시는 언어이다. 한국의 어떤 그림도 소월의 「진달래꽃」을 능가할 순 없는 일이다. 현재까지 문화재로 등록된 『진달래꽃』 초판본은 모두 4종으로 알려져 있다. 당시에 시집 출판은 대부분이 100부 한정판이었으니 몇 권만 살아남은 희귀본이다.

김소월 레거시

「진달래꽃」, 지워지지 않는 찬란한 이별, 우리 언어의 백 년(百年)
─ 하나의 시어(詩語)에 대한 오해를 넘어서
고형렬

김소월은 1922년 『개벽』에 「진달래꽃」을 발표하고 스물셋이 되던 1925년에 유일의 시집 『진달래꽃』을 출간했다. 1925년은 우리 시사의 신기원의 연도이고 『진달래꽃』은 기념비적 시집이다. 백 년이 되는 해를 맞아 아마도 60여 년 전부터 시작됐을 법한 의문 하나를 풀고자 한다. 이 일은 1960년대 초에 속초 영랑초교에서 해남 삼산면 소재의 북삼산초교로 전학했을 때 선친의 장서에서 발견한 「진달래꽃」을 처음 읽으면서부터 시작되었다. 그 시를 읽던 소년은 지금도 변하지 않는 기쁨과 정화의 우울을 간직하고 있다.

1966년에 속초중학교에 입학해서 교과서에 있는 「진달래꽃」을 다시 만났고 그 후 6년 동안 자신을 소외시킨 학창 시절을 보냈을 만큼 「진달래꽃」은 소년과 학생, 문청에게 문제를 남겼다. 이 시의 화자는 지금도 나를 혼란스럽게 하고 심리적 정신적 영향을 주고 있다. 45년 동안 쉬지 않고 시를 쓰고 읽지만 이보다 뛰어난 시는 필자에겐 없었다. 이 시는 이미 나의 맨 앞에 있었고 벌써 저 뒤에 가 있다. 그의 시는 모든 시의 처음이자 마지막이다.

나 보기가 역겨워

가실 때에는

말없이 고이 보내 드리오리다

    한 시골의 중학생은 이 1연 3행에 대해 선생에게 물어보지도 않고
(물어보았자 똑 부러지는 답을 해주시지 못했을 것이다) 혼자 의문하
며 늘 이 구절에서 고개를 갸웃거렸다. 솔직히 말해서 어느 날은 이
시 속의 여자보다 남자가 싫고 밉고 불편하다 못해 불쾌해지기까지
했다. 중학생에게 사랑과 정리(情理)의 믿음이 생길 때였다.

    변하지 않고 그대로 반응하는 감정은 "역겨워"란 말 때문이었다.
이 '역겹다'는 말이 한때는 너무 역겨워서 이 시 자체를 부정하고 싶
었다. "역겨워"를 받아들이면서 「진달래꽃」에 호응하며 깊어지고 싶
은 감정은 반발했다. 수천 번을 암송해도 자신이 사랑했거나 한 시절
을 같이했던 어떤 대상에 대한 김소월의 '속이 메슥메슥하고 구역질
이 나고 거슬렸다'는 것이 이해되지 않았다. 시 전체가 말 하나 때문
에 해명하기 어려운 지경을 지나치면서 미움의 혐의를 피해 왔다. "역
겨워"는 "죽어도 아니 눈물 흘리오리다"란 역설과는 다른 차원의 원
색적이고 위악적인 시어였다.

    그 어떤 인연도 그런 말로 미워하고 기억할 순 없는 일이며 사랑이
더더욱 그런 말로 상기되거나 잊을 수 있는 일은 아닐 것이다. 김소월
이 '그녀'를 밀어내고 보내며 기억하는 방식이 싫었다. 어떤 실패와 미
완의 행위라도 세월이 흐른 뒤 후회와 그리움이 없더라도 삶의 인과
가 부정되진 않는다. 모든 운명과 미래가 '너'로 인하여 '너'를 만났으
므로 불행한 결과를 낳았다는 결론처럼 어리석은 것도 없다. '진달래
꽃'이 결코 그런 꽃이 아닐 것이며 반드시 그래서도 안 될 것이었다.

그렇다면 이 시 자체와 시인에게 문제가 없지 않다고 할 수 없다.

진달래꽃이 활짝 핀 영변의 약산

　　▲ 사진의 저작권자는 통일뉴스로 표기되어 있어 담당자와 통화했으나 그곳에 저작권이 없었다. 연합뉴스(뉴스 1)에 확인한 결과 저작권자와 그 대행업체 역시 국내에 없었다. 출처를 노동신문으로 보고 있지만 남북 교류가 차단된 2023년의 상황에서 이 저작권 대행이 해외 에이전시일 가능성도 있으나 확인할 통로가 없었다. 먼 훗날에 주인에게 저작권료를 지급할 생각이다. 십 년 넘도록 찾고자 했던 이 영변의 약산을 2023년 가을에 속초에서 우연히 발견했다.

단풍으로 물든 영변의 약산동대의 절경

　　▲ 주변에 유난히 희고 '정가로운'(정갈한) 바위들이 많은 약산 동대 제일봉은 약초와 약수가 유명하며 거북바위가 있는 동대를 휘감고 흐르는 구룡강이 영변 서쪽으로 흐르며 이 동대는 관동팔경과 비견되는 관서팔경의 하나이다.

　　"역겹다"는 말을 여러 사전에서 확인해 보았다. 「진달래꽃」에 부합

하는 의미는 없었다. 다시 말해, 보기 싫다, 실망스럽다, 지겹다, 짜증이 난다, 언짢다, 민망하다, 미덥잖다, 마땅치 않다, 편치 않다, 거북하다, 비위가 상하다는 뜻 외 역정(逆情), 불화, 참기 어려움, 증오, 분노, 화풀이, 억제하기 곤란함, 환멸의 의미를 가진 그 말은 그야말로 '역겨운' 말이다. 게다가 12행의 짧은 시에 "역겨워"가 두 번 사용되고 있다.

　필자가 알고 있는 감정적인 말 중에서 가장 혹독하며 저주가 섞인 듯한 말이 이 '역겹다'는 말이다. 이 말에 뒤섞인 훼절(毁折)된 감정은 상상을 초월하는 면이 없지 않다. 시적 윤리의 아름다움을 내부에서 짓밟은(즈려밟음의 오해?), 삼키지 못한 말이 바로 이 '역겹다'는 혐오의 형용사이다. 그럼에도 이 시가 사랑받는 까닭은 오히려 「진달래꽃」이 그런 시가 아니라는 막연한 시적 기대감이 방어기제로 작용한 결과로 보인다. 물론 이렇게 험한 말을 소월이 어떻게 쓸 수 있었을까 또는 어련했으면 이런 말을 선택했을 하는 이중적 의문이 없지 않다.

　떠나는 사람에게 자신이 역겨웠을 것이라는 단정은 아무리 긍정적인 반성이라도 자괴감을 불러일으킨다. 사랑했던 여자가 떠나려는 시간 저쪽에 대고 화자가 자신을 모멸 속에 던져넣는 감정은 결코 형상적이지도 선(善)스럽지도 않다. 이 과도한 예민성이 자기 안에서 아직 이루어지지도 않은 이별을 예단하고 분탄(憤嘆)의 감정을 억제하면서 동시에 원념을 결의하고 있다. 하나의 시어에서 발생한 여러 충돌은 한 독자에게 끔찍하고 그럴듯한 변명과 상처를 남겼다. 그것은 과도한 일체성의 믿음에서 일어난 파생적 감정일 수 있다.

　문청 시절에도 비록 화자가 상대에게 부족하고 안타깝고 못난 대상이라도 그렇게 하는 말이 싫었다. 시 구조상 그 까닭을 화자가 충분히 말하지 않았고 또 사정상 여자의 말을 들어볼 기회가 없었다 하더라도 자신을 형벌의 시간에 구금시켜 그녀가 화자를 역겨워했을 것이란 말은 적합하지 않다. 여러 문제가 있겠지만 시인은 저쪽에 갇힌 화자를 편애하고 독자로 하여금 그녀에 대한 질책을 유도하고 있다.

즉 모든 원인을 그녀가 제공한 것이라는 자기 면피적 불만 즉 자기참소(讒訴)가 이곳에 숨어 있다. 얼핏 그곳에 찬웃음이 사양처럼 스쳐 지나가는 다른 감정일지라도 그것은 적절해 보이지 않는다. 그래서 소년은 칠십이 되어서도 이 시의 저쪽에 침묵하고 있는 그녀를 보고 싶었고 그녀의 말을 듣고 싶었다. 어쩜 이 글은 그러잖아도 소외된 소월을 저쪽에 방치시키고 그녀(진달래꽃)에 대한 변호일지 모른다.

특히 그녀가 나를 역겹다고 생각하고 가겠다면 굳이 잡지 않고 보내주되 '진달래꽃'을 길에 뿌려주겠다는 말은 자신을 정화시키고 싶은 이별의 주체인 그녀에게 대항하는 다른 욕망이다. 그러면서 남자는 자신을 뿌려진 꽃이라고 말하고 있다. 떠나는 사람은 심각한 무엇인가를 인내하고 있는데 남아 있는 화자는 죽어도 아니 눈물 흘리겠다고 말하고 있다. 나의 괴로움을 잊지 말라는 암묵적 강요의 발언은 결코 해마다 새로이 피어날 그녀에 대한 안타까운 기억의 언어라고 할 수 없다.

평안도에서 이 말이 대단한 의미의 복합적 애증이 섞인 이중의 감정가를 지닌 형용사라 할지라도 혼란에 빠뜨린 소년을 건져내 의혹을 떨쳐주기엔 역부족이었다. 백 년 동안 여러 판본이 출간되면서 이 의문을 제기한 독자와 교정자, 연구자는 없었다. 아마도 굴곡된 시대와 핍진한 애증의 삶을 보내고 견딘 이 땅의 독자로선 이 말에 대해 고칠 생각 없이 그대로 받아들였을 만했을 것이다.

그래서 그 말을 고치고 싶기도 했다. '여겹다'란 말이 있다면 '역겹다'의 'ㄱ'을 발음하고 싶지 않았다. 다시 말해서 '역겹다'의 'ㄱ'을 뒤로 밀어서 '여겹다'로 어느새 읽고 있었는데 '여겼다'란 말이 있다면 '여겼워'로 읽고 '엾겹다'란 말이 있다면 '엾겨워'로 읽을 것이다. 그러니까 그 '여겹다'는 말뜻은 정작 '역겨운' 것이 아니고 아직 그 뜻이 미정인 '여겹다'란 감정가에 근접하는 어떤 의미의 자락이었다. 물론 불행하게 혹은 다행히 필자의 소망에 어긋나게도 싫음과 가엾음의 이중의미를 지녔다고 할 수 있는 '여겹다'는 말은 사전에 없다.

아무리 「진달래꽃」이 좋기로서니 이렇게 「진달래꽃」을 읽을 수 있단 말인가. 필자로선 이 "역겹다"는 말이 결코 소월의 마음도 그녀의 마음도 독자의 마음도 아니라는 오랜 심증 때문에 어느새 '여겹다'로 읽기 시작했고, 그리하여 「진달래꽃」이 겨우 자기 모습을 찾았다고 여겼다. 그것이야 한 개인(독자)의 오해와 감상일 수 있지만 매우 중요한 이해이자 어려운 수용이었다. 하나의 시어가 이렇게 오랜 세월 동안 따라다닐 줄은 몰랐지만, 결국 한 시어에 대한 오해와 추정을 사람들이 받아들이지 못하더라도 필자에게는 다행이 아닐 수 없는 일이다.

이 말에 시선이 머물지 않고 수없이 지나갔던 한 '시어'에 대한 의심이 내적 이해와 추정을 통하여 고려되고 수정된다면 이것은 처음 있는 일일 것이다. 증명할 길이 없음에도 필자는 이 '여겨워'가 김소월의 진짜 마음의 언어이고 '역겨워'는 소월의 진짜 마음의 언어가 아니라고 믿게 되었다. 굳이 그러지 않아도 될 일이라 생각하면서도 이제 어떤 그럴듯한 과거 상상이 가능해야 할 지경에 다다랐다.

사실 평생 시를 쓰고 편집해온 사람으로서 이것을 '교정과 묵과의 사건'이라고 말하고 싶어졌다. 만약에 김소월이 저자 교정본을 받고 그 오자를 보고 수정하지 않았을 수도 있다. 소월이 '여겨워' 혹은 '여겹워' '엾겨워'로 썼는데('여겹다' '여겹다' '엾겹다'란 말이 없으며 평안도에서도 사용하지 않는 말임에도 불구하고) '역겨워'로 된 교정지를 고치지 않고 그대로 두었다는 엉뚱한 생각을 했다(소월이 교정지를

322

보았는지도 불분명하고 김억이 대신 교정을 보고 그렇게 두었을지도 알 수 없다). 이런 생각이 틀렸을지라도 마음이 맞아가는 쪽으로 소년의 눈과 시가 소리를 바꿔 다른 곳으로 자리를 옮길 수도 있는 일이었다.

교정지를 원고와 대조하면서 편집자가 (그럴 리가 없다고 모두 여기겠지만, 소월이 '여겨워'로 쓴 것을) 놓치고 '역겨워'란 조판된 오자를 그대로 두었을 수도 있으며 어떤 이유(김억이 초교를 보고 소월이 재교를 한 번 보았다면)에서 시인도 그 '역겨워'란 말을 묵과하고 그대로 두었을지도 모른다. 누가 이 오자에 대한 오해를 불러일으키게 하려 한 것이 아니었을지라도 그 같은 착오가 없으란 법도 없다. 대부분 그럴 리 없다고 하겠지만 매문사(賣文社)의 편집자와 시인 혹은 감수자가 그 오류를 범하고 넘어갔을 수도 있다.

사실 이것은 가능한 일이 아니다. 왜냐하면 처음 『개벽』에 발표한 「진달래꽃」에 이미 "역겨워"로 되어 있기 때문이다. 결국은 김소월의 실수 아닌 실수 혹은 묵과를 빙자해서 그 문제의 언어 하나를 고치려고 하는 필자의 추론은 아무것도 아닌 것이 되고 말았다. 사실 이 문제는 시집 출간 때가 아니라 시를 발표한 당시의 지면에 있었던 일이 된다. 하지만 그때로 돌아간다 해도 '역겨워'란 말은 받아들여지지 않는다. 하나의 시어에 대한 의심은 퇴고와 수정, 교정에 대한 해프닝으로 일축되고 비록 그럴듯한 필자의 옹호라도 이 시어의 비밀은 소월과 시, 인칭 없는 그 대상(여성, '진달래꽃', 독자)에게 또 하나의 의문으로 남는다.

이러한 생각이 오히려 백 년이 된 「진달래꽃」에 숨어 있는 하나의 중대한 시어가 비록 요결이 아닐지라도 필자에겐 의미심장하다. 어찌 되었건 이러저러한 사족을 달아서라도 심정적으로 '역겹다'가 '여겹다'

로 이해된다면 필자로선 해탈(?)이 아닐 수 없다. 필자의 생각이 틀렸다 하더라도 아주 다 틀린 것은 아닐 것이다. 어쩌면 그 '역겹다'는 말이 틀린 말일 수도 있다. 틀린 것이 맞고 맞는 것이 틀릴 수도 있다. 얼마든지 시인이 틀리고 독자가 옳을 수도 있기 때문이다.

지금 필자는 누가 동의하지 않아도 "나 보기가 역겨워"를 "나 보기가 여겨워(엾겨워, 여겹어)"로 읽을 수밖에 없다. 왜 "역겨워"라고 했을까? 「진달래꽃」이 발표된 지 103년이 지나면서 고딕한 인쇄 활자가 의심을 차단하고 독자 또한 공감하고 순순히 따라 읽어가면서 정조는 고착되기 마련이다. 틀려도 믿고 사랑할 수 있기 때문이다. 물론 소월의 원고와 교정지가 남아 있을 리 없겠지만(남아 있다면 초판본 시집보다 더 고가일 것이다) 이 같은 오류와 믿음의 이변은 다른 시에서나 일어날 수 있는 일이다.

만약에 '여겨워'가 '역겨워'로 되었다 하더라도 이것은 밝혀질 수 없는 일이다. 다만 백 주년을 맞아 의문의 한 시어 하나 때문에 이런 글을 쓰게 되었지만 이런 이의를 제기하지 않고 묻는다면 이 의문은 없는 것이 된다. 이것이 「진달래꽃」을 훼손한다기보다 백 년을 지나오면서 시 스스로가 다중 의미를 지니려는 한 의문의 방식이다. '여겹다'는 말이 "역겨워"란 말을 포용해서 해석할 수 있으려면 '여겹다'는 말이 존재해야 하고 (무리겠지만 지금이라도 신어로서) 사전에 등재되어야 한다.

그런데 필자에게는 '여겹다' 혹은 '여겶다' '엾겹다'란 말이 거듭해서 본래 있었던 말처럼 여겨진다. 식민지 시대의 끝을 물고 놓지 않는 언어의 분단은 더 고도화하고 획일화하고 멀리까지 확장되어가는데 이 말은 오리무중이다. 편집 중인 '겨레말대사전'의 올림말은 약 30만 7천 개가 넘을 것이라고 한다. 1938년에 문세영이 어렵게 출간한 『조선

어사전』(87,000 어휘)이 없던 1920년대 우리말은 말의 집이 없는 방임 상태였다. 그렇다고 '여겹다' '여겼다' '없겹다'는 말이 저 평안도에 없다고 단정할 순 없는 일이다.

하지만 현재로선 틀린 듯한 이 말을 고칠 수는 없다. 그렇다고 해서 앞에서 말했지만 계속해서 '역겨워'로 쓰고 '여겨워'로 읽을 순 없는 일이다. 마음속에서 이미 수정하고 읽고 있었으니 한국의 최고 명시인 「진달래꽃」으로선 보통 일이 아니다. 그만큼 '역겹다'란 말이 싫은 것이 필자의 마음이었다. 그래서인지 '역겹다'로 읽으면 그 시가 싫어하는 것 같고 '여겹다'로 읽으면 시가 반발하지 않는 것 같았다. 이 무슨 백 년 만의 엉뚱한 의문이고 교정이며 욕심이고 이의인가 싶다.

필자가 나고 자란 속초 지역에서는 이런 말을 잘 사용하지 않는다. 뒤도 돌아보고 싶지 않은 사람을 '역겹다'고 하는데 아주 모욕적인 말이다. 사람을 미워하는 것도 싫지만 사랑한 사람을 미워하는 것을 좋아할 순 없는 일이다. 이승을 떠나는 여성이라면 더더욱 그런 말을 입에 담을 수 없는 일이다. 잘못 들으면 저주의 말로 들릴 수 있다. 1960년대 중반의 저 외설악의 한 중학생조차 남자와 여자가 서로 사랑하다가 헤어지거나 죽을 때 그런 생각과 말은 할 수는 없는 것이라고 혼자 생각했다.

이 화자(소월)가 한 말을 그녀가 나중에 전해 듣거나 혼백으로라도 이 시를 읽는다면 이 시의 정조는 파산되고 말 것이다. 적어도 우리는 그런 시를 쓰고 읽어야 할 연원을 가진 자연과 역사를 가진 사람들이 아니다. 왜냐하면 그 상대의 마음은 전혀 '역겨워한' 적이 없으며 끝없는 자기 생의 길을 가는 우리이기 때문이다. 죽음 역시 마찬가지이다. 죽었다고 삶이 없는 것이 아니다. 삶도 중하지만 이 시처럼 죽음은 더 중하다.

끔찍한 무능과 자책을 씌운 허사 속의 그 자아는 역겨워할 것이므로 내가 말없이 보내겠다는 것도 무책임하고 아름다워 보이지 않는다. 꽃을 뿌려주면서 나를 역겨워하라는 말은 원심(怨心)으로 천부당만부당하다. 그 무책임엔 생과 시대, 역사의 오류와 관계될 수 있는 위험이 교차하고 그 위험은 혼란에 빠질 수 있다. 지레짐작한 미움을 상대방에게 전하고 남에게 말하는 것은 자기 모면의 심증 언어로 읽힐 수 있다. 바람직하지 않은 이런 점에서 백 년이 된 「진달래꽃」의 '역겹다'는 말은 어떤 식으로든 교정되어야 할 것 같다.

이것을 당시 우리 민족과 화자의 개인사적 역학 관계로 거리를 둘지라도 미래의 독자는 그것을 연계시킬 수 있는 권리가 있다. '역겹다'는 말은 새로운 근대적 자아를 만나는 이별과 죽음이 일상화하는 시련이어서도 그렇거니와 더욱이 어떤 반사적 이익을 얻게 될 수 없을지라도 의정하고 윤리적인 미학의 말이 될 순 없다. 죽었을지 모르는 그녀에 대한 미학적 초혼이라는 마음의 헌사로도 역시 불가하다. '진달래꽃'의 죽음은 어떤 것으로도 이용될 수 없는 언어이다. '진달래꽃'은 달리 말하면 어떤 의도가 없는 '헌화(獻花)' 그 자체이다.

그냥 보내는 마음도 아니고 시가 되기 위해 쓴 말도 아니다. 자기 증오의 좌절은 더더욱 아니어야겠지만 결의에 찬 희망과 절망의 말로 들리지는 않는다. 아무리 밉고 싫은 존재라 하더라도 또 아무리 사랑했다고 하더라도 그런 말로 상대방을 떠나보내고 위로하려고 하는 방식은 언어상 비윤리적이고 반미학적이다. 사람이 싫고 미울지라도 그렇게 말할 순 없는 것이 우리네 삶이고 지나간 모든 이별이고 죽음이고 역사일 것이다.

정말 역겨웠다면 이 시는 쓰지 말았어야 하며 더 심하게 말하면 둘은 만나지 말았어야 하며 그렇다면 아예 태어나지 말았어야 한다. 있을 수 없는 일이다. 그러므로 중학생이 「진달래꽃」을 붙들고 있었던 까닭은 그 대상이 소월에게 역겨운 것이 될 수는 없는 것이어야 하기 때문이었다. 또 소년 독자가 사랑을 믿고 승화되고 싶어서였을 것이다. 자기를 비하하는 화법으로 상대를 세상에 은밀하게 고발하고 꽃을 뿌리는 일로 승화시키는 일은 있을 수 없는 일이다. 자기 양심을 위장시키고 나에게로 다시 돌아오지 못하게 하려는 화려한 수사라도 그렇게 말할 순 없는 일이다.

따라서 「진달래꽃」은 자기를 끊임없이 피워내는 무위를 통해 조금 더 밝은 길로 나서고자 하는 우리 자신을 위한 수기(修己)와 정화의 시로 거듭나야 한다. 지난 백 년을 돌아보고 또 읊조리면 이 시는 분명코 한 인생에서나 흘러간 몇 시대에 있어서나 무언가를 떠올라주어야 할 명품이다. 이 시는 특히 대상에 대한 정확한 지칭이 없다는 점도 다시 생각해내야 하는 미학적 공점(空點)이다. '진달래꽃'은 삼인칭도 아니지만 일인칭은 더더욱 아니기 때문이다. 그것은 살고 있는 자들, 떠나간 자들, 아직 오지 않은 자들을 통칭하는 지극한 별칭이며 예언의 애칭이다. 이 시의 화자는 '나'가 아니며 주어가 없다.

오히려 그 대상('진달래꽃'의 그녀와 그녀의 '진달래꽃')은 전혀 아무 반응을 보이지 않고 있다는 것 즉 그녀의 침묵이 우리를 견디게 하고 기다리게 하고 있다. 「공무도하가」처럼 그의 말 한마디(약속, 진심)를 듣지 못한 이 화자의 모습은 영겁 뒤에 남겨진 자로서 오염된 세계로부터 미학적 정화(죽음을 포함한)라는 최고의 과제를 받았다. 해마다 이른 봄 산천 곳곳에 피어나지만 '그 말'은 아직도 다하지 못했다. 이러한 과거와 현재 미래를 한 언어 속에 가진 시는 우리나라 시 중에서 이 시 하나뿐이다.

여기서 「진달래꽃」과 소월이 바로 우리의 영원한 과거와 미래의 자화상이 되는 순간임을 인지할 수 있다. 얼마나 잘못했고 못나고 무능했으면 또 그것을 스스로 인정해버렸으면 "죽어도 아니 눈물 흘리오리다" 하고 자백했을까. 이것은 생과 장소(산), 사랑에 대한 무한의 책임 같은 것으로 사람과 지역, 시대를 초월하는 미도착의 회원이다. 어쩌면 한 소승이 자기를 계속 미워하고 화를 내자 한실(閑室)에 들어가 자살한 용수자살(龍樹自殺)과 비대칭이 될 수 있는 존재자가 '진달래꽃'이고 그 무인칭의 주어인 우리들이다.

그러나 이 시의 절정은 그녀 앞에서 하는 것이 아니라 혼자 약산을 바라보고 지레 고심하는 세속적 이탈의 고백이란 점에 격리감이 고조된다. 약산을 밟고 걸어가고 있는 대상과의 단절된 자아를 투영하고 있는 순간에 우리는 그 모두 가고 있는 것들의 후방에 남아서 바라보는 존재가 된다. 한순간의 이별을 이렇게 영원으로 미리 이끌어가는 현재진행형의 그러면서 계속해서 죽음 이전의 삶, 이별 전으로 유예하는 시가 백 년 된 「진달래꽃」이다.

놀라운 축복이 그러나 이곳에 있다. 진 곳을 밟지 말고 내가 이른 아침에 뿌려놓은 '진달래꽃'을 즈려밟고 가라(가시옵소서)는 말은 헌신적이며 가히 고단한 우리들 삶의 정수리에 해당한다. 그 좋은 길로 가라는 간절한 부탁이며 최고의 시적 대우이다. 그것이 아픈 것은 만해의 절이 있는 산을 배경으로 한 침묵과 여지, 희망보다는 더 깊은 사람들이 삶 속의 작은 사랑과 꽃의 주변을 맴도는 어둠 때문인지도 모른다.

이 험한 시대와 광적 시간은 「진달래꽃」으로 돌아올 수 있고 영변의 약산으로 갈 수 있는 거리와 만남을 허락하지 않는다. 모두가 사라지고 없다. 빈산의 '진달래꽃'만 거기 남아 피고 바람에 혼자서 흔들리며 진다. 반드시 나와 함께 흔들리며 몸을 부딪쳐보고 싶지만 결코 그렇게 될 수 없는 현재의 시간 속에 우리는 갇혀 있다. 결국 그때의 차가운 진달래 나뭇가지의 목소리만 이 시 속에 남았다. 바로 그 비극이 유예되는 지점에서 더없는 아름다움이 발현된다.

몇 개 형용사로 이루어진 「진달래꽃」은 쉬우면서 매우 난해하고 아름답다. 아무리 읽어도 풀리지 않는 시이다. 자기를 풀어내 보여주지 않는다. 의미는 피기 전의 꽃처럼 안으로 말려 있다. 앞으로 또 백 년 동안 다시 소월의 이 목소리는 더 새되고 가파르고 곧아질 것이다. 무언가의 결정적 고통을 간직한 이 시의 예언에 의한 비극을 다시 껴안을 순 없는 일이지만 해결되지 않은 슬픔과 한계에 처해 있는 우리에게 이 시는 우리 앞에 가로놓인 절벽이며 꽃이다. 그러나 아무도 그 꽃이 피어남을 제지할 수 없을 것이다.

소월의 이 시는 지금 뒷산의 어느 개울에 흘러가는 물이며 가장 먼 미래에 가 있는 시간이다. 우리가 갈 수 없는 먼 미래에 그의 언어가 벌써 도착해 있다는 것은 놀라운 일이다. 수많은 시인이 이 땅에 왔다 갔지만 우리 시의 시종(始終)은 이미 소월 안에 있다. 소월은 눈 감는 마지막 의식 속에서 분명코 이 「진달래꽃」을 읊조렸을 것이며 그때 소월은 그녀에게 '눈감음'으로 사과했을 것이다.

소월의 사상과 정서와 언어는 '흼'[흰빛의 무늬가 없는 천의 소(素), 바탕 본심]에서 와서 '흼'으로 돌아가는 먼 하늘길에 서 있는 소월(素月)이다. 그러므로 이 「진달래꽃」은 우리의 머리 위 먼 하늘을 지나가는, 어찌할 길이 없는, 늘 우리를 씻어 더러운 물이 되는 우리 모두의 미완의 레거시(Lagacy)이다.

"나보기가 여겨워/ 가실 때에는/ 죽어도 아니 눈물 흘러오리다"

달은 가고 있으며 아직도 그녀는 가지 않았다. 그 눈물이 희었던 것을 미리 보았던 것일까. 이 역시 '역겹다'는 말은 여전히 거슬리지만 "죽어도 아니 눈물 흘리"도록 살아야 한다는 숨은 뜻을 내장했다. 그렇더라고 다시는 화자와 그 꽃과 모든 시대와 세대의 개개인을 위해서라도 '역겹다'고 말하지 않을 것이다. 그것은 미래의 것이다. 제자 한 사람도 없었고 그 어떤 구술도 전기도 기록도 비평도 없는 김소월 게다가 문우다운 벗이 없었던 김소월은 홀로 가는 정신의 나그네였다. 어느 장인도 그의 소년스러움의 시심 앞에 다가가야 하며 문청의 부끄러움 앞에서 소년과 누이가 되어야 할 것이다.

시사(詩史)가 증명하듯 어느 시인도 그를 앞서가지 못했다. 스스로 어둠을 깎아 자신을 지우고 우주의 초대칭성을 불러 몸을 다시 형성하는 달이었다. 하현달은 상현달이 되고 상현달은 하현달이 된다. 스스로 인식할 수 없는 이 일을 거듭하는 그 하늘 아래 이 지상에서 우리는 살아간다. 그리고 그 달은 이 지상의 만물과 마음만을 데리고 간다. 금과 은은 데리고 가지 않고 버려둔다. 그것이 흼이며 본디이고 '소월(素月)'의 뜻이다.

김소월은 분열과 파탄을 극복하고 인내하고 침묵했으며 분석과 지식보다 꾸미지 않는 직정(直情)을 소중히 여겼다. 그러나 흰 듯한 그의 시 속에는 아무도 범접할 수 없는 정신이 있는바 누구도 그를 앞서 갈 수가 없다. 오직 한 권의 시집이 온 세상에 퍼져 남아 있을 뿐이다. 그 아득한 생각만이 김소월을 영원히 마음속에 두는 일이라고 믿는다.

『진달래꽃』이 출간된 그 이후의 백 년을 돌아보면 아흔네 글자를 가진 이 곧은 청심의 시는 숱한 시련을 헤쳐 왔음에도 여전히 백척간두 끝에서 흔들리고 있다. 정말 우리는 그 여자를 미워하는 것이 아닐까. 헌화할 그 손은 과연 누구의 것일까. 우리가 잘못된 그녀와 함께 살았던 것은 아닐까. 혹시 그 여자는 우리가 생각하는 그 여신이 아닌 존재일까. 그럴 리가 없을 것이라고 손사래 치지만 우리는 잔혹한 시대의 감(坎) 속에서 살고 있다.

「진달래꽃」은 아직도 완전히 해석되지 않았다. 믿을 수 있는 말이 거의 없는 이 시대라도 이 시에 무언가를 걸고 싶어진다. 모든 통사와 개인의 마음을 뚫고 와서 오늘도 「진달래꽃」은 혼자 스스로 완성되어 가고 있다고 말하고 싶은 것은 분명 「진달래꽃」이 마음으로 진화하고 있다고 믿기 때문이다. 시 자체를 넘어서서 생과 역사와 관련이 있는 이름이 그 꽃이다. 단순한 사랑의 서정과 이별, 미움을 노래한 것만도 아니다. 필자에게 소월의 「진달래꽃」은 아직 다 이루어지지 못한 예언이다.

어쩌면 그 꽃은 우리가 어디에 와 있으며 어디로 갈 수 있는지를 알려주지 않을지도 모른다. 그가 태어나 자란 구성과 정주 일대는 마식령산맥의 서남단 자락 안쪽의, 황해가 그리 멀지 않은 곳이다. 낙일의 그림자가 다가오면서 황금빛은 밝지 않았고 땅거미의 어둑함이 그의 마음에 어렸을 터이다. 수많은 사람이 그 마음의 포구에 갔다 왔을 것이며 나약한 것 같지만 그의 저녁이 내일 아침보다 더 희망적이다.

그의 마음의 꽃을 밟은 발바닥에는 아주 밝은 미래를 약속한 그 무엇이 내비친다. 시 전체를 읽고 아주 빠르게 지나가는 마음을 멈춰 세우고 보면 그의 마음은 결코 절망의 나락에 떨어진 빛과 날개가 아니다. 모든 시대마다 드리운 어둠의 빛을 간직하고 있다. 어느 미래의 종막에서도 「진달래꽃」은 열매가 아닌 낙화에서만 겨우 그 이미지를 얻어 가질 수 있는 현실이 아닌 다른 날개의 희망을 주는 '여겨움'의 시이다.

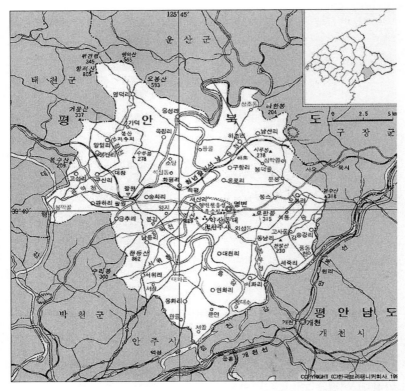

성으로 둘러싸인 이 땅의 영원한 명시 「진달래꽃」의 배경인
청천강 북쪽에 있는 약산과 약산동대가 보이는 영변 일대

그 말에는 우리가 사람으로서 잊을 수 없는 아픔의 '힘(모든 때가
묻고 씻겨져야 할 직물과 같은 말)'을 인지한다는 뜻이 있다. 우리말
에 없는 '여겹다' '여겂다' '엷겹다'를 따지는 것이 아니다. 그것은 가엾
음에 속한, 가닿을 길이 없는 어떤 감정의 저쪽이다. 그래서 지금도
필자는 수정 불가를 인정하며-마치 소월의 삶을 돌려놓을 수 없는 것
처럼- 어쩔 수 없이 '역겹다'를 '여겹다(여겂다)'로 읽고 '가엽다(가엾
다)'로 이해한다.

서른두 살에 죽은 그가 남긴 노래들은 놀라움 그 자체이다. 일본에 수입된 프랑스 시를 흉내는 해외파가 아닌 김소월의 「진달래꽃」「산유화」「초혼」「엄마야 누나야 강변 살자」 등에서 조운과 정지용, 김영랑, 이육사, 백석, 윤동주 시인들에게 있는 순전한 우리의 언어 향기를 맡는다. 그것은 우리 시의 자화상인 「진달래꽃」을 각자의 마음으로 삼고 그 꽃을 즈려밟고 가는 사람들이기 때문에 맡아지는 훈향(薰香)이다.

문득 이런 생각이 갈대가 가득한 영랑호의 수변을 걸으며 떠올랐다. 왜 영변의 약산이 이 시 속에 있는 것일까. 눈길 주는 곳마다 산이었을 텐데 왜 하필 "영변의 약산"이었을까. 소월과 그 산은 어떤 사연이 있었던 것일까. 아무것도 아닌 듯한 이 질문에 대한 어떤 답도 본 적이 없다. 우리는 다만 부채감 없이 "영변의 약산"을 읊었을 뿐이며 그곳은 어떤 곳인지도 물어본 적이 없다. 왜 우리는 "영변의 약산/ '진달래꽃" 하면 여러 면에서 슬퍼지고 불가함을 느끼는 것일까.

나로선 이 의문 하나 때문에 백 년이 되는 2025년부터 소월을 가지고 삶을 다시 생각해야 한다고 생각한다. '진달래꽃'의 봄은 여름으로 매년 떠났던 것처럼 올해도 그러리라. 그가 발끝에 마음을 모아 즈려밟았기에 언제까지 열매는 맺지 않을 것이다. 끝으로 이 자리에 소월처럼 '영변의 약산동대'와 '약산의 진달래꽃' 두 사진을 우연히 얻게 된 것은 필자로선 먼 나라의 한 중학생이 받은 마음의 상처 같은 기쁨으로 여겨졌다. 사진으로나마 영변의 약산으로 날아간다.

'진달래꽃'은 아직도 가지 않았고 그녀도 아직도 가지 않았다. 정작 소월만 가고 없는 유예와 예언 사이에서 불안과 기대를 걱정하지만 그 가지 않은 유예와 이루어지지 않는 예언은 없었다. 그러므로 실행되지 않는 언어의 「진달래꽃」은 우리를 지배하는 마음의 거울이다.

'진달래꽃'은 우리의 모든 생의 과거와 미래 사이에 있는 풀리지 않는 새로운 의문으로서 삶과 죽음을 통해서만 정화될 수 있는 '힘'의 그 무엇이라 할 수 있을 것이다.

다시 읽는 김소월 시 5편

■ 18세에 발표한 시

먼 후일(後日)

먼 후일 당신이 찾으시면
그때에 내 말이 "잊었노라"

당신이 속으로 나무라면
"무척 그리다가 잊었노라"

그래도 당신이 나무라면
"믿기지 않아서 잊었노라"

오늘도 어제도 아니 잊고
먼 후일 그때엔 "잊었노라"

금(金)잔디

잔디,
잔디,
금잔디.
심심산천에 붙는 불은
가신 님 무덤가에 금잔디.
봄이 왔네, 봄빛이 왔네,
버드나무 끝에도 실 가지에.
봄빛이 왔네, 봄날이 왔네,
심심산천에도 금잔디에.

엄마야 누나야

엄마야 누나야 강변 살자

뜰에는 반짝이는 금모래빛

뒷문(門) 밖에는 갈잎의 노래

엄마야 누나야 강변 살자

진달래꽃

나 보기가 역겨워
가실 때에는
말없이 고이 보내 드리오리다.

영변에 약산
진달래꽃
아름 따다 가실 길에 뿌리오리다.

가시는 걸음걸음
놓인 그 꽃을
사뿐히 즈려밟고 가시옵소서.

나 보기가 역겨워
가실 때에는
죽어도 아니 눈물 흘리오리다.

산유화(山有花)

산에는 꽃 피네
꽃이 피네
갈 봄 여름 없이
꽃이 피네

산에
산에
피는 꽃은
저만치 혼자서 피여 있네

산에서 우는 작은 새요
꽃이 좋아
산에서
사노라네

산에는 꽃 지네
꽃이 지네
갈 봄 여름 없이
꽃이 지네

쉰여섯 번째 시평(詩評, SIPYUNG), 《물소리 포엠 주스》 제2호, 속초·아시아

가족과 아이들과 물소리 그리고 시와 사랑을 나누는 우리 이야기

1판 1쇄 발행	2025년 5월 31일
편저자	고형렬
발행인	윤미소
발행처	(주)달아실출판사
책임편집	박제영
표지디자인	고 키
디자인	전부다
법률자문	김용진, 이종진
주소	강원도 춘천시 춘천로 257, 2층
전화	033-241-7661
팩스	033-241-7662
이메일	dalasilmoongo@naver.com
출판등록	2016년 12월 30일 제494호

ⓒ 고형렬, 2025
ISBN 979-11-7207-048-9 03810